Para mí, tú eres el Viento

Para mí, tú eres el Viento

El mar no siempre es azul 3

Silvia Martínez-Markus

Primera edición:

ISBN: 978-84-09-77023-6

DL: M-27879-2025

Sello: Independently Published

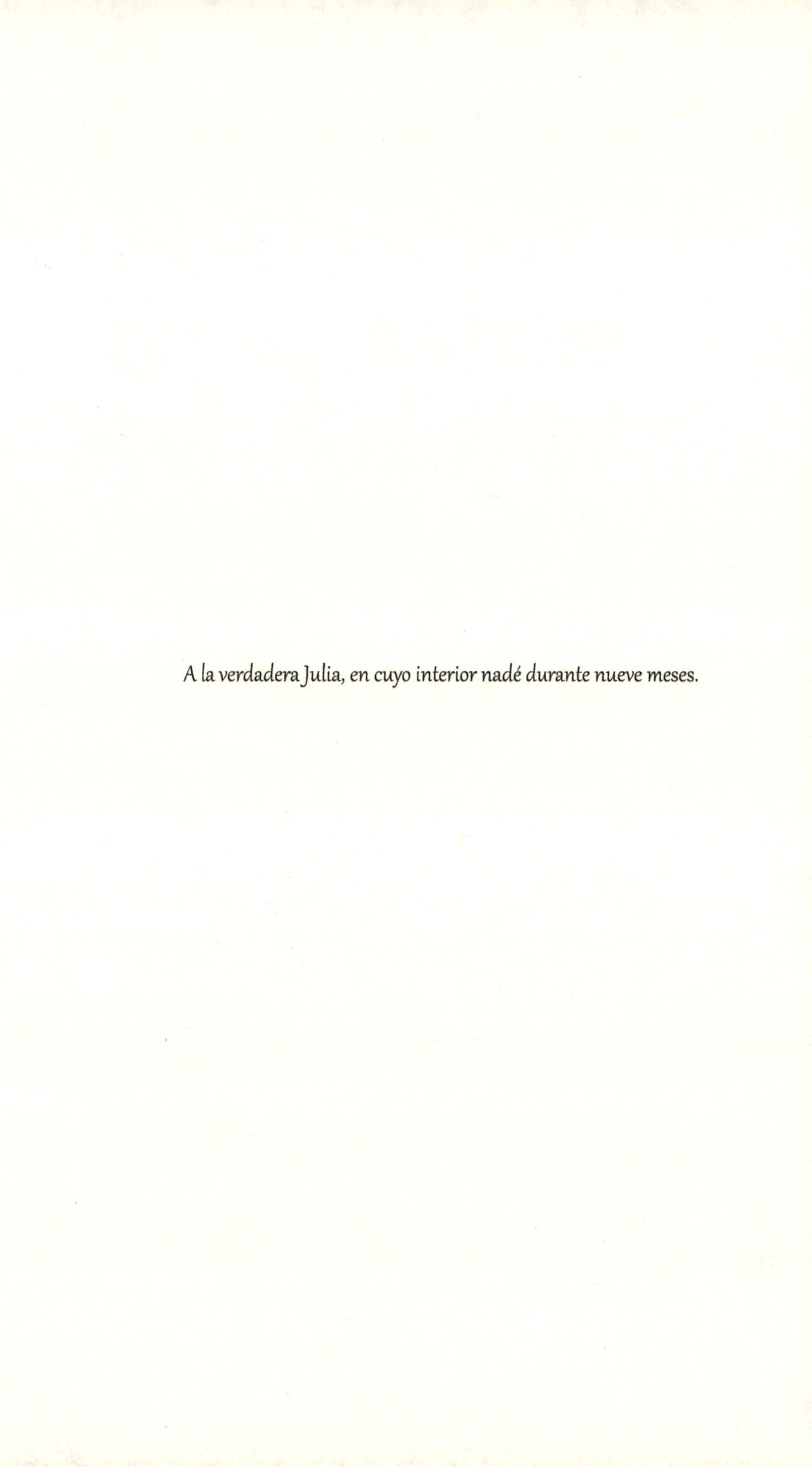

A la verdadera Julia, en cuyo interior nadé durante nueve meses.

«¡Sí! ¡Lo amo! ¡El mar es todo! (...). Su hálito es puro y sano. Es un inmenso desierto en el que el hombre no está nunca solo, pues siente agitarse la vida a su lado. El mar es el vehículo de una sobrenatural y prodigiosa existencia; es movimiento y amor, es el infinito vivo...».

Veinte mil leguas de viaje submarino —Julio Verne

Mar de Ojotsk

Siberia, Rusia

1

Cuentan las antiguas leyendas rusas que en los ríos, lagos y mares de Siberia vivían las *rusalkas* o espíritus de bellas jóvenes que perdieron la vida ahogadas. En las noches de luna se las veía bailando entre guirnaldas de flores o columpiándose en los árboles sobre el agua. En algunos lugares compartían diversiones con los *vodyanoi* o trasgos acuáticos, criaturas que solo abandonaban el agua cuando algún humano entraba sin permiso en su territorio.

Las rusalkas jugaban junto a los ríos a gritar al azar nombres de humanos. Si algún joven incauto que vagara por la zona contestaba a la llamada, quedaba bajo su poder, atrapado por su extraordinaria belleza.

En estas regiones, en el mar de Ojotsk, junto al círculo polar ártico, a principios del siglo XX, los soviéticos construyeron una base militar y científica ultrasecreta en la que trabajarían los mejores investigadores del país. A los científicos se les otorgaban múltiples privilegios imposibles de obtener en otros laboratorios y universidades. Incluso sus familias podían vivir allí con ellos. Pero nunca se les informó de que jamás regresarían. Ante el temor de filtraciones de información a países enemigos, aquella base secreta sería su lugar de trabajo, pero también su tumba.

A esos parajes nevados llegó engañado un muchacho de nombre Iván Savelevich, uno de los químicos más brillantes de su tiempo, y comenzó a realizar sus experimentos. Cada mes, con el avión de los suministros, mandaba una carta a sus padres y sus hermanos, que se habían quedado en la ciudad de Moscú. Pero nunca recibía respuesta y no entendía por qué. Poco a poco, la soledad y el silencio comenzaron a pesarle, dejó de mostrar interés por sus investigaciones y la base se convirtió en una cárcel para él.

Hasta que un día tuvo la certeza de que su familia nunca le contestaría porque no recibían sus cartas y de que no le otorgarían el traslado que había solicitado, así que decidió escapar. En su interior sabía que la huida era imposible: en invierno, rodeaban la base los hielos perpetuos; en verano, nieblas espesas. Si fracasaba, su castigo sería la muerte para él y su familia. Pero la desesperación se apoderó de Iván y una noche de borrasca salió con una pequeña brújula en busca de la libertad. O de la muerte.

Poco después de abandonar la base, bajo la tormenta de nieve escuchó las alarmas y también que alguien cerca de él lo llamaba por su nombre. Pensó que se trataba de los militares, que ya habrían descubierto su desaparición y le estarían persiguiendo, así que se escondió detrás de un montículo de hielo. Descubrió que la voz provenía de una mujer desconocida.

—¡Iván! ¡No te haré daño! —gritaba la mujer.

El joven no la había visto antes. Sus ropas de piel de foca despertaron su curiosidad. La mujer insistía, así que Iván, con cautela, salió de su escondrijo y se presentó ante ella.

—Iván, nadie ha escapado de la base jamás. Ya saben que has huido. Morirás a menos que vengas conmigo —dijo la mujer con voz dulce.

—¿De qué me conoces? ¿Quién eres? —preguntó Iván, y se fijó en la piel de su cara, fina y pálida, y en un mechón de pelo color esmeralda que sobresalía de su gorro.

—Mi nombre es Chernava, también soy investigadora. Mi familia y yo vivimos cerca de la base soviética. ¡Te ayudaré! ¡Ven conmigo! —dijo la mujer, que en realidad era una rusalka.

El viento trajo a Iván voces de soldados, disparos y ladridos de perros.

—No nos atraparán —dijo ella y le ofreció una mano enguantada—. ¡Confía en mí!

Iván no contestó, pero sujetó la mano.

El joven se marchó con ella hacia el oeste, hacia el océano. Descubrió que Chernava vivía bajo el mar y que no era una mujer, ni un espíritu, sino una criatura de las aguas, como su familia de rusalkas y vodyanoi, y que los humanos en su compañía podían respirar en el agua como ellos.

Iván comenzó a trabajar en el laboratorio de Chernava y, poco a poco, sin miedo, se sintió atraído por la inteligencia y la belleza de la rusalka, de la que se enamoró. Se arriesgaba a que aquella relación entre seres de distinta especie acabara mal, pero Iván se acostumbró bien a vivir bajo el agua con ella, se casaron y tuvieron una hija a la que llamaron Nut, que heredó la belleza y el pelo esmeralda de su madre.

Nut estudió Ciencias del Mar. Tiempo después, se convirtió en uno de los Tres Sabios de la Gran Ciudad de Tula y encabezó el ejército que en la Segunda Rebelión capturó y encerró a Leviatán, la criatura maligna y diabólica que intentó dominar los mares.

Ahora Leviatán había escapado de nuevo, nos encontrábamos en peligro y también Nut había abandonado su trabajo en la base científica para luchar contra él y la oscuridad.

Y yo, Stella, la acompañaba.

2

No sabía si amanecía o anochecía sobre el mar helado. Solo percibía una luz anaranjada en algún lugar sobre el hielo que nos cubría. Frente a mí vislumbraba la entrada a la antigua base científica. El cansancio me impedía distinguirla bien entre las rocas de la ensenada cubierta de hielo. Solo marcaba el acceso una luz tenue y de color blanquecino que parpadeaba en la oscuridad. Poco antes de entrar, decenas de rusalkas y vodyanoi armados que trabajaban en la base se acercaron a nosotros para crear un pasillo por el que dirigirnos hacia la puerta. Formaban un túnel de protección a nuestro alrededor y me llamó la atención que no nos miraran a nosotros, sino que nos daban la espalda y observaban con atención las aguas gélidas y negras que nos rodeaban.

Encabezaba la expedición de rescate Nut, actual directora de la base, con dos rusalkas más en motos submarinas. En los vehículos habían colocado arneses para sujetar y arrastrar la red con los tritones y sirenas que pocos días antes habíamos liberado en el Jardín de las Hespérides de la ciudad de Tula. En la base científica se encargarían ahora de ellos hasta su recuperación. Todos sabíamos que, durante su secuestro, Belgemir, el centinela de los hielos y regente de Tula, les había sometido a distintas pruebas médicas y científicas para las que habían usado drogas y armas químicas. Los jóvenes se dejaban llevar sin voluntad, como autómatas faltos de vida.

Cerrábamos el grupo sirenas y tritones de la resistencia. Las rusalkas del mar de Ojotsk nos habían proporcionado también motos submarinas y armas, además del entrenamiento físico necesario para luchar contra Leviatán y sus seguidores. Durante los meses anteriores habíamos seguido sus clases en distintos refugios seguros lejos de los partidarios de Leviatán.

El agua que nos rodeaba era tan fría que me costaba tragarla y sentía pinchazos sobre la piel a pesar de los trajes de protección contra la congelación que nos habían facilitado.

Dana, mi mejor amiga, conducía a mi lado cansada y triste. Llevaba colgada de la moto en una bolsa una serpiente negra, la serpiente mortífera de Forcis, uno de los seguidores de Leviatán. Forcis había muerto de un arponazo lanzado por Oannes, el mejor amigo de Dana. Pero antes de morir, Forcis había lanzado el Tridente de Océano contra Oannes y había acabado con su vida. Oannes de Heraclión yacía, como un héroe, en algún lugar frío de Terranova.

De pronto, noté un golpe de agua en la espalda, como una ola, que nos impulsó unos metros hacia adelante. Me giré, pero solo vi oscuridad detrás de nosotras. Escuché una voz desde la primera línea de expedición que no entendí. Los vodyanoi y las rusalkas, nerviosos, quitaron los seguros de sus armas y el clic hizo que yo empezara a temblar.

—¡Vamos, más rápido! —gritó alguien ya cerca de la puerta de entrada.

Miré mi collar de cristal. Se había oscurecido, señal de que nos amenazaba un grave peligro. De nuevo percibí el golpe de agua que provenía de las negras profundidades. No veía nada, pero algo siniestro parecía respirar a nuestra espalda.

Los primeros comenzaron a entrar.

—¡Rápido! —reconocí la voz de Nut.

En ese momento lo vi. La mandíbula con los dientes más enormes que había visto jamás nadaba hacia nosotros. Era un megalodonte, un ancestro de los tiburones, desaparecidos hace millones de años, tres veces más grande que un tiburón blanco. ¡En unos segundos nos alcanzaría!

Los integrantes del muro protector comenzaron a disparar sin pausa. Dana también lanzó un arpón en su dirección, pero ni siquiera lo rozó. Sentí tal pánico que olvidé a todas las personas que me rodeaban y, en lugar de proteger a mi mejor amiga, aceleré y me dirigí a la puerta de la base mientras notaba cómo el tiburón abría y cerraba la mandíbula detrás de mí. Dana, con un gesto desesperado, soltó la serpiente negra de Forcis, que nadó hacia él y desapareció en su boca. Unas rusalkas, a su vez, se colocaron delante de mi amiga como una pantalla protectora.

Faltaban pocos metros para entrar cuando escuché un silbido. Nut, con un lanzatorpedos en el hombro, se interpuso entre el animal y nosotras. Disparó el arma y un proyectil se dirigió al centro de la boca del megalodonte, donde explotó sin afectar en exceso al animal. El tiburón cerró las fauces y con un golpe de cola se giró y regresó a las profundidades.

—¡Adentro! —gritó Nut.

El grupo de rusalkas nos empujó hasta el interior de las instalaciones y la puerta de acero se cerró de manera automática con un golpe.

3

Respiré varias veces hasta que conseguí tranquilizarme y entonces me di cuenta de que nos encontrábamos en un canal de cemento estrecho y alargado, cubierto de agua casi hasta el techo. Era la entrada de submarinos de la antigua base militar. Me sentía mal por el miedo y por haber huido.

Nut pasó a mi lado, pero en lugar de reprenderme, apoyó su mano palmeada en mi hombro y mientras me miraba a los ojos, preguntó:

—Stella, ¿todo bien?

Intenté sonreír agradecida y afirmé con la cabeza. Nut entregó el lanzatorpedos a otra rusalka. Dana se acercó a nosotras.

—¿Los megalodontes no se extinguieron hace dos millones de años? —preguntó, sin aliento y sin haber notado mi huida.

—Creo que no —contestó Nut—. Pero es raro que se acerquen tanto. Seguidme, por favor.

Dejamos las motos y, excepto las sirenas de las Hespérides, continuamos por el canal hasta una enorme sala en la que nadaban infinidad de peces pequeños. Era un lugar luminoso y agradable, con plantas acuáticas y piedras sobre las que descansar.

Poco después, Nut tomó la palabra.

—Bienvenidos a la base científica del mar de Ojotsk. Hemos conseguido nuestro objetivo de liberar a las sirenas y tritones del Jardín de las Hespérides y regresar casi todos —dijo y miró hacia Dana—... sanos y salvos. Durante unos días descansaremos aquí y continuará nuestra formación física y mental. Ni los centinelas de los hielos ni Leviatán saben dónde nos encontramos y eso nos otorga ventaja, pero no demasiada. La guerra ha comenzado, hemos ganado solo una batalla y todos sabemos que no terminará hasta que hayamos eliminado el mal por completo de nuestras aguas y de la superficie terrestre. Os agradezco vuestra ayuda. ¡Descansad como guerreros! concluyó Nut.

Menya, una sirena que junto con su hermana gemela Fenya luchaba contra Leviatán en Tula, levantó la mano. Las dos se habían teñido el pelo de verde, como las rusalkas.

—¿Qué sabemos del paradero de Leviatán? ¿Y de Lala Mansur?

Se refería a la terrible criatura marina que había escapado de su jaula en las profundidades abisales, y a la reina del Séptimo Mar, una de sus más fieles seguidoras.

—Nadie sabe dónde se encuentra Leviatán, pero antes o después lo descubriremos. Tenemos una red extensa de informadores en todos los océanos. No pasará inadvertido. Respecto a Lala, sospechamos que prepara algo contra los humanos y también le seguimos la pista —contestó Nut—. ¿Alguna pregunta más?

Todos, agotados, guardamos silencio.

—Mañana nos vemos —concluyó Nut y se marchó rápida.

Sabíamos que entre los heridos en el asalto a Tula también se encontraba Trevilian, su marido, un vodyanoi del mar Caspio.

Los miembros de la resistencia solíamos reunirnos antes de dormir, y mientras compartíamos la cena, hablábamos de los proyectos futuros, de música, de nuestros miedos y sueños. Pero tras la tensión vivida habíamos perdido las fuerzas. Y, silenciosos, buscamos un hueco para dormir.

Dana y yo nos tumbamos a descansar junto a la pared, detrás de unas algas. Parecíamos sacos de piedras. Nos habían entregado una red repleta de pequeños bacalaos árticos y salmones, y no tenía energía ni para levantarla. Aún sentía vergüenza por haber dejado sola a Dana.

—¿Cómo te encuentras? —pregunté y le pasé, con la mano aún temblorosa, la red en la que metió la mano—. ¿Dormirás? Yo no sé. Allá donde voy me encuentro con tiburones, mi peor pesadilla.

—¿Tú crees que voy a dormir después de lo que acabamos de ver? ¡Megalodontes! ¡Por Neptuno! —exclamó y se metió un pez pequeño en la boca—. ¿De dónde habrán salido?

—Yo creía que los megalodontes se habían extinguido —contesté después de que me devolviera la red—, aunque en los laboratorios de los centinelas en el mar de los Sargazos vi a tiburones casi igual de grandes. Mañana, por fin, vas a conocer esta base científica y cumplirás uno de tus sueños. ¿No querías estudiar aquí?

Cogí un par de bacalaos y los mordí. El sabor era delicioso. Dana me miró y quiso sonreír.

—Sí, sería el lugar perfecto para hacer prácticas de bioquímica. Pero estamos en guerra. A veces me pregunto cómo acabará todo esto —dijo Dana.

—Bien. No lo dudes —contesté.

—Bueno, algún momento complicado hemos vivido ya: aquella cárcel terrorífica, las serpientes gigantes, las medusas venenosas, el asesino del estrecho de Gibraltar... Y aquí estamos. Pero lo complicado es cómo vamos a salir de esta base al mar abierto con esos bichos fuera. O nos escoltan o conmigo no cuentes —dijo Dana.

—Los vodyanoi y las rusalkas son los mejores guerreros de los mares. Nut encadenó a Leviatán. Lo tendrá todo pensado —contesté.

Dana se revolvió. Hice ademán de darle la red de comida, pero rehusó con un gesto de la mano.

—No todo ha salido tan bien. He perdido a Oannes. Siempre imaginé mi futuro a su lado. Y ahora, ¿qué?

Me acerqué a ella.

—Es muy doloroso, pero siempre estará contigo, Dana. En tu interior, en tus recuerdos —le repetí, como otras muchas veces—. Y, poco a poco, la herida cicatrizará.

Dana se giró hacia la pared.

—Su muerte no habrá tenido sentido si abandonas ahora, si perdemos la guerra añadí.

Dana me miró.

—Nunca le volveré a ver, no me colocará el mechón de pelo detrás de la oreja, ni comeremos calamares en Heraclion, ni haremos carreras de delfines a las afueras de Alejandría, ni nos imaginaremos el color de piel de nuestros hijos...

Cogí su mano y se la apreté.

—No estás sola, Dana —dije.

Pero sabía que nos encontramos con el dolor siempre en solitario, aunque estemos rodeados de personas.

Meses antes de la muerte de su novio, Dana había seguido con preocupación el viaje de Oannes hasta Tula. Oannes de Heraclion, como otros muchos tritones y sirenas, había salido del mar Mediterráneo a tierra huyendo de los escuadrones de la muerte de Bad, el delegado de Gobernación el Mediterráneo. Había cruzado Europa a pie, como refugiado sin papeles, hasta alcanzar el océano Atlántico. Oannes había permanecido internado durante varias semanas en un campo de refugiados en la isla de Lesbos, de donde escapó. En Tula luchó en primera fila como el soldado más valiente contra Belgemir y sus centinelas. Muchos habían sobrevivido; otros, como él, yacían muertos en las regiones de Oscuridad Total.

Dana guardó un silencio que respeté y mi cabeza voló, como otras muchas noches, a mi casa, mi playa, mis amigos y a Pau. Solo deseaba acabar con esta guerra maldita contra Leviatán, regresar tranquila, recuperar mi vida, tumbarme en la arena tibia de la playa a su lado.

Y respirar.

4

Aún no había entrado en un sueño profundo cuando algo se me clavó en el costado y me desperté de golpe. Se trataba de la uña de una sirena que en la penumbra me hizo una seña para que la siguiera y otra para que no despertara a Dana. Salimos de la estancia donde dormíamos, junto al canal de submarinos, iluminado por una luz de emergencia rojiza. En silencio y confiada, aunque no la había visto nunca, seguí a la sirena hasta un antiguo puesto de vigilancia. Las paredes eran de metal oxidado y, a pesar de encontrarse sumergido, ni algas ni ningún otro ser marino se había atrevido a vivir sobre su superficie, lo que le daba aspecto de ataúd.

La sirena me señaló la caseta y, sin decir nada, regresó a la sala con los demás.

—Stella, bienvenida al mar de Ojotsk —dijo una voz desde el interior de la cabina . Hacía mucho que no nos veíamos.

Con temor agudicé mi vista en la oscuridad y distinguí a otra sirena apoyada en la pared del rincón. Tampoco la conocía, así que no contesté. Se tapaba el pelo rubio y parte de la cara con un pañuelo. Si hubiera mirado mi collar, me habría dado cuenta de que era negro, pero no lo hice.

—¿No me dices nada? ¿No te alegras de verme? —preguntó.

—Creo que no nos han presentado —contesté.

—Yo creo que sí, Stella. Ya veo que te rodeas de los cuerpos de élite del mundo marino —continuó, y con la uña larga de uno de sus dedos se rascó el pelo. No como se lo rasca una cuando algo le molesta, sino que levantó el pelo e introdujo el dedo debajo de una peluca amarilla, que descendía hasta el final de su cola.

Solo conocía a una sirena que llevaba peluca y tapaba su rostro con pañuelos de gasa: Lala Mansur, la reina del Séptimo Mar. La sirena que había intentado matar a Pau meses antes en Tula. A Pau y a todos nosotros. La que me arrebató la Capa de Niebla, cuyo portador podría conquistar el mundo.

Me estremecí de angustia, pero intenté que no se notara. Aquella sirena era capaz de cualquier cosa por destruir nuestras vidas. Carraspeé.

—Si gritas o pides ayuda, morirás —dijo.

—¿Qué haces aquí? —pregunté disimulando el temblor de mi voz.

—He venido a buscarte. A ti y solo a ti.

Se acercó a la puerta de la garita y la luz roja la iluminó desde arriba.

—¿Qué quieres? Sabes que no voy a colaborar con vosotros ni con Leviatán. Leviatán mató a mi familia.

—¡Uy, Stella! ¡Siempre tan llorona con tu familia! ¡A todos se nos muere algún ser querido! —dijo mientras volvía a rascarse la cabeza bajo la peluca.

De nuevo guardé silencio y Lala sonrió.

—Stella, quiero pedirte un favor. Solo uno.

—No —contesté.

—¡Espera! ¡No tan rápido! Aún no sabes lo que te voy a pedir. Solo quiero que vuelvas con los tuyos y que me informes de todo lo que planeáis hacer para acabar con Leviatán. Sé que va a tener lugar una gran reunión pronto. Solo eso —contestó sonriendo.

—Jamás —contesté y me di la vuelta para regresar a la sala de descanso y avisar a los que se encontraban dentro.

—Mataré a Dana —oí a mi espalda.

Me giré.

—Ahora mismo tengo una sirena junto a ella. La asesinará si te niegas —añadió mientras se acariciaba el pelo amarillo de plástico con la mano.

Tragué una bocanada de agua salada y fría.

—Supongo que eso es un sí —dijo Lala—. Alguien de mi confianza se pondrá en contacto contigo. Le dirás todo o tu amiga morirá. Esto es lo malo de tener amigos, que una se hace vulnerable. Y si le cuentas a alguien esta conversación, tu amiga también morirá. A Nut, por ejemplo. Sabré cuándo hablas con Nut. Lo sé todo, Stella.

—Es una traición —susurré.

Mansur sonrió y esbozó una mueca de alegría.

—Claro, Stella. Te estoy convirtiendo en una traidora. Los destruirás y al mismo tiempo te destrozarás por dentro. Me encanta verte sufrir. La elegida para acabar con Leviatán se convierte en la elegida para acabar con sus oponentes. Tiene gracia, ¿no?

Las lágrimas comenzaron a subir hacia mis ojos.

—¡No, no, no, Stella! Si te muestras débil, lo notarán. Y Dana acabará en una llanura abisal como su novio. Regresa y disimula —concluyó y dio una palmada—. Ahora me perteneces.

De las sombras salió una tercera sirena con la cabeza rapada y cubierta de tatuajes, que apretó un arpón en mis costillas y me acompañó hasta la sala. Me detuve delante de la puerta y dejé que el agua entrara por mi nariz. Estaba a punto de cruzar el umbral hacia la traición y adentrarme en el peligro. Mi vida cambiaría de manera radical, sin vuelta atrás.

—¡Venga! —dijo la sirena y apretó la punta del arpón en mi espalda hasta hacerme una herida que comenzó a sangrar—. Ahora te tumbarás toda la noche y ni se te ocurra pedir ayuda. Lo sabemos todo.

Abrí la puerta y entré. Sin hacer ruido, me acosté encima de las algas a esperar el día, junto a Dana, mientras me revolvía en mi dolor e indignidad. ¿Cómo me podía haber ocurrido esto a mí? Cerré los ojos y quise creer que había sido un sueño. Pero el dolor y la sangre que brotaba de la herida me hacían volver a la realidad una y otra vez. Reproducía en mi cabeza de manera obsesiva la conversación con Lala. Aquella sirena me había atrapado en sus redes de muerte.

Pasaron horas en las que estuve a punto de gritar varias veces, de contar a todos la verdad. Pero dudaba. La vida de mi mejor amiga estaba en mis manos. Así que lloré de rabia y desesperación mientras planeaba cómo engañar a Lala o cómo hacerle saber el chantaje a Nut o a mi abuelo.

Agotada, me dormí.

5

Cuando amaneció y después de desayunar langosta, dos rusalkas armadas nos pidieron que las acompañáramos hasta el centro del complejo científico.

—¿Te pasa algo? —preguntó Dana mientras salíamos al túnel—. Te veo más apagada que el faro de Hércules.

—La tensión —contesté avergonzada.

A duras penas había podido disimular la angustia y las arcadas al morder la langosta. Ni siquiera podía mirar a Dana a la cara.

—Ayer tuve la impresión de que alguien se acercaba a nosotras mientras dormíamos. ¿Tú has notado algo raro? —insistió.

—No. Tendrías un mal sueño.

Seguíamos a las rusalkas por los túneles de piedra de los submarinos de la antigua base soviética. A pesar de no tener ya un uso militar, aquel lugar seguía transmitiendo una sensación gris y espesa, como si costara respirar dentro. Noté un escalofrío cuando pasamos junto a la luz roja de la antigua garita de vigilancia. ¿Cómo había conseguido entrar allí Lala Mansur y dónde se encontraba ahora? No parecía haber una alarma de seguridad en las instalaciones.

Llegamos hasta una puerta grande metálica. En ella se leía en un cartel antiguo: *«Se disparará a los que crucen»*.

Las dos nos detuvimos delante. Dana me miró, pero yo no le devolví la mirada. Una de las dos rusalkas nos abrió la puerta y nos invitó a entrar en una habitación de piedra rectangular abovedada.

Aquella debía de ser la sala de operaciones de la vieja base, porque dos paredes estaban cubiertas por antiguos paneles de control con bombillas apagadas de varios colores. De otra pared colgaban decenas de pantallas de televisión modernas que mostraban imágenes a tiempo real de los fondos submarinos.

Nut nadaba encima de una mesa con un mapamundi esculpido en piedra negra, pero no de los continentes, sino de los océanos con sus cadenas montañosas y sus simas. Al vernos entrar, vino hacia nosotras. A pesar de su aspecto joven, de su cuello pendía el colgante del Consejo de Ancianos, que mostraba una circunferencia con un arco hacia abajo. Pertenecer a él era un honor en el mundo marino, aunque desde la ascensión de Leviatán el Consejo hubiese desaparecido.

—¿Habéis descansado? —preguntó Nut con una sonrisa.

Asentimos.

—Espero que Trevilian se encuentre mejor —dijo Dana.

—Muchas gracias. Yo creo que por ahora no me quedaré viuda —contestó Nut—. Tienes mala cara, Stella. ¿Has dormido bien? —preguntó mientras me miraba a los ojos.

—Lo normal —contesté y simulé una sonrisa.

Algo en ella me recordaba a Calipso, mi maestra y amiga. Nut era una de las científicas más importantes del mundo marino, y además se preocupaba y protegía a las personas que la rodeaban.

Nut nos llevó hasta el mapamundi grabado en piedra y nos situó encima de él. Me di cuenta de que en algunos lugares habían situado flechas y señales de colores. Distinguí enseguida la ciudad de Tula, cubierta de marcas, y a su derecha, mi Mediterráneo.

—Desde aquí intentamos saber todo lo que ocurre en los mares del mundo, lo que están haciendo nuestros enemigos: los centinelas de los hielos en Hiperbórea, Lala Mansur, Leviatán y sus seguidores. También conocemos las investigaciones en otras instalaciones científicas donde se trabaja con animales —dijo y señaló con un puntero de luz roja el mar de los Sargazos o Mare Tenebrosum.

Meses antes, yo había estado allí y había comprobado cómo se criaban animales malignos y venenosos de gran tamaño modificados genéticamente, entre ellos cangrejos, tiburones y serpientes gigantes. También se almacenaban barcos y submarinos antiguos que después se abandonaban, llenos de armas químicas y biológicas, en playas y puertos para infectar a humanos, como se había hecho ya en varios lugares como Cuba y las islas Arainn.

—El tiempo apremia. Será muy difícil recuperar el territorio perdido —dijo Nut—. Anoche llegó un mensaje desde Baja California. Os esperan cuanto antes. Dentro de una semana se reunirán los representantes de las razas marinas de todos los océanos para aunar fuerzas.

—¿Una reunión de la resistencia? —pregunté para asegurarme de lo que me había dicho Lala.

—Sí. Exacto. De carácter altamente secreto. De nosotros depende el futuro de los mares. Y de la tierra.

Nut se acercó a una pared y pulsó un botón. La piedra de una de las paredes de la sala se corrió hacia la derecha. Frente a nosotras se abrió una cristalera que nos permitía ver un mar oscuro bajo una superficie helada. No sabíamos si era de día o de noche, solo se percibía un resplandor tenue y amarillento sobre el hielo.

—En este desierto de hielo, hace más de setenta años los soviéticos construyeron estas instalaciones secretas. Una ciudad alejada del mundo en la que se reunirían los mejores científicos del país para investigar... —comenzó a contar Nut la historia de la base militar y la de la colonia de rusalkas y vodyanoi que ayudaba a escapar a los científicos como su padre Iván, y les integraban con ellos en sus investigaciones.

—Mis padres pagaron con su vida —añadió Nut—. A mediados del siglo pasado, los seres marinos fueron descubiertos y asesinados. Yo me salvé de milagro, me escondí en las cocinas de la base, en el tubo de desagüe de los desperdicios.

Algo pareció moverse en el mar oscuro.

—Lo siento —dijo Dana.

Nut guardó silencio unos segundos, después se pasó la mano por la cara como si espantara un pececillo y añadió:

—Las personas no valían nada, no teníamos dignidad. Nosotros, seres marinos, aún menos. Nos trataban peor que a los animales. Éramos diferentes, y los dictadores no quieren a nadie diferente, solo esclavos. Eran tiempos duros, sin libertad. Como los que nos esperan si no luchamos.

Nut guardó silencio.

—¿Y los megalodontes? —pregunté—. Es un animal extinto.

Nut apretó otro botón y un foco potente iluminó el mar. Frente a nosotras cruzó uno de ellos, tan grande que me estremecí.

—¡La raba del calamar! —exclamó Dana y se echó hacia atrás asustada.

—Nunca se acercan tanto a la base. Es extraño. Ahora, si nos vieran, reventarían el cristal para comernos si no fuera por un campo electromagnético al que son muy sensibles y les repele. Los soviéticos los crearon y criaron aquí a partir del ADN de fósiles. Tenían un equipo de expertos que resucitaba criaturas extintas. Cuando la dictadura desapareció, simplemente los devolvieron al mar.

—¿Simplemente? —preguntó Dana.

—Los científicos por fin se sintieron libres y abandonaron de manera apresurada las instalaciones con todo el material, ya daba igual lo que ocurriera. Con el caos, lo importante era salvar sus propias vidas. Nosotros lo inundamos y pasamos a vivir aquí.

—¿Esto lo sabe Leviatán?

—Leviatán lo sabe todo —contestó Nut—. Pero los centinelas de los hielos aún no conocen la ubicación exacta. Ni la conocerán. Aunque viven en Hiperbórea, una isla cerca del Ártico, nunca llegan hasta nuestras aguas por miedo a los megalodontes. Estos tiburones son nuestro mayor peligro, pero también nos protegen.

—Entonces ¿es este un lugar seguro? ¿Podrían descubrirnos y acabar con la base? —pregunté.

—Es prácticamente imposible entrar aquí y burlar la vigilancia de nuestras rusalkas y vodyanoi de seguridad.

Mi anfitriona no tenían ni idea de lo ocurrido la noche anterior. Nut pulsó de nuevo el botón y la pared se cerró.

—Sabemos que los centinelas de los hielos planean algo importante en el Atlántico Norte, pero aún no han regresado nuestros informadores.

—¡Esto es increíble! —dijo Dana—. ¿No aceptáis becarios para estudiar aquí?

Nut sonrió.

—Por supuesto, cuando acabe la guerra, te espero... Ahora podéis bajar a las salas de entrenamiento.

—¿Hay aquí una biblioteca? ¿Puedo verla? —preguntó Dana.

—Sí, claro. Pero algunos libros antiguos están escritos en nuestro alfabeto —dijo Nut—. Aquí no solo investigamos en ciencias, también buscamos y analizamos textos submarinos antiguos.

—No habrá problema con el idioma —contestó Dana, que conocía desde pequeña el sireno antiguo y algún idioma más.

Dana y yo seguimos a una rusalka armada hasta el piso inferior, donde nos esperaban los demás tritones y sirenas de la resistencia para el entrenamiento físico. Nut tenía mucho interés en que mejorásemos nuestra puntería con los arpones, así que pasaríamos parte del día disparando con todo tipo de armas y aprendiendo a protegernos de los disparos certeros contra nosotras.

Justo antes de entrar Dana, que nadaba detrás de mí, vio la herida de la espalda. Me agarró del brazo.

—¿Cómo te has hecho eso? —preguntó inquieta.

—No es nada —contesté quitándole importancia.

—Esa herida, ¿te la hiciste con los megalodontes?

—Creo que sí, pero no lo recuerdo —mentí.

Dana se puso delante de la puerta.

—¡Vamos a la enfermería! Es de un arpón y tiene mala pinta.

Dos días después nos anunciaron que marcharíamos a Baja California. No por mar, porque los megalodontes mostraban una actividad fuera de lo normal, sino en avión, desde la base. Yo tenía la esperanza de que Nut nos acompañara, pero la rusalka quería cuidar unos días más a Trevilian, su marido y padre de sus hijos, al que habían herido durante el ataque a Tula.

En un montacargas metálico, todos los jóvenes de la resistencia subimos hasta el exterior, donde el frío nos recibió como una bofetada. La luz blanca dolía en los ojos acostumbrados a la oscuridad. Abrigadas con varias capas de pieles de foca nos dirigimos a la pista de despegue en un paisaje cubierto por varios metros de nieve. A la derecha de la pista limpia aún se veían los tejados de metal de unos almacenes y barracones antiguos, y también sobresalían de la nieve los restos de un avión estrellado años antes. Eran las únicas señales de vida en un desierto de hielo azulado.

Me sentía una farsante mientras me despedía con la mano de la hospitalidad de Nut y sus rusalkas. Nos dirigimos hacia el este.

Isla de Socorro

Baja California, México

6

¿Qué significa echar de menos a alguien? Alguien que, cuando está lejos, te deja un hueco imposible de rellenar. ¿Es lo mismo un agujero que un hueco? El hueco es un vacío en el interior, donde antes hubo algo.

Sientes que tu vida está completa, pero esa persona a la que añoras te añade una pizca de alegría, un pellizco de felicidad. Y cuando estáis separados, algo profundo te impulsa a buscarle.

Pau.

Desde que nos despedimos en las islas Cíes no le había vuelto a ver ni sabía dónde se encontraba. ¿Escondido en tierra? ¿Estudiando en una gran ciudad? Ignoraba si nos volveríamos a encontrar, si miraría de nuevo su sonrisa.

Si nada de esto hubiera ocurrido, si Leviatán, la criatura maligna, no se hubiera despertado de su letargo, ahora Pau y yo nos divertiríamos juntos, felices e inocentes. Pero no nos reuniríamos hasta que no terminara la guerra. Y yo era uno de los obstáculos para que acabara.

Los rayos cálidos del sol me acariciaban la piel en aquella playa de Baja California. Mientras esperábamos la llegada de las legaciones de todo el mundo, comía al sol orejas de mar con Dana y Ainé, y guardábamos las conchas nacaradas para que Ainé hiciera pendientes y collares.

—Con esto, fijo que se te desgarran las orejas —le dije enseñándole una muy grande.

—Esa es perfecta para una línea de cinturones que quiero sacar al mercado en unos meses —contestó Ainé.

—Hermanita, estamos en guerra. ¿Alguna sirena va a comprar cinturones de nácar en guerra? Además, pesan —añadió Dana.

—La belleza a veces es más importante que la utilidad y hay que levantar el ánimo del mundo marino. Una sirena que se siente bella luchará mejor.

—Sí, seguro —dijo Dana.

—No tienes ni idea de estudios de mercado —contestó Ainé.

—Ni lo necesito —dijo Dana.

Frente a nosotras pasaron dos tritones. Uno era Cástor, el tritón que nos ayudó a llegar a Tula después de la masacre de la ciudad de Orán, o Uharu, como la llamábamos nosotros.

Ainé le saludó con la mano y le sonrió.

—¿Ya empezamos a tontear con Cástor? —susurró Dana.

—Ha mejorado bastante desde la última vez que le vimos. Como yo.

Ainé apretó una oreja y noté cómo se le marcaba uno de los bíceps. Ya presumía de bíceps y de tríceps, de gemelos y abdominales. Llevaba semanas entrenando con las sirenas mediterráneas de Orán, sirenas a las que habíamos liberado hacía unos meses de las garras de Bad, el gobernador del Mediterráneo. Ellas, antes enfermizas y temerosas, se habían convertido en sirenas fuertes y guerreras, cuyo único interés consistía en regresar al Mare Nostrum y derrotar a Bad, su esposo. Pero no solo el físico de Ainé había cambiado; desde la muerte de Ceix, también su carácter se había vuelto más irónico y algo borde, como si se hubiera escondido en una coraza para no sufrir más.

—Mientras estabais en la base rusa con los tiburones gigantes, Cástor y yo hemos hablado bastante —añadió Ainé—. Compartimos muchos puntos de vista. ¿Os interesa conocerlos?

—Pues no —dijo Dana.

No nos habíamos fijado en el segundo tritón que acompañaba a Cástor hasta que se giró y nos sonrió con una dentadura perfecta.

—¡Neleo de Cartago! —dijo Dana incorporándose un poco—. ¿Esto es un sueño o realidad?

El tritón se dio cuenta de que le mirábamos y nos saludó con la mano.

—¡Es uno de mis actores favoritos! —continuó Dana y le devolvió el saludo—. ¿Qué hará aquí?

—Habrá venido a verte —contestó Ainé.

Los dos tritones se sumergieron y desaparecieron de nuestra vista.

Cerré los ojos y dejé que el sol calentara mi piel blanca. Desde el encuentro con Lala me encontraba mal, destrozada por dentro. Incluso había pensado en huir lejos. Pero sabía que Lala buscaría otro informador y mataría a Dana y a toda su familia, a Pau, a mi madre. Quizá si yo colaboraba, podría filtrar la información y no contar todo.

—¿Por qué las sirenas no podemos hacer surf? —preguntó Dana mientras abría otra oreja de mar.

—Está bastante claro, ¿no? —contestó Ainé.

Unos días antes habíamos llevado un mensaje hasta la isla de Todos los Santos, al norte de donde nos encontrábamos, y nos habíamos topado con decenas de surfistas.

—Me encantaría quedarme en Todos los Santos o nadar hasta las playas de Pipeline o la playa de Mundaka con los surfistas y cazar olas.

—A ver, Dana, que no te puedes poner de pie en la tabla —dijo Ainé.

Dana pasó del comentario de su hermana y se incorporó.

—Stella, ¿tú tomabas una medicina para no convertirte en sirena?

Afirmé con la cabeza.

—Hasta los dieciséis. Me la hacía tu padre. De veneno de gusano de fuego.

—Eso hay que investigarlo. ¿Os imagináis entrando sobre una tabla en un supertubo de treinta metros sin necesidad de traje de neopreno y sin ahogarnos cuando se rompa la ola?

—Tiene buena pinta —contesté—. Pero una sirena también se espachurra contra los arrecifes de coral y el peso del agua.

Por primera vez desde la muerte de Oannes, Dana parecía emocionarse por algo.

—¡Ser campeona del mundo de surf! ¡Flipas! Sirenas sin fronteras. Además, los surfistas no están nada nada mal.

Ainé levantó una concha de oreja de mar a la altura de sus ojos y la observó.

—¿Y si les vendiéramos a los surfistas estas conchas como amuletos?

Dana se lanzó al agua.

—Me gusta. Haré un estudio de mercado —dijo antes de desaparecer en las aguas de la isla de Socorro.

7

La resistencia había elegido el parque natural de la mexicana isla de Socorro como lugar de reunión. Se encontraba a cientos de millas de la costa mexicana. Era una isla volcánica que fue descubierta por don Hernando de Grijalba y habitada solo por miembros de la Marina y gatos.

Con estrictas medidas de seguridad para comprobar la identidad de cada invitado, aquella noche comenzaría una gran asamblea a la que estábamos invitadas junto con el resto de los seres marinos que luchaban contra Leviatán. Miré mi collar. El cristal era transparente. No corríamos ningún peligro, pero me sentía muy nerviosa.

Por mañana, cuando nos despertamos, Dana no se encontraba en nuestra cueva. Supuse que estaría en la de su madre, su abuela y sus hermanos. Dejé a Ainé arreglándose, para lo que necesitaba tiempo infinito, y me disponía a salir cuando entró Dana muy rápido.

—¡Buenas noticias! ¡Ya se han avistado las primeras ballenas que vienen desde el norte! ¡Cuatro ballenas grises y dos jorobadas!

La miraba sin comprender a qué venía esa alegría.

—No sabes lo que eso significa —dijo.

—Pues no —contesté.

—¡Que en pocos días tendrá lugar la Fiesta de la Ballena! Nos reuniremos todos en un gran festejo para celebrar su llegada.

Ainé, que no le estaba prestando demasiada atención, se acercó a ella.

—¿Significa que podré vender mis diseños de joyas y ropa?

—¡Déjate de tonterías! ¿Queréis que vayamos a ver las ballenas? —dijo Dana.

—¿Cuándo? —pregunté.

—Ahora mismo. Regresaremos para la reunión de la noche. Me han dado las coordenadas exactas de donde se encuentran. Además, las escucharemos enseguida.

—¡Voy a avisar a Cástor! —dijo Ainé.

—Cástor es el que me ha dado la ubicación exacta. Está con unas náyades de Tarraco que acaban de llegar, no nos puede acompañar —contestó Dana—. Lo siento, guapi.

Así que nos pusimos en camino hacia el cabo San Lucas, en el extremo inferior de la península de Baja California. Antes de llegar, escuchamos no el sonido de las ballenas, sino el de las lanchas motoras con turistas que esperaban la aparición de los cetáceos.

El canto de los delfines y el lenguaje en el que se comunicaban era a veces incomprensible para nosotras, pero nos resultaba alegre y divertido, como ellos con sus saltos y juegos. No así el canto de las ballenas; desde la primera vez que las escuché con Calipso, me estremecí, fue como si viniera de otro mundo.

Enseguida escuchamos el sonido de una yubarta o ballena jorobada, nos acercamos con cuidado y allí estaba, enorme, frente a nosotras, negra con la barriga blanca estriada. De pronto, se impulsó y dio un salto fuera del agua que golpeó con su enorme cola. Una de las lanchas se bamboleó y estuvieron a punto de volcar. Daba la impresión de que la ballena quería exhibirse, o ayudar a aquellos pescadores a sobrevivir con sus avistamientos. Las barcas guardaban una distancia prudente de la ballena y no parecían atosigarla. Y nosotras, cada vez que saltaba, salíamos disparadas en la dirección contraria.

—Esto es casi tan genial como el surf —me dijo Dana en un susurro para que la ballena no nos escuchara.

Aunque según Ainé la ballena sabía que estábamos cerca.

—Las jorobadas vienen aquí a aparearse. Ese es un macho y se está luciendo aclaró.

Cuando la ballena dejó de saltar, Dana me dijo:

—¿Te gustaría tocarla?

—¡Sí!

—Venga, acerquémonos. En épocas remotas, las sirenas nadábamos y viajábamos junto a las ballenas. Por aquel entonces comprendíamos su lenguaje y también el de los delfines; nos trasmitían su sabiduría y conocimiento. En tiempos de nuestros primeros padres, el equilibrio se rompió entre nuestra raza y la suya. Ahora solo nos miramos con respeto.

Muy despacio, nadamos hacia ella. Era tan grande que me sentí sobrecogida ante su inmensidad. Nos detuvimos a un lado para que nos viera y notara que no éramos peligrosas.

—Esto es como domar un caballo salvaje —explicó Dana.

—Pero ¿cuándo has domado tú un caballo? —pregunté en un susurro.

—He visto a jinetes en las playas de Jerez. Les dan golpecitos en el lomo y eso.

—Ya —contesté sonriendo.

Cuando nos encontrábamos a pocos centímetros, Dana estiró la mano y la rozó. Yo hice lo mismo y pasé los dedos por la piel negra, rugosa y suave al mismo tiempo. La ballena pareció no reparar en nosotras, aunque sí hizo un movimiento casi imperceptible con la cabeza.

—No te fíes. Aunque no se mueve, sabe que estamos aquí —dijo Dana.

—¡Qué bonita es! —dijo Ainé, que también pasó la mano por su piel.

Nadamos unos minutos a su lado y despacio nos alejamos de ella.

—Si alguna vez quieres viajar junto a una ballena sin que se sienta amenazada, colócate en el lado contrario al que lleva a su cría —dijo Dana—. Acércate poco a poco, hasta que note que no eres peligrosa y no se estrese. Tampoco es bueno que haya burbujas a su alrededor, ya que relacionan las burbujas con las peleas entre otras jorobadas.

Mientras regresábamos a la isla de Socorro, Dana también me contó que Japón había decidido volver a cazar ballenas con fines comerciales después de más de veinte años sin hacerlo.

—¿Por qué? ¿No hay más peces en el mar? —pregunté.

—Por tradición —dijo Ainé—. Hay un grupo de sirenas y tritones en aquellas costas que las protegen, pero es muy difícil impedir que los barcos se acerquen a ellas. Los japoneses no dan su brazo a torcer.

8

A la hora del crepúsculo, nos reunimos en una gruta submarina horadada en la roca de la isla de Socorro, que en realidad era el volcán en activo Evermann. Me senté frente al estrado donde presidían la reunión mi abuelo Gereón, Melusina y Nut. Los tres juntos habían vencido a Leviatán dieciséis años antes. Ellos eran los Tres Sabios a los que habían usurpado el poder.

Ainé había insistido en sentarnos cerca de Cástor, así que a mi derecha se sentaba el tritón, siempre tan antipático conmigo, junto a las gemelas Menya y Fenya y el grupo de indios seminolas que habíamos conocido en los Everglades. Por encima de nosotros nadaban farolillos de mar y beroes para iluminar la estancia.

En realidad, me hubiera gustado observar la reunión desde atrás, sin llamar la atención, y donde nadie notara mi presencia. Tenía la impresión de llevar escrita la palabra *traición* en la frente, a la vista de todos.

Mi abuelo, Gereón, levantó una mano; se hizo el silencio y tomó la palabra.

—Compañeros y amigos, agradezco que os hayáis acercado hasta aquí en un viaje tan peligroso. —Hizo una pausa y continuó—: Todos sabemos que nos enfrentamos a una era oscura, aún más siniestra y peligrosa que todo lo conocido hasta ahora, y que nos esperan meses de lucha y sufrimiento. Un grupo de los nuestros acaba de regresar de Tula, donde hemos acabado con el dragón Ladón y hemos liberado a los prisioneros del Jardín de las Hespérides...

Un fuerte aplauso no le permitió acabar la frase. Gereón de nuevo pidió silencio.

—Todos sabemos que algunos han dejado allí su vida —prosiguió e hizo un gesto con la cabeza a Artagatis de Heraclion, la madre de Oannes— y que su muerte no ha sido en vano. Luchaban contra la tiranía y defendieron la libertad con su vida. Guardemos un minuto de silencio o de oración por ellos.

Se hizo un espeso silencio en la cueva y después continuó hablando.

—También hemos pasado unas semanas observando los movimientos de Belgemir y los centinelas de los hielos en Tula. Han ocupado toda la ciudad y se ha instaurado un gobierno tiránico sobre la población que no ha podido huir. Les acompañan animales monstruosos, como serpientes marinas y cangrejos gigantes, que siembran el terror entre los habitantes. Siento anunciaros que han destruido y saqueado la mayor parte de la ciudad, en especial, los edificios públicos, la Casa de Poseidón y el Palacio de Gobernación.

Se levantó un murmullo de voces.

—De la Casa de Poseidón solo quedan ruinas, han arrancado el mármol, el carey y el oricalco. Se han llevado valiosas obras de arte, esculturas milenarias y relieves. Otras las han destruido, como la estatua de oro de Poseidón. Todo lo que se podía fundir, se ha convertido en lingotes.

—Increíble —dijo Lorelei a nuestras espaldas.

—Algunos centinelas han subido a las islas Azores y han atacado a humanos, en especial, a pescadores. Están organizando una ofensiva de barcos fantasma infestados de enfermedades biológicas que abandonarán en las principales ciudades del mundo. Y, aún peor, tienen preparada una bacteria letal y de fácil contagio para los humanos que anula su voluntad. No solo quieren hacerse con el poder en el mar, sino también en el exterior con ayuda de la Capa de Niebla Verde. En la isla de Hiperbórea investigan cómo convertir niños humanos en sirenas y tritones, como ya ocurrió hace años con terribles consecuencias en la ciudad desaparecida de Poseidonis. Los más viejos os acordaréis.

Willka, el jefe de los tritones y sirenas del lago Titicaca, de piel cobriza y cuarteada, afirmó con la cabeza. Mi abuelo guardó silencio unos segundos que todos respetaron.

—Esto es solo el principio. Sabemos que han liberado a Leviatán y que se esconde en un lugar secreto que aún desconocemos.

Un susurro de miedo se levantó entre el auditorio.

—Los Tres Sabios falsos le han entregado sus objetos de poder, el Tridente de Océano y la Capa de Niebla. Leviatán nos parecerá invencible con estos objetos. Pero no lo es.

De nuevo, el murmullo.

—No quiero que cunda el desaliento. Lucharemos con todas nuestras fuerzas contra esta tiranía monstruosa. Hace unos meses recuperamos la Capa de Niebla Verde de un pecio y volverá a ser nuestra. También se hizo una llamada desde la Caracola de Ayuda en la isla de Bimini.

Murmullos de asombro se escucharon en toda la cueva. Muy pocas personas sabían lo ocurrido en Bimini y quería que siguiera siendo secreto.

—¿Cómo es posible? ¿Quién la encontró? —preguntó un genio de las aguas de Sipadam.

Mi abuelo me miró esperando, en vano, una respuesta o una breve explicación. Desvié la mirada, así que Gereón pidió de nuevo silencio con la mano y continuó con su discurso.

—Fueron pequeñas victorias que demuestran que la lucha constante de cada uno de nosotros contra el mal es efectiva. —Hizo una pausa—. Ahora todos los humanos y el mundo marino nos enfrentamos juntos a uno de los mayores desafíos de su historia.

Mi abuelo regresó a su sitio y Nut avanzó hasta el interior del semicírculo. Los Tres Sabios intentaban informarnos con realismo de los peligros a los que nos enfrentábamos, pero con cada palabra sentía más miedo y me sentía más frágil e indefensa ante tanta maldad.

—Todos conocemos la corriente del Golfo —dijo Nut—. Esa corriente del océano Atlántico que lleva agua cálida desde el golfo de México hasta las costas del norte de Europa. La corriente asegura el clima cálido de toda Europa y Norteamérica. Según nuestros informadores, los centinelas de los hielos desde la isla de Hiperbórea y también en Groenlandia tienen planeado detener la corriente y así congelar todas estas regiones.

—¡Es imposible! —dijo Menya a mi lado.

—No —contestó Nut—. Solo hay que añadir agua fría y dulce de los glaciares del Ártico en grandes cantidades a la corriente para lograr un desequilibrio entre sus aguas. Aprovecharán el próximo invierno para provocar la peor glaciación desde la extinción de los dinosaurios.

Aquellos murmullos que habían acompañado la sesión se convirtieron en exclamaciones de miedo.

Yoholo, el jefe de la tribu seminola, movió un bastón de mando cubierto de cascabeles para tomar la palabra.

—¡Por la tortuga sagrada! ¿Cómo conseguiremos parar esta locura?

—En todas nuestras bases científicas trabajamos duro para evitarlo. Además, organizaremos grupos de resistencia en los océanos. Necesitaremos a todos, humanos y criaturas marinas que puedan luchar con el mayor número de recursos —contestó Nut—. Me preguntareis también cuál es nuestro objetivo. Solo uno: victoria, victoria siempre, victoria a pesar del miedo que sintamos ante el enemigo, victoria aunque el camino sea largo y duro, porque sin victoria no habrá supervivencia. Ni supervivencia para nosotros ni supervivencia para los humanos.

—¡La *Crónica de los Últimos Días* nos dará las respuestas! —exclamó una ninfa mayor detrás de mí. Por su acento, parecía de Byblos.

—Sabemos que ese libro desapareció. Nadie lo ha vuelto a ver desde hace decenios —contestó Nut.

Sentí un vuelco en mi interior. Yo lo había visto meses antes en el Mediterráneo. Me mordí el labio inferior y guardé silencio.

—Ahora, en grupos de trabajo, nos reuniremos por regiones —añadió Nut.

Melusina se acercó y pidió la palabra.

—Aunque grandes extensiones de nuestro mundo caigan en manos de Leviatán y sus seguidores, no vamos a flaquear ni a fracasar, sino que seguiremos hasta el final. ¡No nos rendiremos jamás!

Todos comenzaron a aplaudir. Me uní a ellos, pero en lo más profundo me crecían, como serpientes negras, las dudas de que pudiéramos vencer a este enemigo.

9

Al día siguiente, después del trabajo y el entrenamiento busqué a mi abuelo. Sentía miedo de que su intuición, afinada por los años, notara algo extraño en mí, un cambio desde mi conversación con Lala Mansur. Pero también necesitaba conocer lo que él sabía sobre Leviatán para acabar cuanto antes con este y terminar con mi tormento.

Gereón se encontraba en una reunión con las Señoras de las Aguas, y esperé a que terminara. Subimos hasta la superficie y nos sujetamos a una roca que sobresalía cerca de Cala Blanca, bajo un gran arco esculpido por el mar en la piedra. Según mi abuelo, era más seguro hablar fuera del agua que dentro. Desde donde nos encontrábamos veía un nido de pelícanos en unas rocas y la luna en cuarto creciente.

—Yo encontré en el Mediterráneo un ejemplar de la *Crónica de los Últimos Días* comencé a decir—. ¿Podemos...?

—Olvida el Mediterráneo, Stella —cortó mi abuelo nervioso—. No vamos a entrar en tu mar. El estrecho de Gibraltar está custodiado por centenares de escuadrones de la muerte. Y ni siquiera sabes si el libro aún se encuentra allí.

Giré la cabeza contrariada y miré las luces de la base.

—Necesitamos ese libro. Al enemigo no solo se le captura y se le encierra en una jaula para que años después escape, el mal se aniquila —contesté seria—. La crónica nos dirá cómo matar a Leviatán.

—Lo sé —contestó mi abuelo sin mirarme—. Pero no insistas.

Y sin darle tiempo a añadir más, dije:

—La Capa de Niebla no es verde.

Yo misma la había recuperado del pecio de un galeón del imperio español, era gris con un estampado de figuras y animales, y además desprendía un brillo naranja. Los tesoros muestran su presencia con una luz: blanca si esconde plata, roja si se trata de oro y naranja cuando los objetos están malditos.

Mi abuelo frunció el ceño y aclaró.

—Bad la ha usado mucho mientras estuvo en su poder y yo lo he visto. Es verdosa. Parecía tener excesivo apego a ella, pero cuando Leviatán se la pidió, la entregó con rapidez.

—Bad no ha entregado la capa verdadera —contesté remarcando cada palabra. No soportaba que los adultos me trataran como si fuera una niña pequeña e ignorante—. Bad ha engañado a Leviatán.

—¿Sabes lo que estás diciendo, Stella? ¿Mentir a Leviatán? —preguntó con cierto aire escéptico.

—La ambición de Bad no tiene límites.

—Esperaremos a ver qué ocurre en el Mediterráneo, los dominios de Bad. Tenemos muchos informadores por aquellas aguas —dijo Gereón.

—¿Y si invade África? ¿O Europa? —pregunté.

—No tenemos constancia de ello. Aún.

—¿Y si llegamos demasiado tarde? —pregunté resoplando.

—Mira, Stella, somos pocos. Sería un suicidio entrar en el Mediterráneo, tanto para buscar el libro de la crónica como para averiguar si Bad ha mentido a la criatura más perversa del reino marino.

—Le ha engañado —contesté ocultando la rabia que sentía porque me contradijera.

Mi abuelo guardó silencio unos segundos para aliviar la tensión.

Y yo aún guardaba la pregunta que me rondaba desde hacía meses.

—Abuelo, quiero saber cómo capturasteis a Leviatán. Nunca me lo has contado dije.

Gereón metió la boca en el agua y sorbió un buen trago. Parecía haber envejecido desde la última vez que nos vimos. Pensé que se iba a negar como otras veces, pero comenzó a hablar.

—Stella, no somos perfectos, hicimos lo que pudimos. Y en ese momento solo tuvimos fuerzas para encerrarlo —dijo en clara alusión a mi reproche anterior—. La mayoría de los nuestros murió luchando contra sus seguidores. No quiero que ahora ocurra lo mismo. No quiero perderte.

Mi abuelo hizo una pausa y dirigió la mirada al nido de pelícanos.

—Leviatán siempre espera grandes ejércitos que luchen contra él para aniquilarlos con todo su poder. Nunca presta atención a lo pequeño, a lo que considera débil. Por ese motivo, solo nosotros tres, con la ayuda de varios animales venenosos, nos enfrentamos a él. Nos despreció y se dio cuenta demasiado tarde de que nadie le iba a ayudar. Nosotros estábamos solos, pero él también. Ahora es distinto porque se apoya en tritones y sirenas poderosas como Bad, Lala Mansur y los centinelas de los hielos. No es un único enemigo, son muchos. Y esta vez no podemos fallar.

—No lo encerraremos. El único destino de Leviatán es la muerte —repetí—. Yo no creo que sea inmortal.

—Solo Dios es inmortal. Sin ayuda de las crónicas encontraremos la manera de acabar con Leviatán de una vez para siempre y descubriremos su punto débil. Es nuestra última oportunidad, Stella. No hay marcha atrás en esta guerra.

Respiré con cierta angustia interior.

—¿Hay alguna posibilidad de que Leviatán tenga un informador aquí? —pregunté para tantear.

—Imposible. Conozco a todos y cada uno de los seres marinos que se encuentran en la isla y confío en ellos.

Respiré profundo para calmarme, pero mi angustia creció.

—¿No desconfías de nadie? —pregunté y miré hacia la costa, donde brillaban las luces de la base militar.

En ese momento sentí la tentación de confiarle lo ocurrido con Lala Mansur y de pedir ayuda.

—Oye... —comencé a decir, pero en entonces noté un chapoteo extraño a unos metros de distancia.

—¿Sí? —preguntó mi abuelo.

Frente a nosotros y bajo el agua percibí el sutil brillo plateado de una cola de sirena, o quizá de pez.

—Nada. Se me ha ido la idea.

Mi abuelo sonrió.

—Vamos a dormir. Si queréis, mañana os espera un largo camino —añadió mi abuelo.

—¿Nos marchamos? ¿A dónde?

—Nut nos ha pedido la ayuda de Dana para que trabaje en su base. ¿Querrá? ¿Puedes hablar con ella? ¿Te gustaría acompañarla? Allí estaréis protegidas. Va a reunir un comité de expertos para estudiar cómo detener la posible glaciación.

—No sé. No soporto demasiado el frío. Y hay megalodontes. ¿Lo sabías?

—Sí. Tienen una carne deliciosa.

Le miré con asombro.

—He comido carne de megalodonte varias veces —dijo mi abuelo—. Pero no vale la pena matar a una criatura así para comer su carne. Nut quiere, además, enseñarte a controlar tu miedo a los tiburones para que no te paralice.

—Buena idea —contesté. Era cierto.

—Antes de partir tenéis la oportunidad de participar en la Fiesta de la Ballena, que se celebra cuando el primer cetáceo llega a estas costas desde las aguas frías del norte. Yo no me la perdería —añadió.

—¿Una fiesta mientras nos preparamos para la siguiente batalla? ¿No es algo superfluo, que no necesitamos? Es el momento de estar alerta.

—Justo una fiesta es lo que más necesitamos ahora mismo —concluyó.

10

Me sumergí para buscar mi cueva cerca del cabo Pierce. Notaba algo raro, como si todas las sirenas y tritones que antes nadaban por la isla hubieran desaparecido. ¿Me estaba perdiendo algún evento o reunión?

Dana aún no había regresado. No sabía si seguía con su arrebato de melancolía o investigaba para convertirse en campeona mundial de surf. Ainé tampoco se encontraba allí, pero había dejado un montón de conchas de oreja de mar en un rincón de la cueva. Sobre mí nadaba un beroe que daba algo de luz a la estancia. Aparté las orejas de mar y me tumbé sola. De pronto, entre las conchas descubrí varios papeles marinos. Abrí uno, era un poema escrito con la letra de Ainé.

Soledad,
entrelazas mi existencia
con los brazos salados de tu océano,
aliento de vida.
Y aún no me acostumbro.
¡No me abraces…!
Con tanta fuerza
ahogas mi alma en lo profundo.

Baila conmigo, soledad,
como bailas con las estrellas.

Lo leí varias veces asombrada. No sabía que Ainé, con su aspecto de frívola diseñadora de moda y sirena cachas, escribiera poesías sobre la soledad.

Recuerda, Stella, que tú también vives en la calle Soledad, me dije.

¿Dónde se encontraría mi madre? Seguro que pintando sus cuadros del mar sin estar cerca de él. Sabía que algún ser marino la visitaba, la protegía y le contaba que me encontraba bien. De vez en cuando, una sirena o un tritón se me acercaba y me decía que ella estaba fuera de peligro. Pero, por seguridad, ninguna de las recibíamos más datos. Si las fuerzas de Leviatán la encontraban, la matarían.

Descubrí un caballito de mar que nadaba en el interior de la cueva y dejé que enrollara su cola en uno de mis dedos.

De pronto escuché un ruido en el exterior. Me aproximé a la entrada, saqué con cuidado la cabeza y me encontré con un arpón encañonándome. Una sirena me empujó al interior de la cueva. Con un golpe de las uñas largas de su mano echó fuera al pez luminoso y permanecimos en la penumbra. Reconocí a la sirena calva que me hizo la herida en la espalda con el arpón.

—¿Qué tal la conversación con Gereón? —preguntó.

Aquella sirena lo sabía todo. Si hubiera confesado algo o pedido ayuda a mi abuelo, seguro que se habrían enterado y Dana estaría muerta.

—Le propuse ir al Mediterráneo a buscar el libro de la *Crónica de los últimos días.* Se negó.

—Sería de imbéciles como tú entrar ahora en el Mediterráneo. ¿Para qué queréis la crónica?

«Para saber cómo matar a Leviatán», iba a decir, pero contesté:

—Por su sabiduría ancestral.

La sirena pareció leerme la mente.

—La única que puede matar a Leviatán eres tú y tú eres de los nuestros, nos perteneces. Leviatán es tu amo. No lo olvides.

Respiré profundamente. A pesar de la oscuridad percibí que la sirena tenía gran parte del cuerpo cubierto de tatuajes negros, incluso la cabeza, rapada al cero, y que no llevaba chaleco de protección antiarpones. Si me apoyaba en la pared, podría darle un golpe y dejarla sin sentido.

—Baja el arma, por favor —pedí.

La sirena dudó unos segundos; no apartó el arpón de mi frente, pero quitó el seguro.

—¿Y qué han dicho en la reunión? —preguntó.

—Saben lo de las armas biológicas y las enfermedades. También la invasión a la tierra y los humanos esclavos —contesté.

—¿Qué más? —preguntó la sirena.

—Conocen que se va a cambiar la corriente del Golfo. Eso es todo.

No estaba dispuesta a decirle que la Capa de Niebla que servía para invadir la tierra era falsa y que la verdadera la tenía Bad en el Mediterráneo.

—¿Nada más?

Negué con la cabeza.

La sirena se giró para salir, pero, de pronto, se dio la vuelta, y con un gesto rápido apoyó el arpón en mi mejilla.

—Mientes. ¿Qué hay de la Capa de Niebla?

Apretó el arpón frío hasta que lo noté en mis dientes.

—La capa es falsa. La verdadera la tiene Bad —dije.

—Bien, entonces aceptarás lo que te propongan mañana.

Me soltó y salió.

Tragué agua angustiada e intenté calmarme. ¿Para qué me preguntaba si ya lo sabían todo? ¿Por qué Lala me torturaba haciéndome sentir una traidora?

Poco después entraron Ainé y Dana canturreando.

—¡Neleo! ¡Neleo!, ¡hemos estado con Neleo de Cartago! —exclamó Dana.

—¿Dónde? —pregunté mientras intentaba sonreír.

—Hemos ido a buscar tiburones, subidas en mantas —dijo Dana—. No te encontraba para decírtelo.

—Había tiburones sedosos, ballenas, tigre, de galápagos y martillo —añadió Ainé más contenta de lo que era habitual en ella—. Cástor los conoce todos. Y cómo protegerse para que no ataquen.

—¡Ah! Cástor otra vez... —dije.

—Oye, ¿no te acuerdas cuando fuimos a buscar la Capa de Niebla y Gargor se puso tan pesado que le dijimos que pertenecíamos a una asociación de defensa del tiburón? —dijo Dana.

—Sí, la LIDETIBLATIMAR, la Liga Internacional de Defensa del Tiburón blanco, tigre y martillo. No se te ocurrió un nombre más raro —contesté intentando sonreír—. ¿Y qué tal Neleo de Cartago?

—Pues más estirado que una anguila en el Mare Tenebrosum —contestó Dana—. No sabemos muy bien a qué ha venido, pero se marcha mañana antes de la siguiente reunión. Seguro que a una misión secreta. Por cierto, he visto unos gatos fuera que daban ganas de llevárselos —añadió Dana—. Si alguna vez vivo en la tierra, tendré uno, como Nemo, tu gato color caramelo. ¡Uy, qué seria estás! ¿Te ha pasado algo?

—No, nada. Estoy cansada.

—Te he traído unas doncellas de las mareas y una langosta —dijo y dejó junto a mí una red llena de peces—. Y el beroe que estaba fuera. ¿Cómo habrá salido?

—Gracias —contesté, y cogí un pez de la red sin contestar a lo del beroe.

—Buenas noticias —añadió Ainé—. Mi madre me ha dado un recado para ti. Tu formación académica se suspende hasta que acabe nuestra lucha contra Leviatán.

—Menos mal —dije, y recordé a Lorelei persiguiéndome con libros para que estudiase mientras nuestros enemigos nos perseguían para matarnos.

—¡Y aún más chulo! —dijo Dana—. Mi padre ha creado unas mochilas impermeables de piel de raya para llevar la ropa cuando salgamos a tierra. Te hemos traído una.

—Así no nos pondremos la ropa mojada y tampoco tendremos que llevarnos los pareos y las zapatillas usadas de los turistas —dijo Ainé.

Me colgó de la mano una bolsita gris.

—¡Qué chula! —dije—. Me encanta.

—¡Pruébatela, que te ajusto las correas! —dijo Dana.

11

Cuenta una antigua leyenda nórdica que en las islas Lofoten, en Escandinavia, se encontraba el Maelstrom, uno de los remolinos más terribles de la Antigüedad, que engullía a todos los barcos que se acercaban a él. Pero no solo allí. También cerca de las costas en las que nos encontrábamos, junto al faro de la isla de Todos los Santos, paraíso para los surfistas, se encontraba otro remolino peligroso. La Ballena, como era conocido por los marinos y exploradores, hacía naufragar a sus mejores barcos desde tiempos inmemoriales.

En aquella isla mexicana se alzaba un viejo faro abandonado, la base de información más grande que habíamos construido en América. Con avanzados sistemas informáticos, desde allí se intentaban controlar todos los movimientos de los centinelas de los hielos y también se evitaban ataques a la población humana. Era el primer centro logístico en el que trabajaban humanos y seres marinos unidos, muchos informáticos y analistas, y también historiadores y expertos lingüistas. En el faro, cuyo exterior parecía en ruinas, trabajaban los humanos, y desde él se descendía al mar y a las instalaciones submarinas.

Allí se celebraba la conocida como Fiesta de la Ballena, que tenía lugar cuando la primera ballena jorobada o ballena gris aparecía en las aguas de Baja California.

Ainé había confeccionado ropa humana para subir a la fiesta del faro. No había querido enseñárnosla, ni que lleváramos prendas de repuesto.

—¡Quiero que sea una sorpresa! —repetía.

Así que, cuando llegamos con todos los jóvenes de la isla de Socorro y nos secamos, nos dejamos sorprender por Ainé.

—Miedito me da mi hermana —dijo Dana.

Ainé sacó de su mochila unas faldas de algas trenzadas y unos chales de los que colgaban conchas de orejas de mar. Cogí uno con la mano.

—¿Te has inspirado en los indios seminolas de los pantanos o en los indios norteamericanos de las praderas? —pregunté.

—No sabía que fuese una fiesta de disfraces —añadió Dana—. Parecemos pieles rojas.

—Da lo mismo, guapis. No he traído nada más. Usáis esto o esto —dijo Ainé.

—Viva la libertad —contestó Dana y se puso un chal por encima—. Seguro que nos contratan para algún espectáculo de circo americano. ¿Dónde están los bisontes?

—Esto es visión cosmopolita de la moda, ignorantes —contestó Ainé y me lanzó una falda.

Por lo menos, tenía forro. Ella se había hecho un corpiño imitando la piel de una ballena jorobada, negro por detrás y blanco estriado por delante.

—Vais a ser las modelos de mi próxima colección —dijo Ainé, y nos puso sendos colgantes también de oreja de mar—. La envidia de toda la fiesta.

En el fondo, me divertía ver a Ainé confeccionar prendas para el exterior. Hacer ropa y pensar en sus colecciones le hacía olvidar durante un tiempo la guerra que nos esperaba.

—La ropa marina pierde el color fuera —contestó Dana mientras miraba con fijación el chal y las conchas—. El bonito color verdoso dentro del mar aquí parece marrón diarrea.

—¡Da lo mismo! ¡Nadie se va a dar cuenta! —dijo Ainé—. ¡Y ahora, los pasadores del pelo!

—¡Ah, ni hablar! —contestó Dana—. Yo ya me lo he sujetado con unos esqueletos de erizo rosa.

—Tu pelo no tiene solución, parece estropajo —dijo Ainé.

—Muy graciosa. El tuyo, una lechuga de mar, no te creas.

Cogí el broche, pero no me lo puse.

—Venga, ya estamos —concluyó Ainé y guardó los pasadores en la mochila.

Desde el camino que subía al faro nos llegaban la música, las luces y las voces de los invitados.

—¡Me encanta este ambiente! —dijo Dana entusiasmada—. A ver qué ponen de comer los humanos.

—Habrá de todo. Incluso tomates de mar —contesté—. ¡Tengo un hambre...!

—Seguro que hacen fajitas de cangrejo —dijo Ainé—. O frijoles con langostino.

Entramos en el faro pintado con franjas blancas y rojas, atestado de humanos, sirenas, tritones, rusalkas, ninfas, nereidas y personas mestizas, hijos de humanos y sirenas. Incluso vimos a unos centinelas de los cielos renegados. Sus cabezas rubias sobresalían por encima del resto. A gran volumen sonaba una música que no reconocí.

¿También allí tendría Lala Mansur a alguno de sus informadores?

Sí, yo.

Me fijé en mi collar de cristal, era gris claro. Peligro moderado.

Cuando cruzamos la puerta, se detuvo la canción, todos se giraron hacia nosotras y comenzaron a aplaudir. Ainé levantó las manos y gritó:

—¡Que suene la música!

Y todos volvieron a sus conversaciones.

—A mí esta gente no me conoce de nada —dijo Dana.

—Eso es lo que tú te crees —contesté.

—¿Habrán invitado a Cástor? —preguntó Ainé mirando hacia su alrededor—. Después de ser expulsado de la Universidad de Orán, trabajaba como periodista e informador, ¿no?

—Enséñale tu ropa y que haga un reportaje —contestó Dana—. Ya veo los titulares: «¡Moda en tiempos de guerra! Cómo las sirenas se reinventan gracias a la lucha contra Leviatán».

—¡Espera y verás!

Enseguida encontramos una pecera junto a una pared. Encima del acuario colgaban varias ristras de chiles de muchos colores y tamaños. Unos picantes, algunos menos y otros con los que te ardía el cuerpo entero.

—Lástima que aquí no preparen garum —dijo Ainé refiriéndose a la crema de pescado que tomábamos en el Mediterráneo.

—¡Poseidón nos libre del apestoso garum! —contestó Dana mientras buscaba con la mirada dentro de la pecera. A Dana le gustaba tan poco como a mí.

—¿Os apetece pulpo? —preguntó Ainé mientras metía un tenedor muy grande y cogía a un cefalópodo pequeño, que comenzó a removerse entre sus manos.

—Nos vamos a poner pringadas de tinta —contesté y me acerqué a otra pecera llena de tomates de mar, la comida preferida de Dana, una anémona de tentáculos gelatinosos. Dana ya se había situado a uno de los lados y tenía una en la mano.

Había metido un gancho en la pecera para coger otro cuando noté que alguien me tocaba en el hombro. Me di la vuelta asustada. Era una sirena con el pelo castaño recogido en un moño encima de la cabeza, una de las esposas de Bad.

—¿Stella? Te están esperando fuera —dijo y se marchó sin darme tiempo a preguntar.

Sentí miedo de la propuesta que me iban a hacer. Hice una seña a Dana para decirle que me marchaba, pero con los tomates, ni se dio cuenta, y salí. En el recorrido reconocí a otras dos de las mujeres de Bad que habíamos liberado meses antes.

Una de las sirenas seminolas que habíamos conocido el año anterior en los pantanos me detuvo.

—¡Qué ropa más bonita! ¿La has confeccionado tú? —me preguntó.

—¡Una preciosidad! Es una obra artesanal de Ainé, esa sirena rubia de allí contesté sonriendo.

Ya nos encontrábamos en otoño y en la puerta soplaba una brisa ligera pero fresca desde el mar. Comencé a temblar de miedo y de frío, y me coloqué el chal.

—¡Cuidado, no te resfríes! —dijo alguien a mi espalda.

Me giré rápida. Era Pau, delante de mí, con una cazadora azul y las manos en los bolsillos. Tardé unos segundos en reaccionar.

—¡No me lo puedo creer! —balbucí y le abracé todo lo fuerte que pude, como si fuera el último faro del fin del mundo.

Permanecimos así hasta que escuché la voz de Pau:

—No puedo respirar, lapa marina.

—¿Qué haces aquí? —pregunté soltándole unos centímetros, pero la música no me dejaba escuchar su respuesta.

Le cogí de la mano y lo llevé hasta la parte posterior del faro, la que miraba al mar. Allí, junto a una valla de madera desvencijada, nos detuvimos. Frente a nosotros, las aguas del anochecer se removían furiosas. Le cogí la cara con las manos.

—¿Has venido? ¿Desde dónde? —pregunté, y antes de que me contestará le besé.

No quería soltarle, ni separarme más de él. Olía a casa, a hogar y a seguridad. Pau se apartó un poco para mirarme a los ojos.

—¡Te he echado tanto de menos! —dijo—. ¡Qué bien te veo para estar en guerra!

—Tú tampoco estás nada mal, la verdad —contesté con una sonrisa mientras le apartaba el flequillo de la frente—. Cada día mejor.

—Ven, vamos a sentarnos —dijo Pau, y nos acercamos a un banco junto a la verja de madera.

Me senté a su lado y le agarré como si temiera que se me escapara. Me contó que había pasado todos estos meses en la capital estudiando en la Universidad mientras trabajaba en el zoo con un tritón en cuya casa vivía. Yo le conté mi expedición a Tula, la liberación de los secuestrados en el Jardín de las Hespérides, la visita a la base científica del mar de Ojotsk y la reunión en Baja California. No quise entrar en detalles sobre lo hablado allí, que consideraba secreto y bastante desalentador. Pero Pau parecía conocerlo.

Me di cuenta de que dentro de la corriente y el remolino de la Ballena se movían figuras marinas. ¿Sirenas nadando a esas horas? ¿Y si eran surfistas en peligro? Agudicé la vista por si tenía que lanzarme a salvarlos, pero vi una cola de sirena.

—¿Sabes que me han hecho un encargo? —dijo Pau.

—¿Quién? —pregunté nerviosa y me incorporé.

En los brazos de Pau, por un momento había olvidado a Lala Mansur.

—Tu abuelo y Melusina. Quieren que acompañe a Lorelei a la sede de la Organización Mundial de la Salud en Ginebra. Intentaremos convencer a los expertos del peligro real de las armas biológicas de los centinelas de los hielos y de su posible empleo en la tierra para esclavizar a los humanos. Lo que no sé muy bien es cómo lo haremos. No es muy verosímil explicar en Ginebra la existencia de bases científicas submarinas. Pero Melusina me ha asegurado que trabajan allí varias ninfas que nos ayudarán.

—¿Y si es peligroso? —le pregunté—. ¿Quieres que vaya contigo?

Pau me cogió la mano con la que estaba abrazada a él y la metió entre las suyas.

—No, es mi misión. No quiero quedarme en el zoo alimentando focas mientras lucháis en el mar. Tu mundo es y será mi mundo.

Le apreté más fuerte.

—Para mí, tú eres el mar, Stella —dijo mientras me acariciaba el pelo—. Te veo en cada gota de agua, en cada fuente, en los manantiales, en las nubes, en las cascadas, cristalina y transparente, en la bruma que cubre el suelo y se cristaliza en invierno sobre la hierba.

—¡Guau, qué poeta! —contesté.

Después de unos segundos dije:

—¿Sabes lo que eres para mí? El viento. Te acercas a la superficie de mi mar y levantas olas, creas tempestades, me haces estallar en espuma contra las rocas. Pronto acabará todo y volveremos a nuestra playa.

—Y no nos separaremos nunca. El mar y el viento.

Temblé.

—¿Tienes frío? —preguntó Pau y se levantó—. Llevas una ropa bien rara. ¿Y esas conchas? ¿Venís disfrazadas?

—¡No! Es idea de Ainé. Una nueva línea de ropa para tiempos de guerra.

—Si le das a alguien con una concha en la cara, le revientas la nariz —dijo Pau.

Abrió su chaqueta y me metió en ella.

—Pau, te necesito —dije y volví a abrazarle.

—Por favor, sobrevive —susurró—. No me imagino mi vida sin ti.

Pau acercó sus labios a los míos y me besó de nuevo. Un beso de unión y de despedida. Un beso que haría más hondo el hueco de mi interior cuando se marchase.

En ese momento escuché un carraspeo cerca del faro. Nos separamos y en la penumbra distinguí a Zohra, otra de las mujeres de Bad. ¿Qué ocurría allí en el faro? ¿Por qué se habían reunido todas?

—Perdonad, pero necesito hablar contigo, Stella.

Pau me apretó la mano.

—Te veo dentro —dijo—. Que no te líen —añadió en un susurro y desapareció por el sendero hacia el faro.

Zohra se acercó a mí. Ya no se parecía a la sirena frágil que conocí en un antro de la ciudad de Orán. Llevaba meses entrenando y preparándose para la guerra. Su aspecto era musculoso y su actitud, decidida.

—Perdona, sé que llevabas mucho tiempo sin ver a ese humano —dijo—. ¿Es difícil querer a un humano siendo sirena?

—Prueba y verás, pero lo complicado es adaptarse al mar o a la tierra. ¿Ocurre algo? —pregunté.

Notaba su rostro tenso y comencé a sentirme nerviosa.

—Sí, nos han llegado noticias del Mediterráneo. La Capa de Niebla.

—La Capa de Niebla que Bad entregó a Leviatán no es la verdadera. ¿Lo sabes? pregunté.

—Sí. La auténtica la tiene él. Está preparando la invasión a la tierra por Bens, un pueblo de Marruecos. Ya. Dentro de tres días. He hablado con Melusina para entrar en el Mediterráneo e impedirlo, pero le parece un suicidio.

Guardé silencio para escuchar su propuesta, porque seguro que había una.

—Vosotras encontrasteis el libro de la *Crónica de los Últimos Días* en los dominios del Señor de los Muertos. Hay bastantes posibilidades de que siga allí —continúo—. Podrías recuperarlo.

Aquel libro nos diría cómo acabar con Leviatán.

—¿Y?

—Ahora mismo, con el jaleo de la fiesta, queremos marcharnos y atacar cuanto antes el palacio de Bad en Orán. Y también recuperar el libro. Vosotras tres y nosotras.

Me señaló el remolino de la Ballena y en ese momento me di cuenta de que las figuras que había visto momentos antes eran ellas saltando al interior del remolino.

—Estamos preparadas —añadió.

Ellas sí estaban dispuestas, pero yo no. A pocos metros se encontraba Pau y quizá nunca le volvería a ver. Sin decir nada a nadie, desapareceríamos para enfrentarnos a uno de los ejércitos más numerosos y sanguinarios del Mediterráneo. Mi abuelo sufriría y se preocuparía por mí.

—Estoy muy agradecida contigo por salvarme la vida en Orán, pero pienso lo mismo que Melusina. Es una locura. Y quizá el libro no sea imprescindible —repetí con mi abuelo.

—Bien, nos iremos sin vosotras. Ahora mismo —contestó y, forzando una sonrisa, se giró para marcharse.

Aquel era el encargo de Lala Mansur que debía aceptar.

—¡Espera!

Zohra se detuvo.

—¿Ahora? —pregunté

Zohra afirmó con la cabeza.

—¿Podemos esperar al amanecer? El humano...

La sirena de pelo negro pareció dudar.

—Sin problema —contestó.

Respiré aliviada y corrí hacia la fiesta en busca de Pau y de mis amigas. Quizá podría insinuarle algo a Pau de la conversación con Lala Mansur para que él dijera algo a Lorelei.

Cuando bordeaba el faro para entrar, de una puerta salió una sirena con una bandeja de trozos de pescado. Intenté esquivarla, pero se puso delante de mí. Alcé la mirada y me encontré a la sirena de los tatuajes y el pelo rapado. El corazón comenzó a latirme con fuerza.

—¿A dónde van Pau y Lorelei? —preguntó.

No, Pau otra vez no.

—No lo sé —contesté e intenté seguir mi camino, pero me colocó la bandeja delante de la cara.

—¿Quieres probar este pescado? Son trozos de pez globo con vísceras, el más venenoso del mundo —dijo—. Con esta bandeja mataré a treinta personas de la fiesta. Entre ellas, a tu amiga Dana. Dentro hay otra sirena preparada junto a tu amigo humano con una bandeja igual. Si no me lo dices, morirán.

—Por Neptuno, ¿por qué me hacéis esto? —pregunté desesperada y me llevé la mano al pecho.

—¿A dónde viajan? —insistió.

—A Ginebra, a la Organización Mundial de la Salud. A impedir la expansión de la enfermedad que esclaviza a los humanos.

La sirena cogió un trozo de pescado y se lo metió en la boca, después se giró y entró de nuevo por la puerta de la cocina.

Asustada, entré en el faro y busqué con la mirada a la otra sirena con la bandeja de pez globo, pero no la encontré. Con la que me topé fue con Dana, que se había subido a un estrado y micrófono en mano cantaba una de sus canciones preferidas mientras todos la coreaban con los brazos en alto.

—*¡Huyamos juntos a los mares tropicales con las ballenas y los corales!*

«¡Que empiece la fiesta!», pensé cuando a un lado del escenario descubrí a Pau.

Península ibérica

12

Al amanecer partí con Dana, Ainé y las cinco sirenas fuertes y decididas a acabar con Bad, el tritón más repugnante que nació en el Mediterráneo. Mientras, enviaba a una sirena y a un humano a una trampa mortal en Ginebra.

La despedida de Pau me había desgarrado por dentro y, con la mano aún temblorosa de dolor, mandé un mensaje a mi abuelo para anunciarle mi viaje. No queríamos que nos siguiesen no solo mi abuelo y Melusina, sino posibles traidores en nuestras filas. ¿Qué traidores? La traidora era yo. El mensaje le llegaría cuando ya nos encontráramos en el Mediterráneo y no pudieran impedir el viaje.

Según las explicaciones de Zohra, la jefa de la expedición, el factor sorpresa sería fundamental para el éxito de la misión: entrar en el palacio, acabar con Bad y salir sin ser vistas. Como si aquello fuera tan fácil en un edificio custodiado por centenares de tritones armados y centinelas de los hielos. Seguro que lo habían reconstruido desde que meses antes Dana hizo volar el techo de cristal.

—Sabemos que a Bad le gusta pasear por las afueras de la ciudad a última hora del día —me había explicado la sirena.

—¿Solo?

—Sí, pero con custodia. Aprovecharemos ese momento para atacarle.

—¿Cuánta custodia?, ¿cien, doscientos? —pregunté.

—Cuando lleguemos lo comprobaremos, pero tenemos todo controlado.

—Eso espero —contesté.

Entramos en la península ibérica por el faro del cabo de San Vicente. Desde los acantilados, bajo el faro, reconocí los olores y las plantas y, a pesar de dirigirme a la guerra, sentí alegría de regresar a casa. Con unas zapatillas deportivas que nos proporcionaron las guerreras de Bad, ascendimos por un sendero empinado hasta el faro.

—¿No había otra manera de llegar hasta aquí? —preguntó Ainé desfallecida—. Seguro que a un kilómetro hay una playa cristalina por la que salir del agua sin dificultad. Me voy a despeinar.

—Ya, y con la posibilidad de ser vistas —contestó Chija, una de las sirenas que nos acompañaba—. Y no te preocupes, lucharemos con tu fuerza y tu inteligencia, no con tu pelo.

Junto a los edificios del faro nos esperaba una furgoneta azul con cristales tintados. Conducía una sirena rubia, de pelo largo, con un vestido blanco de gasa y una pamela. Era otra de las mujeres de Bad.

—¡Rápido! ¡Entrad! —dijo.

Después se presentó como Hila.

—Nuestra experta en explosivos —añadió Zohra.

—Me encanta llevar en el equipo una especialista en explosivos submarinos —dijo Aine—. ¿También sabes desactivar bombas?

—Por supuesto —contestó Hila.

—Me dejas mucho más tranquila.

Zohra señaló a otra de las sirenas que nos acompañaba y que casi no había hablado en todo el camino.

—Lunda es la mejor tiradora de arpones de todo el Mediterráneo.

—Encantada —dijo Ainé.

—Y Setti es analista de datos y altamente sensible. Intuye y descubre lo que nadie ve. Anticipa lo que puede ocurrir para reaccionar de una manera u otra.

Sonreí. Meses antes habíamos encontrado a esas sirenas medio muertas y encadenadas a una pared del palacio de un dictador. Ninguna se había quedado en un rincón lamentándose de haber sido engañada por un tritón vicioso y enfermo de poder. Todas se habían convertido en guerreras fuertes y capaces. Ahora nos acompañaban las cinco mejores.

Hila nos pasó unas camisas, chaquetas y pantalones que nos pusimos enseguida.

—Oye, ¿de dónde habéis sacado esta ropa? —preguntó Ainé mientras levantaba con dos dedos la manga ennegrecida de una camisa.

—Del montón de un mercadillo. Bien barata —contestó Hila—. Para que acabe tirada en una orilla, no me gasto demasiado dinero.

—¿Está lavada?

—Me da que no. Me he dejado la lavadora en casa.

Interrumpí la conversación.

—Perdonad, pero llevo varios meses sin hablar con mi madre y me gustaría llamarla —dije.

—¿Ahora? —preguntó la conductora mientras me miraba por el espejo retrovisor. De pronto, me reconoció, se giró y dijo:

—¡Stella! ¿Quieres un móvil?

—Prefiero una cabina, si aún existen. Podrían localizar el móvil si han pinchado el teléfono de mi madre.

—Y también la cabina, pero yo te la busco —respondió y arrancó—. Y pide todo lo que necesites.

Zohra presentó a Dana y a Ainé. Y después explicó el plan.

—Bajaremos hasta las costas de Tarifa. Allí nos dividiremos. Vosotras entrareis en los dominios del Señor de los Muertos a buscar la *Crónica de los Últimos Días* y nosotras os esperaremos en la Otra Costa, al oeste de Orán o Uharu. Mientras, trabajaremos el terreno hasta que os reunáis con nosotras. No vayáis por mar, siempre por tierra. Hay autobuses que enlazan todos los pueblos de la costa. Cuando lleguéis a Níjar, cruzad el mar.

Dana comenzó a sonreír y le di un codazo.

—¿Qué te pasa? —susurré.

—Nada, nada —contestó y después se dirigió a Hila—. ¿Tienes un mapa de la zona?

La sirena le pasó un mapa de carreteras que Dana extendió sobre sus rodillas sin que se le borrara la sonrisa extraña de la boca. Hila nos pasó también un periódico humano.

—Malas noticias. Mirad en internacional.

Abrí el periódico y leí en voz alta:

*«**Pescadores encuentran un barco abandonado a unas 6 millas náuticas de las costas de la ciudad chilena de La Serena.***

Las autoridades locales creen que la nave, de nombre Terror y supuestamente de origen chino, podría haber sido arrastrada hasta el lugar de su descubrimiento por las tormentas que azotaron China el pasado octubre.

A bordo de la embarcación, en una primera inspección no se hallaron ni los miembros de la tripulación ni tampoco objetos de valor como utensilios de pesca, agua potable o petróleo. Las autoridades no pudieron abrir uno de los camarotes y además se percataron de que tanto los mapas como los instrumentos de la cabina del capitán presentaban un aspecto antiguo.

En un segundo registro minucioso de la embarcación, en el que participaron también un cerrajero y un doctor en Arqueología de la Universidad de La Serena, se abrió el camarote en el que se encontraron el cadáver momificado de un ciudadano chino, G. X., que fue identificado gracias a unos papeles que se hallaban en la nave y que establecían su fecha de nacimiento en el año 1901. Agentes de la investigación policial vinculan la automomificación del cadáver con el hecho de que en algunas zonas del Pacífico soplan unos vientos oceánicos con un gran contenido de sal y las temperaturas son muy altas.

La nave se remolcó hasta La Serena, donde fue fondeada a dos millas del litoral, ante la amenaza de que pueda hundirse y contaminar la zona.

Mientras sigue en marcha la investigación para esclarecer el destino del resto de sus tripulantes, las autoridades locales ya han descartado la versión del secuestro del barco o de que se haya producido algún suceso violento a bordo, ya que no encontraron signos de violencia, como manchas de sangre o agujeros de bala. Lo que no han podido explicar las autoridades es la fecha de botadura del barco, pero el profesor Olivos, arqueólogo, se ha atrevido a datar la embarcación entre 1927 y 1949, durante la Guerra Civil China. Nadie sabe dónde ha estado el barco durante todo este tiempo.

Según los últimos datos confirmados por los investigadores, todas las personas que entraron el barco durante los registros se encuentran en cuarentena, ya que muestran síntomas de padecer una extraña enfermedad de origen desconocido que ataca al sistema digestivo. Se teme por la salud del arqueólogo Olivos, que ha sido internado en un hospital de Santiago de Chile especializado en enfermedades infecciosas.

Este último descubrimiento ha elevado las alarmas y se ha relacionado a otras apariciones en varias partes del mundo de barcos y submarinos fantasma que parecen estar infectados con armas biológicas».

Dana, que había estado enfrascada en su mapa y parecía no haber escuchado la noticia, silbó.

—Si supiéramos dónde van a soltar la siguiente embarcación, podríamos impedir que llegase a puerto —dijo Hila.

—Antes o después nos enteraremos —añadió Zohra.

Después de varias horas llegamos a Cádiz. Dana miraba entusiasmada el paisaje y sacaba la cabeza por la ventanilla.

—¿Esto es la antigua Gades? ¡Uy, qué bonito! —decía refiriéndose a la ciudad de Cádiz.

—Al sur está Tarifa y las playas de surf —le dije.

—¡Me muero de emoción!

Las cinco sirenas que nos acompañaban nos miraban sin comprender demasiado su entusiasmo.

En Cádiz localizamos una cabina desde la que llamé a mi madre. Su voz sonaba sorprendida pero contenta cuando descolgó. Desde pequeña, siempre que hablaba con teléfono con mi madre, ella intuía cómo me encontraba también por la voz. Ahora deseé que no notara la lucha en mi interior.

—Mamá, no, no quiero que me digas dónde te encuentras —dije—. Si estás protegida, eso me vale. Me alegro de que Ginés vaya a verte a menudo. Yo... también estoy bien. Sí, con Dana y Ainé, y he visto a Pau hace poco. Está ayudándonos. No, no sé si se quedará en el mar. Yo también te quiero. Mucho.

Mientras hablaba, el resto se había acercado a un puesto a comprar *pescaíto* frito. Hice tiempo junto a la cabina antes regresar a la furgoneta. Tenía un nudo en la garganta y no quería que lo percibieran, sobre todo, la sensible.

Me llamó la atención un papel pegado en la cabina; en él aparecía la foto de una chica joven y debajo se leía:

> ***Desaparecida***
> *Antonia García Campos*
> *Se la vio por última vez el sábado 29 de noviembre a las 22.30 en la playa de Los Lances, en Tarifa.*
> *Mide 1´65 m, pelo y ojos marrones. Llevaba vestido azul y zapatillas blancas. Teléfono de contacto 0239678*

Me dirigí al puesto de pescado. Todas me esperaban fuera mientras comían. Cuando llegué, Dana me puso entre las manos un cucurucho con un olor delicioso.

—¡Increíble! —dijo con un chopito en la mano y me sonrió—. ¿No podríamos hacer algo así en casa?

—Pues no —contestó Ainé.

—Necesitas una freidora acuática —añadí—. Como no la inventes tú, no existe.

—Se lo diré a mi padre. Seguro que se le ocurre algo.

Alfeo, el padre de Dana, inventor e investigador, se encontraba en las islas Cíes trabajando en varios proyectos contra los centinelas de los hielos.

—Lo más sencillo es que salgas a tierra a comprártelo —le dije mientras subíamos a la furgoneta—. Y porque no has probado las tortillas de camarones...

—Será lo próximo. Hila, ¿te importa poner música? —pidió Dana—. Me encanta la música humana.

Hila encendió la radio y comenzó a sonar una melodía pegadiza: *Tu piel morena sobre la arena, nadas igual que una sirena...*

—¡La canción perfecta! ¡Venga! ¡Todas juntas! —dijo Dana mientras bailaba con los brazos arriba.

Zohra se giró y la miró seria.

—¡Vamos, que relajadas se lucha mejor! —dijo Dana sin parar de bailar sentada en su asiento y contenta de disfrutar de la tierra.

13

Cuando llegamos a Tarifa, el calor era sofocante a pesar de estar en otoño. El baile nos había dejado exhaustas. Ainé se frotaba la piel pálida y cuarteada con crema para el sol, y ya nos habíamos bebido casi todas las botellas de agua.

Hila paró frente a la playa en la que meses antes salimos con los niños que rescatamos del Señor de los Muertos. Nos despedimos y las sirenas continuaron su camino en la furgoneta.

Dana señaló el chiringuito A tu aire, el único dato que recordábamos de aquel lugar.

—Es aquí, seguro —dijo.

De nuevo vi el cartel de la chica desaparecida. Lo habían pegado en las tiendas y calles del pueblo.

Miré alrededor por si veía a alguno de nuestros niños, algo que consideraba casi imposible. Solo una niña con su padre volaban una cometa al final de la playa.

Frente aquellas costas habíamos vivido uno de los peores momentos de nuestra vida cuando un loco llamado el Señor de los Muertos nos capturó durante un tiempo. Aquel tritón hundía barcas y pateras y utilizaba a los niños náufragos como esclavos después de robarles todas sus pertenencias. Guardaba en grandes redes todo tipo de objetos que encontraba y robaba a las personas que cruzaban el estrecho.

En una de aquellas redes, que contenía libros marinos antiguos, descubrí entonces un ejemplar de la *Crónica de los Últimos Días.* Cuenta la leyenda que aquel libro contenía las indicaciones para acabar con Leviatán, la criatura terrible e inmortal que había escapado de las profundidades abisales. Todos los ejemplares desaparecieron durante la Primera Revuelta. Más bien, los seguidores de Leviatán los hicieron desaparecer.

Miramos hacia el mar.

—¿Os orientáis desde aquí? —preguntó Dana—. Yo no mucho.

—Nos sumergimos y buscamos el sitio —contestó Ainé—. Así de sencillo.

—Ya, como no hay tritones ahí dentro...

De pronto, vimos que la niña dejaba la cometa a su padre y corría hacia nosotras.

—¡Stella! —gritó cuando se encontraba a pocos metros.

Al principio me costó reconocerla. Saltó sobre mí y me abrazó. Era Samia, una de las niñas que liberamos del Señor de los Muertos.

—¡¿Qué haces aquí?! —le pregunté y me agaché para estar a su altura.

Me di cuenta de que llevaba puestos los pendientes de oro que le dimos antes de marcharnos.

—¡Vivo aquí, cerca, con mi padre y mi madre, y bajo todos los días a la playa! —dijo y se colgó del cuello primero de Dana y luego de Ainé.

—¿Y Reydan y los demás? —pregunté.

—Viven cerca. Los veo en el cole.

—¡Cómo has crecido! ¿Estás bien? —pregunté.

Samia estaba tan contenta y parecía tan confiada e inocente que me sentí sucia.

—Sí, muy bien. ¿Regresáis a vuestra casa?

—No, venimos a buscar un objeto muy importante que se encontraba en las redes del tritón malo —contesté.

Samia torció la boca con asco.

—¡Es muy peligroso! —dijo y bajó la voz—. ¡Hay tritones en el mar y en las playas! Se tumban en esterillas y vigilan. Por las noches hacen señales con luces dentro del agua. Hace unos días secuestraron a una chica en un pueblo. Aún no la han encontrado señaló el cartel de la desaparición.

—¿Cómo sabes que han sido tritones?

—Lo vi desde mi casa.

—¿Se lo has dicho a tus padres? —pregunté.

—Sí, pero no me creen —contestó y volvió a abrazarme—. No quiero que os pase nada.

—No te preocupes. Estaremos bien. Cuando volvamos, ¿me enseñarás a volar una cometa? —pregunté.

Samia afirmó con la cabeza y corrió de nuevo hacia su padre.

Nadamos en silencio hacia las montañas submarinas frente a la costa. Enseguida encontramos el Pico de Hércules con las ruinas del templo dedicado al héroe griego. Avanzamos unas ballenadas hacia el estrecho con mucho sigilo. Allí había fuertes corrientes y vigilancia de los escuadrones de la muerte.

Pero no encontramos a ningún miembro de escuadrón ni tritón armado. O eso creímos.

Y poco después llegamos a las montañas submarinas donde el demente nos secuestró con los niños. Para nuestra sorpresa, en las paredes rocosas de la montaña ya no colgaban redes, ni objetos ni huesos. Ahora todo había desparecido.

—¿Y si se ha hundido? —preguntó Dana.

—Me da que se lo han llevado —contesté.

—Nademos hacia las profundidades para comprobar que no está allí —sugirió Ainé.

Y nos dirigimos hacia abajo, hacia la oscuridad más absoluta. Pero no encontramos nada más que restos de huesos humanos y de animales, y trozos de embarcaciones. O eso creímos. A mi cabeza vinieron las imágenes de aquellos terribles días y un sentimiento profundo de miedo.

—Creo que debemos salir del mar y dirigirnos a Orán cuanto antes —dije mientras ascendíamos—. Este silencio no me gusta nada.

Oí la voz firme de Dana debajo de mí.

—Yo no me voy del estrecho de Gibraltar, ni me enfrentaré a una muerte segura si no me despido antes de Chete.

—¿Chete? —preguntó Ainé desorientada.

—Sí, aquel chico al que le robamos la moto cuando tú nos dejaste en la estacada en aquel pueblo. ¿Chete se llamaba?

—Sí —contesté.

Dana sabía de sobra el nombre de aquel chico.

—¿Crees que me echará de menos? —preguntó Dana.

—Seguro —respondí mientras disimulaba la sonrisa.

Lo que nos faltaba ahora era perder el tiempo en un mar infestado de enemigos para salir a buscar a un tío del que no sabíamos ni el nombre verdadero.

—Podemos nadar hasta su pueblo y decirle algo —insistió Dana.

—¿Y si ha vuelto con su novia esa tan tontita? —pregunté sin tomarme en serio la propuesta de mi mejor amiga.

Delante de nosotras se veía la superficie del mar brillante y soleada cuando sacamos la cabeza.

—La novia no importa. Chete me salvó la vida en el mar y vengo a agradecérselo.

—¡Anda! Le salvaste tú a él —dije.

—Fue una ayuda mutua.

Respiré y me sacudí el pelo.

—Dana, sé que Chete alegraría tus días en estos momentos aciagos. Pero ¿te importa que pasemos a la vuelta? Es muy peligroso.

Dana pareció reflexionar unos segundos.

—Solo será... nada, una horita. Saludar y ya. Chete no es un pulpo más de la bahía. Además ¿tú crees que a la vuelta pasaremos por aquí? Si hay vuelta...

Ainé y yo nos miramos.

—¡No! —contestamos las dos.

—Pues id sin mí. Yo me quedo aquí —dijo seria y a punto de llorar.

Ainé y yo guardamos silencio mientras esperábamos que cambiara de opinión. Pero no solo no lo hizo, sino que comenzó a llorar.

—¡No puedo soportar esta tensión! ¡Ceix murió! ¡Oannes murió! ¡Necesito aire!

Iba a pasar mi brazo por su hombro cuando se giró y comenzó a nadar hacia la costa.

—¡Insensibles!

No podíamos dejarla sola, así que Ainé y yo la seguimos.

Enseguida, frente a nosotras apareció la torre de Guadalmesí y una playa en la que algunos turistas aún disfrutaban de los últimos rayos del sol de otoño.

—Veo que aún os late algo en el pecho, ¿no será el corazón? —dijo Dana mientras nos secábamos y nos vestíamos detrás de unas rocas.

Ninguna de las tres se dio cuenta de que entre los hombres que se tostaban en la playa no solo había turistas.

Y así acabamos andando hacia un pueblo perdido del Mediterráneo, buscando a un chico con nombre de perro que habíamos visto solo una vez y un par de horas.

Según nos acercábamos al pueblo, se escuchaba en la lejanía música como de banda musical.

—¡Oigo un sonido extraño! Y no son cantos de sirenas —dijo Dana con emoción—. ¿No estarán en fiestas?

Sonreí. A Dana le encantaban las fiestas de los pueblos de la costa. Desde que nos marchamos del Mediterráneo, era lo que más echaba de menos. Antes de conocernos solo las observaba desde la orilla, pero yo la había animado a salir del mar y unirse a los festejos. Su cabello pelirrojo largo, la ropa humana, que le colgaba como si no fuera suya, y su manera de bailar llamaban algo la atención, pero nos daba lo mismo.

Nuestras sospechas se convirtieron en certeza cuando llegamos a El Pelayo, el pueblo de Chete. Supuse que serían las fiestas de la Purísima. Una charanga compuesta por una decena de músicos disfrazados recorría el pueblo y se paraba en distintos lugares donde los vecinos habían colocado unas mesas con comida. Algunos vecinos tiraban agua por las ventanas para mojar a los que seguían a la charanga bailando.

—¿No será agua de mar? —preguntó Dana cuando un cubo entero le cayó sobre la cabeza.

Levantó las manos y comenzó a bailar con la música.

Sale el sol por la mañana, por la mañana sale el sol...

—Dana, que no noten mucho que eres de fuera.

—¡Da igual, nadie nos conoce! —contestó.

Ainé también bailaba y movía su camisa de flores del mercadillo, agarrada a una señora con un sombrero cordobés rojo. Y yo me uní a una fila de personas que bailaban la conga, hasta que se me rompió una tira de la zapatilla.

Llegamos a la plaza del pueblo y la charanga se subió a un tablado de madera desde el que siguieron tocando mientras todos bailábamos. En uno de los extremos había una mesa y una barra de bebidas gratis.

Después de comer algo, me subí a un banco y comencé a buscar a Chete con la mirada. Allí había gente joven, pero no demasiada. Ni rastro de él ni de su novia ni de sus amigos. ¿Dónde estarían? Dana recordaba que su casa se encontraba en una calle con nombre de flor y preguntó a un hombre que daba vueltas al son de la música.

El hombre la miró de arriba abajo y no contestó.

—¡Qué desconsiderado! Yo le puedo dar el nombre de todas las algas de estas costas.

Me acerqué a la señora mayor del sombrero rojo cordobés, que se hacía llamar Lola, y le pregunté.

—¿Los jóvenes? —contestó sin dejar de bailar—. Estarán en el descampado montando en los karts.

—¿Kart?

Lola se secó con la manga el sudor que le corría por la frente, se colocó los rizos grises que le colgaban debajo del sobrero y contestó:

—Sí, cochecitos que ponen los del Ayuntamiento.

Continuó su baile loco alrededor de la plaza.

Busqué a Ainé y la encontré junto a la mesa comiéndose un sándwich de boca de mar con mayonesa.

—¿Esto es pescado? —dijo y miró el relleno del sándwich con aprensión.

—Eso dicen, pero yo no me lo creo. Y esto, gambas con gabardina —le dije y le pasé un plato.

Dana cogió una con curiosidad y la mordió.

—Pierde un poco así, muerta, sin cáscara ni cabeza —dijo.

—¡Vámonos! Ya sé dónde está Chete —exclamé.

Llegamos poco después al campo del que me había hablado Lola. Tenía razón, allí se encontraban todos los jóvenes del pueblo en una pista improvisada en la que competían entre sí cuatro karts de distintos colores.

—¡Flipas! ¡¿No nos podemos montar en uno de esos coches?! —preguntó Dana entusiasmada.

—No sé yo si ahora es el mejor momento... —contesté sin prestarle demasiada atención.

—¿Hace falta carnet? —preguntó Dana—. ¿O son como las motos acuáticas de Nut?

Descubrí a Chete enseguida. Estaba hablando con un amigo. Me iba a acercar, pero la mano de Ainé en mi brazo me detuvo y con la cabeza me señaló a dos chicas. Las dos tenían el pelo largo, una era rubia y la otra castaña.

—Sirenas —susurró—. ¿Cómo nos han encontrado?

Mientras hablábamos y dábamos unos pasos hacia atrás para alejarnos, Dana hizo gestos a Chete y este la acabó viendo. Dejó a su amigo y se acercó corriendo a nosotras. Pero lo hizo tan rápido que todos se giraron a mirarnos. También las sirenas.

—¡Corred! —dijo Ainé.

Dana agarró a Chete de la mano y nos alejamos del campo hasta alcanzar los soportales de unas casas.

—¡Qué hacéis aquí! ¡Esos tipos extraños que os perseguían están por todas partes! —dijo Chete nervioso, pero también contento por ver de nuevo a Dana.

—¡Estamos en peligro! —contestó Ainé.

—¡Seguidme! —dijo Chete sin soltar a Dana.

Corrimos por el pueblo, atravesamos la charanga y nos detuvimos en una calle cercana a la plaza desde la que veíamos el ambiente festivo. Las sirenas no parecían habernos descubierto. Nos escondimos detrás de una columna.

—¿Cómo habéis llegado al pueblo? ¡Y en fiestas! —preguntó Chete sin soltar la mano de Dana.

—Venimos a verte —contestó ella.

Chete parecía no entender nada. Así que Dana intentó dar una explicación.

—Ahora ya no vivimos en el Mediterráneo, sino más lejos. Tuvimos problemas con... bueno, unas rencillas. Una batalla, rebelión, la guerra. ¿Entiendes? Tuvimos que huir. Hemos regresado para buscar aquí cerca un libro con una profecía. Y ya no estaba.

Chete sonreía.

—¿Guerra? ¿Libro con una profecía? ¿Pero quiénes sois, hijas de narcotraficantes?, ¿o de reyes?

Decidí intervenir en la conversación.

—A ver... Tuvimos unos problemas con unos vecinos. Nos hemos mudado y vivimos en Baja California con nuestras familias.

—¿A México por unos problemas con los vecinos? —preguntó Chete.

Estaba estropeándolo más.

—Cuando os conocí, habíais sobrevivido a un golpe de Estado —dijo Chete.

—¡Qué buena memoria, humano! —dijo Ainé—. En efecto.

De pronto, vi entre el gentío a las dos sirenas que nos buscaban.

—Perdona, ¿a esas dos las conoces? ¿Son del pueblo? —le pregunté.

—No las he visto en mi vida —contestó Chete—. Pero desde que os marchasteis ha aparecido gente bien rara por aquí, tipos cachas y rubias de pelo largo. Buscan a alguien o vigilan la zona.

—Mierda —dijo Ainé—. Debemos marcharnos.

—¡No! ¡Ahora no! —exclamó Chete.

—Te prometo que volveremos —dijo Dana.

Dos hombres que bailaban en la plaza agarraron a las sirenas para bailar con ellas.

—Me voy con vosotras —dijo Chete—. Estamos en fiestas, tenemos unos días de vacaciones y mi abuelo lo entenderá. Necesito salir de este pueblo. ¿A dónde vais?

—A la Otra Costa, a Uharu —dijo Dana.

—Orán —puntualizó Ainé.

—¿Cuánto tiempo? —preguntó el chico—. Tengo muchas ganas de conocer Marruecos.

—Chete, puede ser peligroso —dijo Dana.

—¿Tú vas? Me voy contigo —contestó Chete.

—Es complicado que te unas a nosotras —dijo Ainé—. ¿Y tus padres?

—Mis padres murieron, vivo con mi abuelo. Ha venido mi tía de vacaciones. Estará bien.

—¡Ay! ¿Eres huerfanito? —preguntó Dana.

—Esto es más complicado de lo que parece —insistió Ainé.

—No importa. Desde que os marchasteis, todos los días bajo a la playa y durante un rato miro al mar, busco una cabeza pelirroja. La tuya.

Dana sonrió. Lola nos vio y se acercó con una bandeja de vasos de sangría. Cogimos uno cada una.

—¡Salud! —dijo Lola y levantó su vaso para brindar.

Brindamos con ella por la paz de la humanidad.

—Y la paz del mundo marino —añadió Ainé.

Lola dudó unos segundos, pero luego chocó el vaso con el nuestro.

—Por la paz del mundo marino y por la reina del Séptimo Mar —dijo Lola, a la que le brillaban los ojos de bailar y quizá de la sangría—. Seguro que alguna de vosotras llega a reina de los mares, o a gobernadora. ¡Tú, por ejemplo! —dijo y me señaló.

Sonaba a profecía. Las tres nos miramos. La música se interrumpió y el alcalde subió al estrado de madera para leer el pregón de las fiestas. Las dos sirenas se zafaron de los hombres con los que bailaban. Y comenzamos a alejarnos de la plaza sin que lo notaran.

—Debemos irnos. Mira, Chete, si quieres acompañarnos hasta la estación de autobuses, bien, pero no más allá. Luego te vuelves —dijo Ainé.

Chete pareció dudar.

—No hay otra opción —recalcó Ainé—. No puedes abandonar a tu abuelo.

—Venga. Allí nos despedimos—dijo él.

—Dana te tiene que contar algo antes de que lleguemos al autobús. ¿No, Dana? preguntó Ainé.

—Sí, importante —dije y clavé la mirada en Dana.

—Si quieres, llama a tu abuelo y le dices que vas a tardar un poco en llegar a casa, que no se preocupe —sugirió Ainé.

Habíamos dejado atrás a las sirenas y nos disponíamos a entrar en una calle lateral cuando escuchamos a nuestra espalda:

—¡Eh, amigas!

La que gritaba era Lola, que se había quitado el sombrero cordobés rojo y nos saludaba con él. Las personas que estaban en la plaza escuchando el pregón del alcalde se giraron a mirarnos.

—¡Hasta siempre, reinas de los mares! —se oyó su voz atronando en todo el pueblo.

Las sirenas nos vieron y comenzaron a correr hacia nosotras, y nosotras, hacia la estación de autobuses.

—Dana, hazme el favor de explicar a Chete lo que somos antes de llegar —dije.

—Ya no hace falta. En el bus nos deja —contestó Dana.

En la estación me llamó la atención una furgoneta parecida a la que llevaba Zohra y las demás sirenas. Pero era imposible que aún estuvieran por allí.

Montamos en un autobús que partía en ese momento hacia el este. El conductor cerró las puertas y arrancó justo cuando entraban las dos sirenas en la estación. Dana se asomó al cristal mientras las veía correr detrás de nosotros.

—¡A la mierda...! —les dijo Dana saludando con la mano—. ¡ ... de tiburón!

Después se sentó junto a Chete.

La alegría nos duró poco y ni siquiera nos dio tiempo a llegar a Níjar, ni siquiera al pueblo de al lado. Tres hombres vestidos de policías nos pararon en un control de carreteras. Digo vestidos porque no eran policías. Nos dimos cuenta demasiado tarde, cuando ya habíamos salido del autobús. Al principio me resultó extraño que nos hicieran bajar a todos. Parecía de película americana o de país en guerra. Fue poner un pie en el asfalto y mirar a uno de ellos de arriba abajo, y Dana me susurró:

—Tritones.

—¿Y estos tíos? —preguntó Chete, que también debía de haber notado algo raro.

—El enemigo —susurró Dana.

No teníamos escapatoria. Estaban armados, es más, uno de ellos llevaba colgada al cuello una metralleta.

—Lugar de origen y lugar de destino —dijo uno rubio con el pelo engominado y gafas de sol.

Dana resopló. Aquellos tritones sabían perfectamente de dónde veníamos y a dónde íbamos.

—Vamos a la casa de nuestra abuelita —contesté.

—¿Cómo? —preguntó.

—Oiga, que no hemos hecho nada —dijo una señora con la bolsa de la compra colgada del brazo.

—Usted suba al autobús —le contestó el policía.

—¿Me da su carnet de identidad? —se dirigió el policía a Ainé.

—Me lo he dejado en casa —respondió ella.

—Su documentación, por favor —insistió el policía con un aparato en la mano para comprobar los datos.

—Sabéis que no tenemos nada de eso —dijo Ainé—. Dejadnos marchar.

—Sí y sabemos quiénes sois. Ha sido una estupidez regresar —dijo otro de los policías, que por su pelo rubio casi blanco parecía un centinela de los hielos.

Uno de ellos se acercó a una niña y puso su mano en el hombro, el segundo hizo subir al resto de los pasajeros al autobús, mientras el tercero nos ponía las esposas.

—Si gritáis, la niña humana morirá —susurró.

En ese momento pasó a nuestro lado una furgoneta con cristales tintados. A pesar de ello, pude ver a la conductora. Era Hila y a su lado iba sentada Zohra. Aceleraron cuando pasaron a nuestro lado. ¿Por qué no se detenían? Sentí un dolor fuerte dentro, como de abandono.

Los tritones nos introdujeron rápido en un camión negro de Policía. Cuando nos sentamos, uno de los policías apretó un bote de espray del que salió una nube blanquecina que nos adormeció en segundos.

San Borondón
islas Afortunadas

14

Cuando me desperté, estábamos bajo el agua. Íbamos sujetos a unos delfines, nos habían amordazado y cubierto la cabeza con capuchas. Nos detuvimos y escuché el sonido de unas puertas. Los delfines continuaron nadando en un mar donde se escuchaban infinidad de voces distintas de tritones, y poco después nos desengancharon. Noté cómo unas manos fuertes me sujetaban y me lanzaban hacia un lugar desconocido. Poco después, mi cuerpo chocó en suelo. No podía quitarme la capucha porque tenía las manos atadas detrás de la espalda, pero podía moverme, así que nadé hasta toparme contra una pared y después en dirección contraria, donde toqué un bulto. Lo palpé y era una sirena. Con las manos atadas a la espalda, subí hasta su cabeza y le quité la capucha. Después saqué la mordaza de su boca.

—Mil gracias —dijo Ainé—. Me estaba dando un asco terrible el alga esa en la boca. ¡Por favor! Y encima me he despeinado.

Hizo lo mismo con mi capucha y mi mordaza.

Enseguida me di cuenta de que aquello no era el palacio de Bad en Orán. Excepto por la luz mortecina de un pez luminoso que nadaba en una esquina, la estancia se encontraba en penumbra, pero pude distinguir que los techos eran mucho más altos que en Orán, y a pesar de las algas y excrecencias, se veía algo de la piedra negra y porosa de las paredes. Por el sabor y la cantidad de sal, el agua tampoco parecía del Mediterráneo, sino del Atlántico.

Moví la cola y rocé a Dana, pero aún seguía algo adormecida. Luego le quité la capucha y esperamos a que se despertara.

Ainé se movió por la habitación, rascó las algas de una pared con las uñas hasta dejar a la vista la piedra y dijo:

—San Borondón.

—¿Cómo lo sabes? —pregunté.

—Esta piedra negra y porosa es basalto de origen volcánico. ¿Islas de origen volcánico al sur del Mediterráneo? Las Islas Afortunadas. He estado aquí con unas amigas. Se organizaban unas fiestas mejores que las de Ibosim o Ibiza, como dicen los humanos. Este debe de ser el palacio del Señor de la Ciudad. O Señora, claro.

Hice memoria. San Borondón, la isla Perdida que los humanos creían fantasma y que solo podían ver de manera ocasional desde la distancia y entre el mar de nubes. El monje irlandés Brandan el Navegante creyó descubrirla en la Edad Media, un lugar de clima templado en el que crecían plantas tropicales y vivían animales exóticos. Si estábamos en la octava isla canaria, ¿quién nos había capturado? ¿Dónde estaba Zohra? ¿Por qué no nos ayudaban? Aún no quería creer que nos hubieran abandonado.

De pronto recordé que las Islas Afortunadas se encontraban justo enfrente de Bens, donde comenzaría la invasión a África.

—¿Serían bonitos unos pendientes de esta piedra? Es como piedra pómez, no pesan —dijo Ainé—. Una colección de pendientes con la silueta de las ocho islas. ¿Qué te parece?

Iba a contestar con ironía que estaba ansiosa por tener unos cuando Dana se despertó de golpe.

—¿Y Chete? —preguntó asustada.

—Vivo, pero le han zurrado —contestó Ainé.

Chete parecía dormir. Le debían de haber dado un puñetazo, porque parte de su frente estaba inflamada y presentaba un color rojo pasando a verde.

—¿Le explicaste lo que éramos? —pregunté a Dana.

—No, no me dio tiempo ni a preguntarle por su novia. Solo a que llamara a su abuelo.

—Pues vaya susto que se va a pegar el pobre —dijo Ainé.

—Flipa —añadí.

—Huerfanito. ¿No te da pena? Allí, tan solo, en el pueblo con su abuelo. ¿Será de ciencias y le gustará la investigación? —preguntó Dana.

—Puede ser de letras y que le guste la investigación —contestó Ainé.

Dana movió la cola y Chete se despertó. Se desperezó como si estuviera en su casa, pero enseguida se dio cuenta de que se encontraba atado. Abrió los ojos y nos miró.

—¡Espera, yo te lo explico! —dijo Dana.

Chete se llevó la mano a la boca y a la nariz, asustado, para comprobar que respiraba bajo el agua.

—Puedes respirar. Tranquilo —le dije.

—No somos hijas de narcotraficantes, sino sirenas —explicó Dana.

Chete la miró de arriba abajo, asombrado.

—Me lo imaginaba. ¡Nadabas tan bien cuando me salvaste...!

—Nos han capturado los malos, como en las películas.

—Ya —contestó Chete.

—No podemos escapar. ¿Te acuerdas de alguna película o serie humana en la que huyan de algún lugar? —le preguntó Dana—, ¿de una cárcel o algo así?

Chete dudó.

—Sí, de la cárcel de Alcatraz —contestó como si fuera lo más normal que te secuestraran—. Pero no lo recuerdo bien. Lo voy a pensar.

—Tienes tiempo hasta que nos maten. Además, no sabemos ni quién es el malo ahora —explicó Dana—. Hay varios.

—No le marees —dijo Ainé.

En ese momento, se abrió la puerta y entró un tritón armado. Por su capucha gris con un rayo negro en la frente supe que pertenecía a un escuadrón de la muerte del Mediterráneo. ¿Qué hacían aquí? Después entró otro.

Nos condujeron por un pasillo y salimos a una galería con ventanas desde las que se veía el mar abierto iluminado por el sol. Frente al palacio se encontraba una terraza rectangular de grandes dimensiones, cubierta como si de una caja se tratara por un enrejado de metal protector. Para llegar al palacio había que entrar antes a la terraza por un enorme portón y atravesarlo.

Chete miraba todo con atención mientras nadamos por varios túneles hasta otra puerta grande. Los tritones se detuvieron delante, la abrieron y entramos a una estancia amplia.

Delante de nosotros encontramos a quien no me esperaba: a Bad.

Bad en persona nadaba en el centro de la habitación, iluminado por un rayo de luz que entraba por el techo. Nos miró con sus ojos grises y sonrió dejando ver sus dientes verdes y picudos. Pero su aspecto, había cambiado considerablemente. Ya no era aquel tritón fuerte y engreído de ojos grises que me atacó en la costa y que nos quiso asesinar en su palacio. Parecía treinta años mayor y nadaba encogido. Enseguida nos llegó un olor repugnante. Avanzó hacia nosotras.

—De nuevo nos encontramos, queridas —dijo Bad mientras nos atravesaba con su mirada metálica asquerosa.

Me di cuenta de que se había pintado los párpados de negro.

Llevaba puesta la Capa de Niebla, la verdadera, la de brillo anaranjado. Yo la había encontrado y sabía que la de Leviatán era una burda copia de distinto color. Bad no solo apestaba a podredumbre, también olía a traición. ¿Acaso no sabían cómo pagaba Leviatán a los traidores? De nuevo me pregunté dónde se encontrarían Zohra y las otras sirenas.

Al acercarse Bad, despacio, con deleite, como paladeando la victoria, hizo un gesto de dolor y vi cómo debajo de la túnica salían unos cuantos gusanos negros y pequeños que comenzaron a nadar por la habitación. La maldición de la capa le había podrido por dentro.

—¡Bienvenidas a las Islas Afortunadas! ¿Cómo habéis sido tan tontas de regresar al Mediterráneo? Stella, tu cabeza ahora vale su peso en oro. ¿Añoranza del pasado? ¿Querías llegar a tu pueblo? Tu pueblo se muere de hambre, todos los turistas desaparecieron este verano tras el ataque de varios tiburones blancos. Los hemos escogido grandes, de unos siete metros. Se comieron a varios niños y prohibieron el baño en las playas y la pesca. ¿Qué te parece? Tu pueblo, vacío.

Dana dio un respingo. Y Bad continuó hablando después de pasarse la lengua por los labios amoratados.

—Es cierto, querida. ¿La isla Cueva de Lobos? Por casualidad, un barco con un buen cargamento de petróleo tuvo un naufragio cerca. Y claro, el petróleo se derramó justo al lado de la isla. ¡Qué casualidad! La fauna y flora ha desaparecido en todas las calas vírgenes de la zona. Tardará años en recuperarse. En realidad, no la necesitamos para nada. Mientras yo gobierne el Mediterráneo, el destino de vuestro pueblo será la ruina y el desierto. Haré de él una aldea abandonada, una costa devastada.

—Das asco —dijo Dana.

Bad hizo caso omiso a su comentario y siguió hablando mientras nadaba delante de nosotros.

—Y desde aquí, queridas, antes de que os matemos contemplareis cómo invadimos África, un continente lleno de vida y futuro. Durante siglos, los humanos occidentales no les han dado la posibilidad de desarrollarse y han esquilmado sus riquezas naturales. Ahora nos conocerán a nosotros. No penséis que vamos a liberarles del yugo. —Bad sonrió con sus dientes picudos—. Sus riquezas serán nuestras y su fuerza humana también. Y yo, Bad, gobernaré sobre ellos. Millones de esclavos humanos a mi servicio.

Me dieron ganas de preguntar: «¿Y te van a dejar Belgemir y los centinelas de los hielos? ¿Y Leviatán?».

—Si tú, Stella, has venido a impedirlo, te has equivocado.

Sonreí con una mueca falsa. Y Bad se aproximó un par de metros, lo que me permitió ver su deterioro rodeado de una nube de podredumbre.

—Queremos saber por qué estáis aquí. Utilizaremos todos los medios necesarios para que nos lo digáis —añadió y sonrió.

Ninguna contestamos.

—Reconozco que andabais un poco perdidas por el Mediterráneo. Ni una gota cae en mi mar sin que yo lo sepa. ¿Buscabais *Las Crónicas de Los Últimos Días*? El libro estaba en mi poder. Lo encontramos allí colgado en las redes de los dominios del Señor de los Muertos. Lo destruí. No eran más que profecías baratas sin sentido.

—Era una copia única —dije mientras perdía toda esperanza de recuperarlo.

—Era... —contestó Bad.

Nadó en círculo a nuestro alrededor y luego hizo como si se sorprendiera y se acercó a Chete.

—¡Ahora caigo! ¿Habíais regresado al Mediterráneo a buscar a este humano, un ser inferior? —preguntó y le señaló con un dedo—. ¡Por Neptuno! ¿A quién de vosotras os gusta? ¿A ti, Stella? ¡No! Tú aún tienes a ese otro humano repugnante. ¿Pau, se llamaba? Una pena que sobreviviera a las avispas de mar. Sabes que lo encontraré y lo mataré. Y me encantará verte sufrir.

Se acercó a Chete y apretó uno de los dedos huesudos de su mano palmeada contra su pecho.

—¿Sabéis? Nunca he comido carne de humano. ¿O sí? —preguntó y le agarró el brazo—. Podemos probar.

—¡No! —exclamó Dana.

Bad se giró hacia ella.

—¡Ah! El humano te gusta a ti. A la pelirroja científica. ¡Cuánto talento desaprovechado! No quisiste trabajar para nosotros, ahora no trabajarás para nadie. Las sirenas solo servís para dar hijos a los tritones. Cuando gobierne en África, ninguna joven humana estudiará. No lo necesitan. Solo trabajarán para mí sin pensar. Y darán a luz hijos que también serán mis esclavos.

—Porque tú lo digas —contestó Dana.

Bad se acercó y levantó el brazo como si fuera a darle una bofetada, pero a unos centímetros de la cara de Dana, se detuvo.

—Llevaos a estas dos, están enfermas. Y al hombre. He secuestrado a una chica humana para sacrificarla a los espíritus del averno a cambio de su ayuda en la invasión. Además, mis tritones están nerviosos ante la invasión de África y necesitan algo de diversión. Mataremos al humano junto con la chica mañana al amanecer. Ahora quiero hablar con Stella —dijo Bad.

—¡No! ¡Vamos juntas! —contestó Dana.

Bad se acercó hasta su cara y le dijo:

—¡Cállate o mato al humano ahora mismo!

Nos quedamos en la sala Bad y yo. Con un gesto despidió también a la guardia de tritones, que esperó fuera. Durante unos segundos se hizo entre nosotros un silencio incómodo.

—Stella, ¿sigues queriendo salvar el mundo? —preguntó Bad y comenzó a dar vueltas a mi alrededor.

No contesté.

—¡Vaya tontería! Esa y todas esas habladurías de que tú eres la elegida —continuó y dejó ver uno de sus colmillos verdes.

—Desde luego que son tonterías. ¿Belgemir sabe que esa es la Capa de Niebla verdadera y no hace nada? —pregunté y la señalé.

—¿Cómo sabes que es la auténtica?

—La verdadera tiene un brillo naranja —contesté.

—Belgemir quiere invadir África, como yo. Le estoy haciendo un favor.

—¿Y Leviatán?

Bad hizo un gesto de desprecio con la mano.

—Está lejos. Es un pez.

Se acercó un poco y se pasó la lengua por los labios.

—Stella, sé que trabajas para Lala Mansur. ¡Has caído! ¡Sabía que ocurriría!

Nadé un poco hacia atrás.

—¡No! No te alejes de mí. ¡Me fascinas! Siempre me he sentido atraído por ti desde que intenté capturarte con la red en tu playa. Parecías tan inocente y virtuosa... Todo fachada.

Me golpeaba donde más me dolía.

—Si eres inteligente, te unirás a mí también. Rechazaste la tentación de Ceix y te negaste en Tula, pero ahora es distinto. Ya te has corrompido, Stella. Tú y yo seremos los dueños del mundo. ¿No te gusto? Sería un buen compañero, te lo aseguro.

Me recorrió un escalofrío de asco. No contesté. Preferiría ser devorada por un megalodonte que estar cerca de él durante más tiempo.

—¿No me dices nada? ¡Piénsatelo! Quiero conocer tu podredumbre.

Aparté la mirada con repugnancia.

—También quiero que me hables de la maldición de la capa. Tú la encontraste dijo Bad con un tono de voz más suave.

—No sé nada. Fue una casualidad.

—Mientes. Fuiste a buscarla con los datos exactos del archivo de Indias que había encontrado Gargor. Quiero saber si esta enfermedad me la ha provocado ella.

Recordé que yo me la había puesto y no me había ocurrido nada.

—No creo. Sé de más personas que la han utilizado sin haber enfermado.

—¿Quién?

De nuevo enmudecí. Y Bad acercó su cara a la mía.

—Me estás cansando ya —dijo Bad—. Habla o tomaré por la fuerza lo que te pido.

Decidí sincerarme.

—Sí, la capa está maldita. Cualquiera se daría cuenta por su brillo anaranjado. Te espera la muerte por haberla profanado. Una muerte lenta y dolorosa. Y no podrás hacer nada por evitarla, la has llevado demasiado tiempo para impedirlo. Y cuando salgas afuera, la necesitarás para conquistar África, no te la podrás quitar y te seguirá enfermando. El precio a pagar por ser rey y por dominar a los humanos será tu propia destrucción.

Mientras decía esto, Bad me daba la espalda, pero de pronto se giró:

—¡Mientes! ¿Quién me puede ayudar? ¿Tú sabes cómo curarme? ¿Alguien del lago Titicaca? Las sirenas y tritones de allí no han querido hablar ni bajo tortura. Lo vaciaré si es necesario. Lo haré saltar por los aires.

—Leviatán puede curarte.

Bad bajó la voz hasta que se convirtió en un susurró.

—¡Bah! ¡Leviatán! No me hagas reír. Catorce años ha estado encerrado en una jaula sin ser capaz de escaparse. Solo es un montón de carne. ¿Piensa? ¿Tú crees que un pez piensa? ¡Vamos, eso ya nadie se lo cree!

Guardé silencio.

—Bien... —añadió—. Mataré al humano y después os torturaré hasta que me digáis cómo puedo vivir sin quitarme la capa. Y te quedarás conmigo en el palacio. Serás la reina de África. ¿No te gusta?

Se acercó a la puerta y salió de la sala mientras dejaba atrás un reguero de gusanos negros.

Entraron los guardias de las capuchas y me llevaron con ellos a través de los túneles y la galería hacia la habitación. Me dejaba llevar sin fuerzas. Al mirar hacia el patio vi que habían atado a Chete junto a una chica a una columna central. Los tritones se preparaban para su ejecución.

En la habitación me esperaban Dana y Ainé. Temblando les conté lo ocurrido y lo que había visto.

—¡Qué asco de tritón! ¡Es un degenerado! —dijo Dana angustiada.

—Y un asesino —añadió Ainé, que comenzó a nadar de un lado a otro de la habitación.

—Ha perdido la cabeza, ya no respeta ni a Leviatán, su amo y señor —dije desesperada—. ¿Habéis inspeccionado la estancia? ¿Posibilidad de escape? —pregunté.

—Probabilidad próxima ninguna, las paredes son gruesas y la puerta también. Quizá podemos hacer un túnel con una cucharilla de café en diez años —contestó Dana, que se acercó y me abrazó.

Ainé se unió al abrazo.

—¡No te dejaremos, reina de África!

Pasamos toda la noche en tensión, muertas de hambre y de miedo.

15

Amanecía cuando se abrió la puerta y tres guardias encapuchados entraron. Nos esposaron y llevaron por un pasadizo hasta una galería unos metros por encima del suelo de la terraza. Me asomé y descubrí que el palacio del Señor de la Ciudad era más grande de lo que imaginaba, que estaba excavado en la ladera de basalto volcánico negro de la isla y que aquella red de metal protegía de depredadores no solo la terraza, sino toda la fachada del edificio. ¿Tiburones? Me estremecí.

—Bad os invita a que veáis la ejecución de los humanos —dijo uno de los tritones y dejó en mi mano una tela de color rosáceo—. Y quiere que te pongas esto. A partir de ahora, como reina de África, tu belleza solo la puede ver él.

—¡No! —dije e intenté soltarme.

Dos de los tritones me sujetaron y el tercero enrolló la tela sobre mi pecho y cabeza.

Nos ataron con las esposas a una barra de metal que se encontraba enganchada a la pared para que no pudiéramos escapar. Fijé los ojos en mi collar, que antes era gris, y ahora negro, como un mar sin luna. Tiré de las esposas hasta que las muñecas comenzaron a dolerme.

Bajo la luz del sol, que entraba desde la superficie, comenzó la actividad en la terraza. Unos soldados trajeron escopetas y fusiles de arpones.

—¡No lo puedo soportar! —dijo Dana y tiró con fuerza de las esposas—. ¡La culpa la tengo yo!

Con un golpe fuerte se abrió la puerta principal del palacio y apareció Bad con un gesto de grandeza. La Capa de Niebla flotaba en el agua detrás de él, como una aureola anaranjada. Sujetaba un arpón largo con una empuñadura dorada y brillante. Se fue acercando despacio a la humana, que parecía aterrada.

Las tres esperábamos en un silencio tenso.

Bad dirigió la mirada hacia nosotras y en sus labios percibí una sonrisa de victoria. Dio varias vueltas alrededor de la chica mientras recitaba algo. Levantó el brazo con el arpón y cuando se lo iba a clavar a la joven en el corazón, se escuchó el sonido de una caracola desde el exterior. Todos en el patio se paralizaron. Bad se giró hacia el portón e hizo una señal a los tritones para que lo abriesen.

Comenzaron a entrar centinelas de los hielos, decenas. Y un número más grande se quedó fuera en formación frente al palacio, montados en morsas de aspecto feroz y colmillos afilados. El último que entró fue Belgemir, el centinela de los hielos regente de Tula; grande, con el pelo rubio atado en una coleta que le caía por la espalda.

—¡Agachaos! —susurré—. Quizá Belgemir no sepa que estamos aquí.

Bad se acercó a él y se inclinó para rendirle vasallaje. Belgemir hizo una mueca que parecía una sonrisa.

—Gracias por vuestra hospitalidad. Nuestros tritones y yo queremos ayudar en la invasión en Bens —dijo y echó un vistazo de desprecio a la joven y a Chete, como si se tratasen de caparazones de tortugas viejas.

—Prisioneros —explicó Bad.

Belgemir no le hizo caso y comenzó a nadar despacio alrededor de la terraza. Bad hizo un gesto para que soltaran a Chete y a la joven, y se los llevaran. Sus diversiones infantiles y caprichos asesinos resultaban ahora ridículos delante del centinela de los hielos.

Nos miramos esperanzadas. Ainé se acercó a mí y con los dientes tiró de la tela que me envolvía.

—Leviatán quiere que reforcemos la operación y pasemos revista. ¿De cuántos tritones disponéis para la invasión? —preguntó Belgemir.

—Veinte mil —contestó Bad—. La mayoría esperan frente a las costas africanas. Aquí solo se aloja una guarnición.

—Nosotros somos mil y traigo la Capa de Niebla —dijo, y con una señal, dos tritones se acercaron y dejaron un cofre sobre el suelo.

Bad palideció, pero enseguida se giró para que no le vieran la cara.

—Claro, la Capa de Niebla. Es imprescindible para la invasión —dijo.

—¿Por qué no nos la has pedido? ¿La habías olvidado? —preguntó Belgemir y le miró de arriba abajo, deteniéndose en la que colgaba de su espalda.

—Estaba a punto de mandar a unos emisarios a Tula —se disculpó Bad con un gesto nervioso.

—No hubiera llegado a tiempo —contestó Belgemir—. Y lo sabes.

Se acercó a Bad y con dos dedos tocó la capa naranja que llevaba.

—Son muy parecidas las dos. Solo cambia el color.

—Sí, la mandé tejer a semejanza de la otra.

Belgemir hizo un gesto con la mano y todos sus soldados comenzaron a situarse alrededor del patio. Llevaban metralletas de arpones. Belgemir sonrió.

—Claro, la capa falsa copia a la verdadera —dijo.

—Me sentía bien llevándola.

Con otro gesto, uno de los soldados abrió el cofre y apareció una capa de color verde.

—Bad, crees que Leviatán no iba a notar la diferencia entre una chapuza de tela y la mítica Capa de Niebla. Él te dio poder y confianza y has intentado engañarle. Y lo habrías conseguido si no nos hubieran informado.

—No miento, obsérvalas bien. Quizá me haya equivocado yo. No pretendí engañar a Leviatán —contestó Bad y levantó la capa.

Belgemir miró a uno de sus soldados que, rápido, disparó un arpón que atravesó la parte inferior de la cola de Bad.

—¡Mientes! —dijo Belgemir.

Bad comenzó a retorcerse de dolor.

—¡No! ¡La necesito para invadir África!

—Tú eres siervo de Leviatán. Y tienes que cumplir sus órdenes —contestó Belgemir—. No trabajas solo.

De nuevo miró al soldado, que lanzó un segundo arpón a Bad más arriba.

—Quiero conquistar un continente para Leviatán. Ofrecérselo como tributo murmuró Bad mientras se retorcía de dolor.

—Y ser tú él dueño y señor. Sin él.

Un tercer disparo atravesó la tripa de Bad, de la que comenzaron a salir gusanos negros. Bad se llevó la mano a la herida.

—Seré su esclavo. Todo el poder será suyo. Lo juro.

Belgemir cogió su fusil y lanzó un último disparo contra el pecho de Bad. Directo al corazón.

—Leviatán no paga a traidores.

Bad cayó al suelo y su sangre comenzó a teñir el agua a su alrededor.

Todos los centinelas de Belgemir se situaron frente a los escuadrones de la muerte de Bad.

—A vosotros os doy a elegir. Podéis uniros a nosotros en la invasión o morir —dijo Belgemir con voz potente.

Después de unos segundos, alguien gritó.

—¡Lucha!

Y todos los tritones del patio comenzaron a corearle como bestias salvajes. Muchos de ellos eran mercenarios que solo se encontraban allí por el botín. Cerré los ojos. No quería ver cómo invadían nuestra tierra.

16

Belgemir se agachó para soltar la Capa de Niebla del cuello de Bad. En ese momento algo explotó en el interior del palacio. Le siguió una segunda detonación más cerca de donde nos encontrábamos. Nos acurrucamos y nos pegamos a la pared, pero sin podernos soltar de la barra de metal ni huir. Si el edificio se hundía, nos aplastaría. Una tercera detonación hizo que los muros se sacudieran y comenzaran a caer piedras sobre nosotras. Los escuadrones habían cerrado las puertas exteriores de la terraza y también las de entrada al palacio. Todos estábamos atrapados dentro. Algunos centinelas de los hielos habían comenzado a disparar contra los escuadrones de la muerte de Bad, quizá pensando que eran ellos los causantes de las detonaciones. Muchos tritones intentaban abrir las puertas y otros subían hacia las ventanas del edificio para refugiarse. Pero las paredes del palacio comenzaban a ceder y a caer sobre ellos.

—No pienso morir aquí —dijo Ainé.

Se levantó e intentó golpear a un tritón que pasó junto a nosotras y quitarle el arma. Sin éxito. A nuestra derecha, un ala del palacio se derrumbó.

Por la galería pasó también un centinela de los cielos. Parecía que iba a seguir su camino hacia la nada, cuando, de repente, se detuvo.

—¡Sirenas guapas! —dijo y nos lanzó una mirada pegajosa y repugnante.

Sentí tanta rabia que me impulsé contra la pared y le golpeé tan fuerte que chocó contra un muro de piedra y cayó inconsciente.

—¡Vendrán más! —dije.

Dana intentó acercarse a él y quitarle el arma. Después de varios intentos lo consiguió, entre las tres quitamos el seguro de la pistola de arpones y comenzamos a disparar contra la barra de metal en la que nos habían esposado, hasta que se rompió. Cuando tuve las manos libres, con todas mis fuerzas me arranqué la tela de Bad y la lancé lejos. Nos disponíamos a salir cuando, de golpe, se abrió una puerta y entró una sirena. Era Hila.

—El enrejado va a estallar y caerá sobre todos esos tritones que luchan entre sí. Os aviso.

—¿Dónde estabais? —pregunté.

—Salvándoos la vida. ¡Rápido!

Zohra, también armada, apareció detrás de ella, acompañada de Lunda.

—Tenemos preparada una salida segura —dijo.

Dana se detuvo.

—¡No! Tienen al humano. No me voy sin él.

Zohra la miró seria.

—Hay millones de humanos. Si esperamos, nos matarán a todas.

—Gracias, pero como este no hay otro. No puedo abandonarle. Se encuentra allí dijo, y señaló la ventana por la que había desaparecido—. También hay una mujer.

Parte del edificio ya estaba en ruinas.

—Si es tu deseo, es también tu responsabilidad —contestó Zohra—. No puedo arriesgar la vida de todas nosotras por unos humanos. Tenemos que detonar ya las cargas del techo de protección.

—Yo voy con ella —dije.

—Y yo —añadió Ainé—. Seguid con vuestros planes. Nos vemos pronto.

Zohra nos miró seria durante unos segundos, después dijo:

—No nadéis hacia el norte, sino hacia el este, hacia la isla de Eseró. Os esperamos allí, en el Mar de las Calmas.

Dejamos a las tres sirenas y comenzamos a descender por pasillos angostos con el agua turbia hacia el ala del palacio en el que había desaparecido Chete.

—¡Chete! —comenzó a gritar Dana como si hubiera perdido la cabeza.

—¡¿Pero tú estás loca?! —dijo Ainé—. Con Chete van a venir todos los tritones que están luchando en la terraza.

—¡Oigo algo! —dijo Dana—. ¡Es él!

Llegamos a una habitación en la planta inferior, al mismo nivel que el suelo de la terraza, que parecía un almacén de armas y munición. Parte de uno de sus muros se había derrumbado. En una esquina, detrás de unas piedras, estaba Chete escondido. Se había tapado con el cadáver de un tritón. Dana se acercó a él, y cuando parecía que le iba a abrazar, solo dijo:

—¡Venga! ¡Que tu abuelo se va a preocupar!

—A ver cómo se lo explicó —contestó Chete y luego añadió—: No estoy solo.

En el otro extremo del almacén estaba la humana, viva y muy asustada.

Me acerqué a ella y le cogí la mano.

—¡Ven con nosotros! —le dije.

La humana nos miraba aterrorizada. Dudó unos segundos y luego me siguió.

Me detuve antes de salir.

—¡Esperad! Necesitamos la Capa de Niebla.

Me asomé por la ventana que daba a la terraza, taponada por los cuerpos de varios tritones. No sabía si Bad aún tendría la capa sobre sus hombros. Desde allí veía su cuerpo inerme sobre el suelo, como un guiñapo, pero no parecía llevar ninguna capa. Una de nuestras guerreras le había clavado una lanza en el pecho, que se movía como el mástil de un barco en tormenta. Unos metros por encima, Belgemir luchaba contra un jefe de escuadrón. Nos rebanaría si nos enfrentábamos ahora a él. Incluso nos podría capturar y llevarnos a Tula.

—¿Buscas esto? —dijo Chete, y de debajo de su camiseta sacó en un rollo la capa anaranjada.

—¿De dónde la has sacado? —pregunté asombrada.

Chete se encogió de hombros y me la dio. La guardé en mi bolsillo trasero.

—Supuse que sería importante si peleaban por ella —explicó.

Se escuchó una nueva explosión y toda la estructura que protegía la terraza y la fachada del palacio se desgajó de sus enganches y cayó sobre los tritones que peleaban debajo.

—¡Salgamos, rápido! —dijo Ainé, y después de armarnos con los arpones de los tritones muertos, la seguimos por un agujero de la pared hasta el exterior.

En el mar abierto encontramos varios delfines y montamos en ellos para alejamos rápido del palacio en dirección este. No había pasado mucho tiempo cuando escuchamos a nuestras espaldas otra detonación y al girarnos vimos cómo lo que quedaba de palacio saltaba por los aires. No sabíamos nada de Zohra y sus compañeras, que hasta ese momento habían manipulado los explosivos. Pero poco después percibimos que alguien se acercaba y nos escondimos detrás de una isla submarina. Eran ellas. Montaban en rayas y parecían agotadas. Hila sujetaba un alga sobre su mejilla herida.

—Antes de que regreséis a la base del mar de Ojotsk, queremos consultar el oráculo en la isla de Eseró —explicó Zohra cuando nos unimos a su grupo—. Después os uniréis a Nut y sus rusalkas, y nosotras continuaremos hasta Bens para evitar la invasión a África.

—¿Seis sirenas os enfrentaréis a los escuadrones de la muerte? ¿A más de veinte mil soldados? —preguntó Dana y levantó una ceja.

—Tritones y sirenas africanas se unirán a nosotras. Toda la costa oeste del continente se está movilizando. Son muy fuertes.

—¡Espera, espera, espera! —exclamó Ainé sin dejar de nadar junto a Zohra—. Nos acabáis de salvar la vida, pero dijisteis que fuéramos a Orán, donde vivía Bad. Nos mentisteis, Bad no estaba allí. Nos apresaron y nos dejasteis en la estacada. Y ahora actuáis como si no hubiera pasado nada. ¡Ay, no, necesitamos una aclaración como mínimo!

Chija disimuló una sonrisa.

—Pueden seguirnos. Esta noche os explicamos todo —contestó Zohra y señaló a la chica—. ¿Está quién es?

—Una humana prisionera del palacio. No podíamos dejarla allí.

—Bien —dijo y se alejó.

Me acerqué a Dana, que nadaba agarrada a Chete en el mismo delfín.

—¿Qué es Eseró? —le pregunté.

—La isla canaria de El Hierro. Allí vive una ninfa oceánida que guarda unas profecías milenarias —informó Dana—. Según los rumores, es muy difícil encontrarla. Se camufla.

—¿Ahora le explicarás despacio a Chete de qué va todo esto? —le dije.

—¡Ay, qué pesadas! ¿A que tú te lo imaginabas todo? —preguntó a Chete.

—Así, creo que no —contestó él—. Pensé que las sirenas solo se peinaban la melena sentadas en una roca mientras cantaban para seducir a los pescadores.

—¡Bah! ¡Siempre con lo mismo! —dijo Dana—. Esos son prejuicios. Yo te explico todo. ¡Te va a encantar nuestro mundo!

—Creo que el mío a ti también —contestó Chete.

Me aparté de ellos y centré la vista en Zohra. Nadaba delante de nosotras agarrada también a un delfín. Era una sirena fuerte, quizá podría ayudarme si le contaba lo que me ocurría con Lala Mansur y defendernos. Decidí que antes de partir hacia las Cíes hablaría con ella.

Eseró o El Hierro

Islas Afortunadas

también conocidas como islas Canarias

17

Cuando anocheció, llegamos a la isla canaria de Eseró, al Mar de las Calmas. Lo primero que hicimos fue dejar a Zohra y compañía descansando y nadar despacio hacia la superficie para que la humana y Chete pudiera respirar con normalidad. Frente a nosotros se veían las luces de un pueblo pequeño situado en un cabo.

—¿Quién eres? —pregunté a la humana. Me di cuenta de que era muy joven, de nuestra edad. Intuía que era la chica de los carteles.

Cogió aire y contestó:

—Me llamo Toñi. Un sireno me secuestró en Tarifa. Tonteé con él en la playa y quedamos por la noche. Apareció con otros como él. ¿Qué es todo eso? ¿Quiénes sois vosotras?

Recordé los papeles con su foto pegados en todo el pueblo.

—Te secuestraron tritones. Existen más mundos que el terrestre. Yo soy Stella contesté, le presenté a los demás y le hice un resumen de lo ocurrido sin explicarle demasiado que a algunos tritones locos les gustaba hacer sacrificios humanos.

—Esto es increíble —contestó ella.

—¿Quieres salir del mar aquí o te llevamos a la península ibérica? Tardaremos un par de días nadando.

Toñi miró hacia la costa.

—Creo que mejor aquí.

Nos acercamos a las luces de la orilla y nos despedimos de ella.

—Yo que tú no contaría lo de las sirenas y tritones —le dije—. La Guardia Civil, en lugar de llevarte a tu casa, llamará a un médico y quizá acabes en un psiquiátrico.

—Tienes razón —contestó—. Muchas gracias.

Se escurrió el agua del vestido azul y comenzó a subir hacia las casas. Cuando se encontraba arriba, nos saludó con la mano.

—A ver qué rollo se inventa cuando aparezca a cinco mil kilómetros de su casa dijo Ainé.

—Chete, ¿también quieres salir aquí? —pregunté.

Chete miró a Dana fijamente.

—¿Me podéis dejar más cerca de mi pueblo?

—Por supuesto —contesté—. Pero sal a llamar a tu abuelo antes de que se preocupe.

Regresó un rato después.

—Está bien, le he dicho que estaba con unas amigas y dormiría con vosotras.

Nos tumbamos las tres sobre la superficie del mar y sujetamos a Chete para que se sostuviera sobre las olas. Sobre nosotras, el cielo se mostraba jalonado de estrellas. Estábamos agotados, pero a salvo.

—¡Mirad las estrellas! —dijo Dana—. Este es uno de los cielos más limpios del mundo.

—¡Guau! —dijo Chete.

—¿Te gusta? —le preguntó Dana.

—Me encanta —contestó y alargó la mano hacia ella.

—La vida marina es lo mejor —añadió Dana y sujetó su mano—. Y esto solo es el principio.

Ainé y yo nos miramos de reojo. Si Chete supiera cómo había sido nuestra vida marina en los últimos meses, nadaría sin descanso hasta su pueblo.

«Algún día miraremos las estrellas sin miedo y en paz», pensé.

—Ha resultado todo un pelín estresante —dijo Chete—. ¿No será siempre así?

—Ahora, un poco, pero enseguida se pasará toda esta movida —contestó Dana y le sonrió.

Después descendimos a las cuevas donde nos esperaban las demás, que ya habían dejado las armas y descansaban. Ainé capturó un par de pulpos, los partimos y comenzamos a comer. Ainé miró a Zohra a la espera de la explicación prometida.

—Nosotras en realidad no sabíamos dónde se encontraba Bad. Sí estábamos seguras de que no era en Orán. Os dejamos en la costa para que os atrapasen y averiguarlo —dijo y mordió una pata del pulpo.

—¡Por la orca asesina! —dijo Ainé—. Arriesgáis nuestra vida, no la vuestra.

—Bueno... Esa era la primera parte del plan. Así supimos que Bad había cambiado su residencia a San Borondón.

Dana, que se estaba comiendo la cabeza del pulpo, sorbió por el pico con tanta fuerza que todas la miraron.

—¡Perdón! Está un pelín duro.

Un chorro de tinta se extendió a su alrededor. Antes de entrar en la cueva, Dana había recogido para Chete unas algas y moluscos por si no quería comer pulpo crudo. Chete las chupaba con un gesto entre curiosidad y asco.

—Las algas tienen mucho yodo —le susurró Dana.

Zohra continuó hablando.

—Antes de partir de la isla de Socorro avisamos a una espía que trabaja en Tula de que informase a Belgemir y los centinelas de los hielos de que la Capa de Niebla de Bad era la verdadera y que había engañado a Leviatán. Cuando supimos dónde se encontraba, avisamos de nuevo a los centinelas de que la invasión de África, a sus espaldas, era inminente.

—Ya. Y si no nos mataban Bad ni los centinelas, nos matarían las bombas de Hila continuó Ainé.

—Os protegimos, ¿o no?

—Sí, estamos vivas —dijo Dana—. Muchas gracias.

—Pero no hemos acabado con Belgemir ni hemos recobrado la Capa de Niebla. Cuando nos acercamos a recuperarla, ya se la habían quitado a Bad. Pero le atravesamos todas con nuestras lanzas y comprobamos que había muerto. ¡Se ha hecho justicia! dijo Zohra y apretó un trozo de pulpo que tenía en la mano hasta hacerlo puré.

Mi mirada se cruzó con la de Chete. Un presentimiento interior sobre la capa me hizo callar.

—¿Me pasas otro trozo de pulpo? —dije y cambié de tema—. No está tan duro. ¿Sabéis que tienen neuronas en sus ventosas?

—Hemos acabado con Bad igual que acabaremos con el traidor que se esconde entre nosotros —añadió Zohra, sin prestar atención a mi pregunta.

Sentí como si me golpeasen con fuerza en el pecho.

—¿También habéis oído lo del traidor? —preguntó Ainé—. ¿Será verdad o solo rumores?

—¡Que la ira de Neptuno caiga sobre él! —dijo Lunda.

—¡Y la nuestra! —añadió Dana.

—Tendrá el mismo final que Bad —concluyó Zohra—. Sin misericordia.

Respiré profundamente. Zohra no me entendería si le contaba que yo era la traidora. Desparecía su ayuda.

Poco después nos echamos a dormir, pero Chete y Dana se quedaron un rato hablando en el exterior, apoyados en unas piedras.

18

Al día siguiente, al amanecer, Zohra nos despertó. Por su aspecto enérgico, parecía que había dormido toda la noche en una pradera de mullida posidonia. Después me enteré de que al amanecer había hecho guardia y salido a pescar, porque llevaba en la mano una red de pescado vivo.

—Ya que estamos cerca, lo mejor sería consultar el oráculo cuanto antes —dijo—. Con Stella.

La miré con gesto de duda.

—Quizá seas la elegida —añadió.

—O quizá no —contesté mientras desayunábamos.

Sentía miedo. ¿Y si el oráculo decía en público en qué me estaba convirtiendo? Solo me esperaba la muerte.

—Lo difícil será encontrar el oráculo —dijo Hila—. Yo, la última vez que lo visité, Fayn, la ninfa oceánica que lo protege, cuidaba las cabras de un humano y le ayudaba a hacer quesos. Si querías consultar el oráculo debías comprar un queso, ya que la profecía venía dentro. Así ayudaba a aquel hombre, que se había quedado sin trabajo.

—No se sabe la edad que tiene, pero según los rumores, vive en las islas Afortunadas desde tiempos remotos, cuando sus volcanes aún escupían fuego sobre los indígenas guanches —explicó Ainé.

—¡Qué ganas de conocerla! —dijo Dana—. Mi abuela a veces habla de ella. En las peores guerras y crisis del mundo marino siempre le han consultado y su respuesta es verdadera.

Se quedaron tres sirenas en la cueva para custodiar las armas, cogimos ropa humana y nadamos en paralelo a la costa del Valle del Golfo. Enseguida llegamos hasta el Charco Azul, una poza de color azul turquesa, esculpida en la roca por las olas, en la que según los rumores vivía ahora la ninfa. En ese momento no había ningún turista, así que entramos y nadamos por los alrededores. Zohra se acercó a una roca y comenzó a golpearla despacio con una caracola.

—¡Este sitio es precioso! —dijo Chete, que se apoyó en un saliente y extendió los brazos.

De verdad que lo era. Algún día vendría con Pau. Mientras tanto, buscaba con temor a la ninfa de las profecías.

La llamada al oráculo no tuvo ningún efecto. Esperamos un rato y cuando apareció un coche con una familia, decidimos irnos. Yo pensaba en qué tipo de oráculo sería aquel que aparecía cuando quería y se vestía de pastora.

Pero antes de sumergirnos, regresar a la cueva para recoger nuestras armas y marchar hacia el norte, Zohra se detuvo. No sabíamos muy bien qué pasaba. Miraba fijamente hacia un chiringuito que se encontraba en la playa de oscura arena volcánica, cercana al Charco Azul. En un cartel de madera se leía «Delfos».

—¡Esperad! —dijo—. Tengo un presentimiento.

Salimos del agua, nos vestimos y nos dirigimos andando hacia allí. El chiringuito de madera estaba rodeado de palmeras y a la derecha había unas hamacas con sombrillas de juncos. En una de ellas estaba tumbada una mujer.

Cuando llegamos, Zohra se dirigió a ella. Era una señora rubia de mediana edad con un pareo de flores y una pamela de paja, y que leía una revista.

—Necesitamos tu ayuda —le dijo.

Yo pensé que la mujer nos diría dónde encontrar al oráculo o algo así, pero cuando levantó la cabeza y bajó la revista, noté que ella pertenecía al mar. Clavó sus ojos en mí durante unos segundos que se me hicieron eternos. Sonrió y parte de mi tensión desapareció.

—No os conozco —dijo—. Bueno, quizá a ti sí. —Señaló a Hila—. Hace muchos años. Eras una niña muy distinta a la guerrera de ahora.

Hila esbozó una sonrisa que intentaba ocultar una mueca de dolor. El camino para llegar a ser una guerrera había sido duro.

—Venimos de San Borondón —dijo Zohra.

Fayn la miró de arriba abajo y contestó:

—¿Sois viudas? ¿Habéis acabado ya con Bad, vuestro esposo? Me llegan ecos de mares lejanos, gritos de dolor.

Todos cruzamos la mirada.

—Sí, Bad ha muerto —dijo Zohra—. Ahora evitaremos la invasión de África.

La mujer cerró la revista y se incorporó.

—Sin la Capa de Niebla Belgemir no se atreverá a atacar África. Conoce a su pueblo, preparado solo para el clima del norte, y sabe que en el desierto son inferiores, serán derrotados y morirán. Pero sí que podéis acabar con los escuadrones de la muerte.

—¿No cogió Belgemir la Capa de Niebla? —preguntó Zohra desconcertada.

—No —contestó la ninfa.

Fayn se levantó. Era mucho más alta de lo que parecía tumbada.

—¿Y vosotras, a dónde marcháis ahora? —preguntó y nos señaló a nosotras tres.

—A la base militar del mar de Ojotsk —contesté de mala gana.

Aquel paisaje playero me gustaba tanto que, sin pensarlo, me hubiera quedado en las islas Afortunadas. Solo con imaginarme rodeada de megalodontes y hielos perpetuos me faltaba la respiración.

—Ya lo dudo, Stella. ¡Seguidme! —contestó disimulando una sonrisa.

Como no nos movíamos, se giró y dijo:

—¡Vamos! El humano que espere aquí —dijo y señaló una hamaca—. Acaba de conocernos y no sé si está preparado para visitar el oráculo.

Nos llevó hasta el chiringuito vacío, excepto por un camarero que secaba copas detrás de la barra, y nos señaló una mesa en la que nos sentamos. De fondo se escuchaba salsa. Nunca había visto un oráculo así.

—¿Queréis beber la especialidad de la casa? —preguntó—. ¿Coctel de gamba? ¿O preferís garum del Mediterráneo?

—Garum no, por favor, yo quiero uno tropical —dijo Dana y señaló la foto de una copa alargada con una rodaja de piña dentro—. Si vale lo mismo, claro.

—Buen gusto tiene la científica enamorada del humano —contestó Fayn—. Le llevaremos otro igual a Chete.

La cara de Dana tomó el mismo color rojo que su pelo. Fayn habló con el camarero moreno, joven y muy atractivo, y después se sentó con nosotras.

—¿Seguro que queréis consultar el oráculo? —preguntó.

—Sí —contestó Zohra con determinación.

—Quizá no os guste lo que os diga.

—Nos arriesgaremos.

Poco después, el camarero cachas, sonriendo, se acercó con la bandeja de bebidas y las dejó en la mesa.

—Cariño, ¿quieres irte a casa? Ya cierro yo —le dijo y luego dirigiéndose a nosotras añadió—: Es mi marido, un humano. Estaba harta de vivir tantos años sola en ese Charco Azul, por muy bonito que sea. No está mal, ¿verdad? Y no se mete en mi vida.

—Desde luego que no está nada mal —dijo Ainé sonriendo.

Fayn se levantó, miró hacia ambos lados de la playa y al ver que no había ningún turista, se acercó a una máquina expendedora de huevos de plástico con regalos para niños. Se quitó un colgante que llevaba al cuello y que reconocí como los que llevaban los miembros del Consejo de Ancianos, lo metió en la ranura de la máquina, giró la manivela y salió una bola mitad transparente y mitad azul.

Yo la miraba asombrada.

Fayn regresó con la bola en la mano y se sentó. La abrió y de la bola de plástico sacó un papel y una pulserita de goma roja que empujó hacia mí.

—¡Póntela! —dijo.

De la pulsera colgaban dos campanitas rojas, también de goma blanda. Me la puse, aunque me parecía de lo más ridículo.

Fayn abrió el papel y comenzó a leer. Hizo un gesto rápido de cerrarlo, pero se contuvo. Se llevó la mano al pecho.

—¿Pasa algo? —le preguntó Zohra.

—No, no, no —dijo Fayn.

Se levantó, cogió unas gafas del mostrador y se volvió a sentar. Después de releer el papel, cerró los ojos y dijo, como si recitara:

Volverán las oscuras golondrinas
en tu balcón sus nidos a colgar,
y otra vez con el ala a sus cristales
jugando llamarán.
Pero aquellas que el vuelo refrenaban
tu hermosura y mi dicha a contemplar,
aquellas que aprendieron nuestros nombres...
¡esas... no volverán!

Guardó silencio y permaneció con los ojos cerrados.

Aquello no era ningún oráculo, era una rima de Bécquer. Pero las sirenas parecieron no darse cuenta. Ainé carraspeó.

—¿Golondrinas? —dijo Zohra—. ¿Lo puedes repetir para que lo aprendamos?

Estuve a punto de decir que yo me lo sabía porque, en el instituto, las poesías de Bécquer eran lectura obligatoria, pero la expresión de la cara de Fayn me hizo callar. Cogí mi copa de sorbete de gamba y chupé de la pajita. Era delicioso.

—Esas palabras me suenan —dijo Dana.

Quizá las había leído en mi casa, cuando ojeaba mis libros. Tenía una curiosidad ávida por conocer todo lo humano.

—¡Increíble! —añadió Hila—. Lo estudiaremos en profundidad. ¿Podrías darnos una pista sobre su significado?

—*Solo cuando el túnel está en la más absoluta oscuridad es cuando puede volver otra vez la luz* —dijo Fayn.

¡Madre mía, aquello era de la sintonía de un programa de radio! Tuve que contener una sonrisa.

—¡Por Neptuno! —exclamó Dana—. ¡Cuánta sabiduría!

Hila y Zohra apuntaron en un papel marino las dos citas y después de acabar el sorbete, nos levantamos para marcharnos.

—Mil gracias por todo —dijo Zohra cuando ya nos despedíamos.

Estaba a punto de salir del chiringuito, cuando Fayn se puso a mi lado.

—Me has preguntado antes por el baño. Ven, que te lo enseño. Lo tengo precioso decorado —me dijo y me sujetó del brazo mientras tiraba de mí. Durante unos segundos dudé, pero luego dije:

—Sí, por supuesto. Me encantaría verlo —contesté con temor.

Aquella oceánida sabía todo y leía nuestros pensamientos.

Me llevó hasta la parte trasera de la barra, entramos en la cocina del chiringuito y cerró la puerta. En una mesa de metal tenían preparadas ruedas de fruta en platos.

—Stella, debes escuchar el verdadero oráculo —susurró—. Es para ti.

—Ya me he dado cuenta de que eso era una poesía.

—¡Menos mal que estas sirenas aún no estudian la lírica humana! —dijo Fayn—. No se ha notado, ¿verdad?

—Para nada.

Se sacó de la tirilla del hombro del bañador el papel verdadero.

—¡Que nuestros primeros padres te protejan! ¡Que Dios te proteja! —dijo.

Tragué saliva. No podía soportarlo más.

—¡Espera! ¡Fayn, soy una traidora, me han sobornado, matarán a Dana si no ayudo a Lala Mansur! —dije sin respirar.

—Ya lo sé —dijo la oceánida—. No le des tanta importancia.

Cerró los ojos y comenzó a susurrar:

El elegido ha cometido una gran traición.
Pánico, oscuridad y fosa contra ti,
¡habitante de los mares!
Y sucederá que quien huya del ruido del pánico
colgará del abismo.
Y quien logre escapar entrará en el fondo de la fosa.
Aquel día, el Elegido, con su espada dura, grande y fuerte,
castigará a Leviatán, la serpiente huidiza,
a Leviatán, la serpiente tortuosa.
Matará al dragón marino

y nos preparará para la paz.

—¿Esa soy yo? —pregunté.

—Sí —contestó Fayn—. ¡Que todos los mares te protejan! ¡Que las criaturas abisales que invocaste con la Caracola de Ayuda en Bimini cuiden de ti!

—¡Stella! —Oí la voz de Zohra desde el exterior.

—¡Voy! —grité.

Fayn me cogió las manos y clavó sus ojos azules en los míos.

—Estás en la encrucijada. Llegarás a lo más alto y contigo el reino marino, o te hundirás en las tinieblas y destruirás tu vida y la de los que te rodean. De ti depende.

—¿Qué tengo que hacer? —pregunté desesperada.

En ese momento, Dana asomó la cabeza por la puerta de la cocina. Fayn me soltó y cogió de la mesa el plato de la fruta.

—Vamos a llevarle algo de comer a Chete. Creo que las algas no le han gustado mucho —dijo Fayn a Dana—. ¡Toma, dáselo tú, que con esto conseguirás su amor eterno!

—¿Eso existe? —preguntó Dana.

—Claro que sí —dijo Fayn—. Pero hay que trabajárselo.

Dana cogió el plato y salió canturreando delante de nosotras. Las demás esperaban junto a las hamacas. Miré a Fayn antes de unirme a ellas. No sabía si ahora les diría a todas la verdad sobre mí. La oceánida me agarró el brazo y susurró:

—Pase lo que pase, estaré aquí si me necesitas.

—Gracias —contesté aliviada.

Fayn sacó una tirita de una caja y se la puso a Hila en la mano.

—Para esa herida —dijo—. Es resistente al agua.

Luego nos miró a Dana, Ainé y a mí.

—Ahora no podéis viajar al mar de Ojotsk. Melusina y vuestra familia se encuentra en el Atlántico, en las islas Cíes, esperándoos. Yo no me demoraría demasiado.

—¿Ha ocurrido algo? —pregunté.

—Aún no —contestó.

Anduvimos por la orilla mientras Chete devoraba la fruta y luego corrimos hacia el agua y nos sumergimos.

Las otras tres sirenas que nos esperaban en la gruta nos habían preparado una red de peces para el viaje. Nuestro camino se dirigía ahora hacia el norte. Agarré fuerte la mano de Zohra.

—¡Gracias! ¡Estamos con vosotras! —le dije.

—Esto no ha hecho más que empezar. El Mediterráneo será nuestro —contestó Zohra y apretó el arma, que ya se había colgado al cuello—. Nos veremos en Tula cuando seas nombrada Gobernadora de los Mares.

—¡Uf! ¡Qué lejos me pilla eso! Pero nos vemos en Tula. Todas.

Echaría de menos a aquellas sirenas fuertes, que habían vencido sus miedos y hecho justicia con el tritón que las esclavizó.

—Por cierto, la ropa de mercadillo se lava antes de usar; si no, pica —le dijo Ainé a Hila con una palmada en el hombro—. Te lo dice la experta en moda.

—Lo tendré en cuenta —contestó Hila con una sonrisa. En la mejilla llevaba pegada la tirita de la ninfa—. Si necesitas una bomba o un explosivo, no dudes en llamarme.

Preparamos los delfines y continuamos nuestro camino hacia el norte. Chete no quitaba el ojo a Dana, y pensé que quizá la fruta había despertado su amor eterno.

Sentía un gran alivio en mi interior por la desaparición de Bad, por haber recuperado la Capa de Niebla y por no haberme convertido en la reina de África.

En las islas Cíes quizá ya sabrían el resultado de la misión de Pau y Lolelei en Ginebra, pero nos esperaba una buena bronca. No podía quitarme de la cabeza el dolor y la angustia de ser la traidora de todas las personas que me acompañaban y que me querían.

Un par de días después alcanzamos las islas Cíes.

Islas Cíes

océano Atlántico

19

Cuentan las crónicas antiguas que en tiempo de los romanos en las islas Cíes, o Siccae, se refugió la tribu celta de los Herminios durante su huida de las tropas de Julio César. Ignoraban que aquellas islas no estaban desiertas y que en sus aguas vivía una familia de mariñas y tritones. Pronto, uno de aquellos hombres aguerridos y supersticiosos descubrió a una de ellas, una joven de nombre Deva, que destacaba por su belleza, y decidió capturarla no para convertirla en su esposa, sino para ofrecerla en un sacrificio ritual a sus dioses a cambio de la victoria sobre los romanos. Los Herminios prepararon su muerte para la siguiente luna llena sin saber que la melusina esperaba un hijo y que no estaba sola en la isla.

Los romanos no eran capaces de conquistar las islas por la resistencia encarnizada de sus ocupantes humanos, hasta que una vieja mariña se dejó ver ante el augur romano que acompañaba a las tropas y cuyo cometido era averiguar, por el vuelo de los pájaros y otros signos de la naturaleza, el mejor momento para atacar a sus enemigos.

La mariña se ofreció a ayudar a los romanos a cambio de liberar a Deva. También pidieron que ningún humano viviera en aquellas islas, que solo servirían como puerto de intercambio de mercancías. El mismo Julio Cesar, algo escéptico, firmó la orden. Y las mariñas comenzaron a informar a los romanos de los movimientos y costumbres de los Herminios y de sus planes de lucha.

La primera noche de luna llena, mientras los Herminios se preparaban para el sacrificio ritual, los romanos, con el mayor sigilo, arribaron a la isla y doblegaron a sus habitantes.

Los romanos cumplieron su promesa con las mariñas y durante los siglos que gobernaron aquella región ningún humano se atrevió a vivir en aquellas ínsulas.

Ahora las islas atlánticas Cíes continuaban deshabitadas y se habían convertido en el refugio más seguro de la resistencia para luchar contra el enemigo, pues las mariñas estaban de nuestra parte.

Poco antes de alcanzar la isla de San Martiño, la situada más al sur de las Cíes, me llamó la atención que nos esperase Melusina. ¿Cómo sabía que llegaríamos? No parecía alegre. Entreví su silueta en un mar gris golpeado por la lluvia. El cielo sobre nosotros estaba cubierto de nubes de tormenta.

—¿Bad ha muerto? —preguntó seria y sin saludar.

—Sí. Seguro. Pero no sabemos si Belgemir y los centinelas han regresado a Tula o siguen con los planes de Bad de atacar África —contestó Ainé—. Zohra y las demás se han quedado allí.

—Deberíamos destituiros de todas vuestras funciones dentro del movimiento de resistencia. Así no trabajamos. Desobediencia, secretismo, conspiración, abandono, rebeldía... Así no se alcanza la victoria —dijo.

—Ya —contestó Dana—. Pero Bad ha muerto y evitarán la invasión a África.

Melusina guardó silencio unos segundos.

—¿Y este humano? —preguntó aún seria, y señaló a Chete.

—Viene conmigo —dijo Dana.

—Seguidme —contestó—. Luego hablamos de él.

Dana y Chete se miraron con gesto de duda.

Nos dio la espalda y nadamos detrás de ella hasta la costa. Cerca del faro Dos Bicos nos esperaban varias mariñas, tritones y sirenas conocidos para darnos comida y acompañarnos a un lugar resguardado.

—Dana, dentro de una hora sale desde O Faro el ferry a la costa. Acompaña a tu amigo —ordenó Melusina.

—¿No se puede...?

—No —cortó Melusina—. No seguiremos arriesgando su vida.

—¿Podemos ir nadando hacia la costa y desde allí le acompaño a la estación de autobús en Vicus?

—Lo que quieras, pero que regrese a su casa cuanto antes. Su familia estará preocupada —dijo Melusina—. No se puede quedar.

Dana no insistió.

Nunca había visto a Melusina así de tensa y seria. Parecía una oficial del Ejército dando órdenes.

—Stella, quiero hablar contigo a solas —añadió Melusina—. ¿Salimos fuera? Llueve y no hay humanos. Así coges aire, lo vas a necesitar. ¿Sabes que tenemos un traidor entre los nuestros?

—He oído rumores. Pero ¿qué ha ocurrido? —pregunté mientras intentaba disimular la inquietud—. ¿Qué se sabe?

Algo en su manera de hablar me indicaba que la conversación iba a ser negativa. ¿Qué había ocurrido en nuestra ausencia?

—Eso ahora no es lo importante.

Nos acercamos a una ensenada junto al faro, que, con sus haces de luz, iluminaba el horizonte, y nos sentamos entre arena y piedras mientras nos golpeaban las olas.

—¿Le ha pasado algo a mi abuelo? —pregunté.

—No. Gereón se encuentra bien cerca de Groenlandia, donde recaba información sobre la futura glaciación. Es Pau.

—¿Pau? Estaba en Ginebra.

Sentí un golpe en el estómago.

—Ya no. Era una misión ultrasecreta, nuestros enemigos se enteraron y la hicieron fracasar.

—¿Han muerto? —pregunté sin disimular mi dolor.

Era por mi culpa.

—No. Pau y Lorelei nos informaron desde la Organización Mundial de la Salud que la enfermedad de Leviatán se comenzaría a propagar en las islas Filipinas. Y se fueron a detenerla.

—¿Y ya han enfermado los habitantes de allí?

—No, pero él y Lorelei han desaparecido. Nadie los ha visto en los últimos días ni en las islas ni en el mar. Se supone que allí les ayudarían las sirenas y tritones de la tribu kalinga, pero no sabemos qué ha ocurrido. No tenemos noticias de ellos. Los indígenas también han desaparecido.

Aquellas palabras me golpearon en el pecho y me dejaron casi sin respiración.

—¿Desaparecido? —pregunté sin creérmelo del todo—. ¿Y qué vamos a hacer?

—Estamos estudiándolo.

—¿Estudiándolo? ¡Su vida corre peligro, por Neptuno!

—Partirá una expedición dentro de dos días para buscarlos —explicó.

—¿Dos días? No, nos marchamos ahora mismo —contesté mientras olvidaba nuestro viaje a los hielos polares y comenzaba a marearme.

—Primero necesitamos la medicina... —comenzó a decir Melusina, pero se detuvo y observó mi cara pálida.

—¿Estás bien? —preguntó con un tono de voz más suave.

—Estoy algo mareada, pero se me pasará —respondí y escondí la cara entre las manos.

Melusina guardó silencio unos segundos, introdujo la mano en el bolsillo de su corpiño y sacó un papel marino.

—Antes de partir hacia Filipinas, desde Ginebra, Pau te mandó este mensaje.

Lo sujeté con los dedos temblorosos.

—Tranquilízate, te dejo que lo leas sola y te espero en la playa de San Martiño dijo Melusina, y con un salto desapareció en las aguas grises.

Abrí el papel y comencé a leer.

Stella, cuando leas esto, me encontraré en Filipinas y, como siempre, te echaré de menos, mi mar.

A nuestra llegada a Ginebra nos esperaban una sirena de las islas Feroe y una ninfa griega que trabajan en la Organización Mundial de la Salud. Llevaban semanas preparando el terreno para una reunión de alto nivel en la que explicaríamos el peligro de la propagación de una enfermedad. El día antes de la reunión, la ninfa nos visitó en nuestro hotel y nos dijo que se había anulado el encuentro. Alguien había intervenido o movido los hilos para que no tuviera lugar. Además, el ambiente se había enrarecido y nos habían prohibido entrar en la sede. La ninfa había investigado entre sus conocidos y supo que una sirena que venía desde el norte de África con un séquito de seres marinos se encontraba en la ciudad. Le pedimos que nos la describiese. Lorelei y yo pensamos que era Lala Mansur, la reina de los Siete Mares. La loca de la peluca de plástico. Imposible olvidarla. No sabíamos cómo se había enterado de nuestra misión. La ninfa nos aseguró que seguiría investigando y que al día siguiente, antes de que nos marcháramos, nos informaría de nuevo.

Por la mañana no vino, solo nos llegó un bote con el germen principal de la bacteria y una nota en la que habían garabateado: «Epidemia. Filipinas. 10 848570 119 510027 ¡Huid!». Lorelei intentó, en vano, hablar con ella por teléfono. Preparamos nuestras maletas y llamamos a un taxi para ir al aeropuerto. Llegó un taxi grande y negro en el que nos montamos. Había avanzado pocos metros cuando Lorelei comenzó a mirar hacia atrás, inquieta. En el siguiente semáforo, susurró:

—Abre y salta del coche. ¡Ya!

El conductor era un tritón. Yo no lo había reconocido, y además nos seguía otro coche. Corrimos hasta una calle paralela, seguidos por tres tritones y una sirena, y conseguimos encontrar otro taxi con el que llegamos al aeropuerto y nos embarcamos rumbo a Filipinas. No sabemos qué nos encontraremos allí. Debemos parar a Lala. Os mandamos la bacteria para que alguien consiga una medicina experimental.

Stella, estés donde estés, tú vas conmigo, en mi cabeza, a todas horas. Lucharemos para que esto acabe pronto y nos encontremos en nuestra playa, corriendo o jugando al fútbol. El viento y el mar.

Te espero y te esperaré siempre,

Pau

Cuando terminé la carta, miré hacia el horizonte, hacia el Atlántico tormentoso iluminado por el faro. Las gotas de agua que caían sobre mi cara se mezclaron con mis lágrimas.

Si no lo impedíamos, Lala Mansur los mataría. Debíamos marchar cuanto antes, salir de estas islas hermosas pero grises y encaminarnos a Filipinas. Con o sin Melusina. Puse, sin darme cuenta, la mano en el collar de cristal y me lo llevé a la boca. Era gris y eso significaba peligro. ¿Por qué? ¿Dónde estaba ahora el riesgo? Sentí un escalofrío de miedo.

De pronto escuché un ruido cerca de mí. Me incorporé rápidamente y vi fuera del agua la cabeza de la sirena rapada y cubierta de tatuajes.

—¡Quiero que me des eso que acabas de leer! —dijo y extendió la mano palmeada hacia mí. Sus uñas largas tenían un color marrón repulsivo.

—¡No! Es personal —contesté estrujando la carta entre los dedos.

—Stella, ya no tienes nada personal. Nos perteneces. Eres una esclava de Leviatán.

Abrió la mano y me miró a los ojos.

—La carta. ¡Ya! —insistió.

Sentí tal rabia que decidí lanzarme contra ella con todas mis fuerzas y acabar ya de una vez con la tortura. La sirena debió notarlo porque añadió:

—En esas rocas hay una sirena francotiradora. Si me atacas, disparará contra tu frente. Justo en el medio. Solo tengo que levantar la mano.

Dejé la carta sobre su palma mientras apretaba los dientes.

—Seguro que ya conocéis su contenido —dije.

—¿Y qué tal Bad?

—Muerto —contesté—. ¿Para qué me preguntas si ya lo sabes?

—¿Y la Capa de Niebla? —preguntó mientras enseñaba los dientes picudos.

—La tendrá Belgemir. Él luchó cuerpo a cuerpo con Bad, él le mató —mentí.

La sirena me observó fijamente.

—Belgemir la perdió, eso significa que la tenéis vosotras o Zohra. Y por haberme mentido, Dana morirá. Lo comprobaré y me volverás a ver con el cuerpo de tu amiga muerto —dijo, y su cabeza desapareció entre las aguas grises.

Me doblé sobre mí misma y grité todo lo fuerte que pude.

El dolor me destrozaba por dentro. Cogí un puñado de piedras y lo tiré hacia el lugar donde había desaparecido. No podía soportar más aquella situación. Decidí que acabaría con Lala Mansur y esa sirena antes de que ellas atacaran a mi mejor amiga, a la que protegería con mi propia vida. Igual que a Pau y a Lorelei en Filipinas. Si hasta ese momento me había mostrado débil y me había doblegado al chantaje, eso se había acabado.

Comencé a golpear el agua y la arena a mi alrededor hasta que perdí las fuerzas, me tumbé sobre el mar y me dejé llevar por la marea.

Poco después, Dana y Ainé se acercaron a mí entre las olas. Les acompañaba Crin Magnífica, mi hipocampo, el animal más rápido del mar. Se alegró al verme y comenzó a nadar cerca de la orilla y a acariciarme con la cabeza. Le había echado mucho de menos.

—¿Dónde lo habéis encontrado? —pregunté.

Tenía la impresión de haber perdido la noción del tiempo.

—Lleva aquí esperando desde que nos marchamos a Tula —dijo Dana y me miró fijamente—. ¿No te acuerdas? ¿Te pasa algo?

—Estoy bien.

—Hemos escuchado un grito terrible de dolor y Crin Magnífica se ha encabritado añadió Ainé.

—No sé. Serán ecos de tiempos remotos —contesté.

Las dos guardaron silencio unos segundos.

—Chete se ha ido —dijo Dana—. Me esperará en su pueblo hasta que todo termine. Dice que no le importa arrugarse la piel dentro del mar si estamos juntos.

—Bien, ¿no? —dije mientras intentaba sonreír.

—¡La raba del calamar! ¡Krill en boca de ballena! —exclamó Dana.

—¿Y no te has planteado estar juntos en la tierra?

—¡Bueno, no sé...! —contestó Dana y cambió de tema— Por cierto, al volver he visto desde lejos los restos del submarino nazi en la ría de Vicus. Cuando acabe todo esto, lo podemos visitar, ¿no?

—Por supuesto —contesté.

—Ya nos han contado lo de Ginebra y Filipinas —dijo Dana—. Cuando llegó aquí el mensaje de Lorelei y Pau, dividieron el germen de la bacteria y lo mandaron a varios laboratorios para que encontraran una cura experimental. Aquí, en la Cíes, no lo han conseguido aún, pero sí en el faro de Maracaibo. Y parece que funciona.

—¿Qué? —pregunté.

Ainé y Dana se miraron.

—Que antes de ir a Filipinas hay que pasar por Maracaibo a recoger la vacuna contestó despacio Dana, dándome tiempo para asimilarlo—. Venezuela.

Aquello no iba a ser tan fácil como yo creía.

—¿A qué hora partimos mañana? —preguntó Ainé.

—Al amanecer —contesté acariciando la cabeza de Crin.

—¿Te gustaría salir a correr? —preguntó Dana.

—¿Correr ahora? ¿Fuera? Es de noche y está lloviendo.

—¿Y qué? Si siempre estamos mojadas... —contestó Dana—. Presiento que se va a despejar. Además, hay luna llena y correremos por la playa bajo su luz.

—Prefiero nadar con Crin —contesté. Y en ese momento me di cuenta de que ya no podía dejarla sola. Su vida dependía de mí—. ¡Espera! No sabía que te gustaba tanto correr.

—Un día vi a un humano y quiero probar.

—¿Como el surf? —preguntó Ainé—. Yo os dejo, tengo mucho que hacer.

—Ya, quedar con Cástor —dijo Dana.

—¿Será envidia? —preguntó Ainé y se sumergió.

—¿Vienes tú? —preguntó Dana.

—Claro, ¡eso de la luna me gusta! ¿Pasaremos por el Lago dos Nenos? —pregunté.

En aquel lugar me despedí de Pau la última vez que estuvimos aquí.

—Por donde quieras. Salimos y entramos donde nos dé la gana —contestó Dana—. Trix, una mariña, me ha dejado una mochila llena de ropa deportiva que se dejó un turista. Esta limpia. ¿Sabes que Trix juega al fútbol de delantera en un equipo humano de Vicus? Todas son rubias, como las mariñas, y no se han dado cuenta todavía de nada.

—¿Corremos? ¡Empezamos en la playa de Rodas! ¡Tonta la última! —dije y desaparecí bajo las olas.

20

Continuaba lloviendo sobre las islas Cíes cuando, al amanecer, dejamos a nuestras espaldas San Martiño. Antes de partir habíamos dudado si sería mejor encaminarnos en directo hacia el este o descender primero al sur para adentrarnos en la corriente del Golfo hacia América. La segunda opción era la más rápida, pero también la más arriesgada, ya que pasaríamos cerca de las fuerzas enemigas. Como ningún animal marino podía alcanzar la velocidad de Crin Magnífica, decidimos arriesgarnos.

Más aún nos arriesgamos cuando supimos que un grupo de sirenas y tritones, entre los que se encontraba Cástor y las hermanas Fenya y Menya, que se habían teñido el pelo de naranja, nos acompañarían parte del camino hacia el sur. En el puerto de la ciudad de Gades o Cádiz había aparecido la noche anterior el *Fougueaux,* un barco fantasma desaparecido en el siglo XIX en la batalla de Trafalgar. Por las noticias que nos habían llegado parecía ser otro de los barcos preparados por los centinelas de los hielos e infectados por gases tóxicos y armas biológicas. Cualquier humano que montara en él podría morir inmediatamente o en las horas siguientes.

Por el camino, Cástor nos informó de que en nuestro viaje debíamos atravesar el golfo de Venezuela, entrar en el lago de Maracaibo y llegar al delta del río Catatumbo. Allí buscaríamos a Mako del Faro, un tritón investigador que ya había conseguido la medicina. No me hacía mucha idea de cómo era aquella parte del mundo hasta que Dana sacó un mapa y pude ver que el lago de Maracaibo, el más grande de Sudamérica, estaba unido al mar por un estrecho.

—¿Y el Catatumbo? —pregunté.

—Un río que desemboca en el lago —contestó Dana—. Hace unos años se hizo famoso cuando unos pescadores capturaron a una sirena que, en una sesión de fotografías, se peinaba en la orilla. Fue un escándalo.

—Los pescadores sobornaron a toda la comunidad marina y pidieron gran cantidad de oro a cambio de no entregar las fotos a la prensa —añadió Ainé.

—¿Y qué pasó? —pregunté.

—Que las sirenas se llevaron todos los peces del lago y los pescadores arruinados cedieron y destruyeron las fotos —concluyó Dana.

Después de despedirnos de Cástor, Fenya y Menya frente a Gades, y animarles a comerse un cucurucho de *pescaíto* frito, continuamos hacia la corriente del Golfo, primero en aguas frías y después más cálidas por las que nadaban infinidad de peces hacia las costas americanas.

Cuando pasamos sobre la dorsal oceánica, Dana empezó a agitarse.

—¡Esperad! ¿Por aquí abajo no estaban las grietas termales donde comimos esos gusanos tubulares gigantes tan exquisitos? Bajamos y subimos. No tardaremos.

—¡Venga, pero rápido! Cuanto antes lleguemos a Filipinas, mejor —contesté.

Descendimos hasta las grietas abisales, situadas en la dorsal submarina, que habíamos conocido en nuestro viaje anterior al Caribe por las que escapaba lava y en las que se encontraban los animales marinos más grandes y suculentos que había comido nunca. Allí nos aprovisionamos de almejas, mejillones y gusanos tubulares, todo de tamaño gigante, para el resto del camino.

Ya no sentía la angustia de las semanas anteriores ni la presión del chantaje de Lala Mansur. Ahora éramos libres y lucharíamos por conservar nuestra libertad.

Lago Maracaibo

Venezuela

21

Cuentan que en el lago de Maracaibo no solo se escucha el rumor del agua ni el chapoteo de las olas. Si agudizas el oído, llegará a ti el eco de la poesía y canciones de amor. Es Maruma, que canta con su amado Tamare, ajenos a la desgracia que se cierne sobre sus cabezas.

Según la leyenda, todas las tierras y bosques bajo el lago de Maracaibo pertenecían al rico indio Zapara. En la zona más frondosa de la selva construyó una mansión en la que vivía con su hija Maruma. Maruma componía y recitaba unos poemas tan bellos que su padre no quería que se alejase de su lado, y rechazaba por ella a todos los pretendientes que se acercaban.

Pero, un día, el indio Zapara se ausentó del palacio y Maruma salió a cazar a la selva. Encontró un ciervo de gran tamaño y cuando estaba a punto de dispararle con su arco, el animal cayó muerto atravesado por otra flecha. Esta pertenecía a un hombre desconocido de nombre Tamare, que deambulaba hambriento por la selva. Maruma, que no había conocido nunca a un joven tan apuesto, enseguida le invitó a su palacio, donde le prepararon un gran banquete. Cuando acabaron de comer, Maruma recitó ante el joven algunos de sus más hermosos poemas de amor. Y Tamare respondió con las canciones que conocía. A ambos se les pasó tan rápido el tiempo que no se percataron del regreso del indio Zapara.

Cuando Zapara escuchó que un hombre recitaba y cantaba con su hija, sintió tal dolor que dio una patada al suelo con gran fuerza. Tanta que el suelo se estremeció y se abrió un abismo bajo sus pies.

Los caudalosos ríos que descendían de las montañas y el mar llenaron el enorme agujero y lo convirtieron en un gran lago.

Zapara entregó el reino a su hijo Maracaibo y, lleno de dolor y arrepentimiento, se lanzó sobre la tierra que separaba el mar y el lago, y se convirtió en una pequeña isla.

Mientras el agua cubría el palacio, Maruma y Tamare, ajenos a todo, seguían recitando sus poemas y cantando canciones de amor. Unidos. Hasta el día de hoy.

Cuentan los pescadores de las orillas del lago que algunas noches se escucha el rumor de sus voces y sus risas. Y saben que entonces la pesca será abundante.

Tras atravesar la dorsal submarina de Aves entramos por fin al golfo de Venezuela, y Dana nos explicó que la tierra a la derecha pertenecía a Colombia y a la izquierda a Venezuela. No nos pareció seguro entrar en el lago con Crin Magnífica, así que nos acercamos a la costa venezolana y lo dejamos junto a un pueblo de nombre Villa Marina. Continuamos nadando cerca de las playas hasta la entrada al lago. Comencé a sentir inquietud. Aquella parada retrasaría el viaje, y la vida de Pau y Lorelei, y la de todos los habitantes de Filipinas dependían de nosotras.

En el estrecho que unía el mar con el lago, también de agua salada, se encontraba el castillo de San Carlos de la Barra, una fortificación de piedra con cuatro baluartes.

—¿Habría muchos piratas por aquí? —pregunté señalándolo cuando salimos a la superficie. En el exterior soplaba una brisa cálida que traía olor a vegetación.

—No lo dudes —contestó Dana.

Nos disponíamos a adentramos en el lago de un color más verdoso que el mar a nuestras espaldas, cuando descubrimos a ambos lados unas enormes esculturas de piedra. A la derecha se encontraba la de una mujer y a la izquierda la de un hombre. Ella sostenía entre las manos un libro y él parecía tocar una flauta.

—Tamare y Maruma, los amantes del lago —explicó Dana.

Pasábamos entre ellos despacio, con miedo a despertarlos, cuando aparecieron ante nosotras una fila de tritones armados con lanzas. Eran de mayor estatura que los tritones que conocía, de pelo y piel oscura; parecían fuertes y aguerridos. Y además eran muy guapos. Nadaban acompañados de varias toninas, unos delfines de la zona con el hocico alargado y de color rosáceo.

—¿Quiénes son ustedes? —preguntó el que parecía ser el jefe.

—Buscamos a Mako del Faro. Nos manda Melusina del Rin. Es una misión muy urgente —contesté seria.

Se miraron entre ellos, el jefe hizo una seña, uno salió del grupo y se alejó a nuestras espaldas. Después de unos minutos volvió a aparecer, dijo algo en un idioma marino que no entendimos y bajaron las armas.

—¿Vienen solas? —continuó hablando el tritón—. Me confirman que no les han seguido por las aguas del golfo. ¿Qué saben de Tula y de la resistencia?

Le hicimos un resumen rápido de lo ocurrido, sin entrar en detalles, que pareció gustar a los tritones.

—Está a punto de oscurecer y es peligroso acercarse al delta del Catatumbo de noche —dijo el tritón.

—Necesitamos llegar cuanto antes —dije—. Es muy importante.

—Pueden pasar la noche junto al castillo y continuar mañana —insistió otro tritón . Es lo más seguro.

Una de las toninas se acercó para que la acariciáramos. Le pasé la mano por el hocico suave y pareció alegrarse.

—La vida de millones de personas depende de Mako del Faro y debemos encontrarlo, ¡ya! —dije cortante.

Estaba empezando a perder la paciencia. Dentro de mí no solo ardían las ganas de liberar Filipinas y al amor de mi vida de una enfermedad mortal, sino también de estrangular a Lala Mansur y a todas sus sirenas.

—¡Tranquilas! ¿No conocen el relámpago del Catatumbo? —dijo el tritón jefe.

Yo creía que me hablaba de un equipo de fútbol, de un boxeador o algo así. Allí utilizaban nombres algo curiosos.

—No. Necesitamos pasar, por favor —insistí—. ¡Ahora!

—De acuerdo —contestó, y los tritones se apartaron de nuestro camino—. Si consiguen regresar, no digan que no se lo advertimos —dijo a nuestras espaldas—. Y han de saber que, por seguridad, la salida del lago se encuentra cerrada por la noche. Si no regresan a la caída del sol, deberán permanecer dentro hasta que amanezca.

—Saldremos antes de que la cierren —concluí sin darles ni las gracias.

22

Atravesamos el estrecho, dejamos la ciudad de Maracaibo a la derecha y nos adentramos en el lago. Caía la noche sobre las aguas verdosas y saladas en las que nadaban casi los mismos peces que en el mar abierto. La superficie aparecía cubierta por unas algas, lentejas de agua. Demasiadas, lo que significaba también demasiada contaminación. También se veían manchas de una sustancia negra grasienta. Al principio me asusté al pensar que eran las medusas negras de Leviatán, pero enseguida me di cuenta de que se trataba de pegotes de petróleo.

—Una vez me dejaste un libro humano sobre este lago —me dijo Dana.

Yo no recordaba nada.

—Sí, *El corsario negro.* Me dijiste que era de tu abuelo. Lo gracioso es que, Salgari, el escritor, nunca había estado aquí, solo lo conocía por atlas y libros de geografía. ¡El corsario negro era un humano muy valiente y vengativo! Pero se enamora de...

—Dana, no nos cuentes el final de la historia, por favor —interrumpió Ainé—. ¡Mirad eso!

En las orillas del lago se levantaba decenas de torres de extracción petrolífera.

—¡Guau! —exclamó Dana—. ¿No será el tal Mako un magnate del petróleo?

—Que yo sepa, es investigador —contesté.

Los tritones nos habían explicado que en lago desembocaban varios ríos, pero que encontraríamos el Catatumbo en cuanto se hiciera de noche y apareciera la luz sobre él. No entendíamos mucho a qué se referían, pero en una zona del lago, a nuestra derecha, comenzaron a acumularse nubes grises compactas.

—¡Vaya tempestad se prepara ahí! —dijo Ainé—. Espero que no sea ese el lugar.

Sí lo era. Poco después comenzó una tormenta eléctrica tan grande que parecía el fin del mundo. Cientos de relámpagos, acompañados de truenos, iluminaban el cielo y caían al agua.

Dana se llevó la mano al pecho.

—¿No será ese el relámpago famoso? —preguntó.

—Parece que sí —contesté—. ¿Qué pasa si cae un rayo al mar cerca de nosotras?

—¿Y si caen cien? —añadió Ainé.

—La energía del rayo se expande por la superficie de manera horizontal. Puede matarte, claro. Lo mejor es sumergirse hacia la profundidad —contestó Dana a gritos por el sonido de los truenos.

—Sin dudarlo —contesté.

Nos dirigimos hacia lo más profundo del lago sin perder la dirección del delta del río. La luz de los rayos era tan potente que los veíamos varios metros bajo el agua. Cuando ya notamos que el agua comenzaba a ser dulce, nos detuvimos. El agua sabía mal, a producto químico. En la desembocadura del río se entreveían otros pequeños ríos, oscuros de contaminación, que desembocaban en el lago.

Junto a unas rocas y sobre el cieno del lecho del lago se levantaba una montaña de cangrejos de color oscuro. Se movían como hormigas unos encima de otros.

—¿Pero esto qué es? —dijo Ainé.

—¡Excremento de tiburón! —añadió Dana.

Aquella masa de cangrejos de varios pisos de alto iluminada por los relámpagos sobrecogía bastante.

—¿Y Mako del Faro? No entiendo nada —dijo Dana.

No sabía qué hacer allí delante de esos animales que parecían haber perdido la cabeza. Busqué por la arena un palo para acercarme y tocarlos. No encontré palo, pero sí una tubería oxidada. Me acerqué a la montaña de cangrejos esperando que no me cayeran encima ni me sepultasen.

En ese momento se escuchó dentro de la montaña de cangrejos una música, se hizo un agujero en ella, y salieron una sirena y un tritón. Parecían contentos y se reían. Cuando me vieron con la cañería, parecieron asustarse y se detuvieron.

—Buscamos a Mako del Faro —dije sin soltar la barra de metal y sin saludar.

Me di cuenta de que la sirena, de pelo negro y ojos verdes, era guapísima. Nunca había conocido a nadie así.

—¡Está dentro! —contestó el tritón.

Ainé se acercó un poco a ella y dijo:

—¡No me lo puedo creer! ¡Tú eres...! ¡Tú eres...! ¡Qué suerte conocerte en persona!

Se acercó y la abrazó como si fueran compañeras de colegio de la infancia. La sirena pareció halagada y comenzó a sonreír enseñando unos dientes blancos coralinos.

—Ahilimar de Congo Mirador —contestó la sirena.

—¡Qué maravilla! ¡Qué suerte encontrarte aquí! —repetía Ainé, y Dana y yo nos mirábamos sin entender nada.

—Te voy a presentar a mi hermana Dana y a una amiga —continuó—. Están encantadas también de conocerte en persona. ¡Qué delicia! ¿Te acuerdas de mí, Ainé de Cueva de Lobos, la famosa diseñadora? ¡Seguro que sí!

—Claro, mi chama —contestó la sirena.

—Más falsa que la sirena de Fiyi —me susurró Dana.

—Mira, mi amor, estamos buscando a Mako del Faro, pero no tenemos ni idea de dónde vive ni de dónde encontrarlo. ¿Me ayudarás? —preguntó Ainé—. ¡Me encanta tu pelo? ¿Es natural?

—¡Claro! Nadie llega a Miss Caribe con extensiones —contestó la sirena pasando la mano sobre él—. Mako se encuentra dentro. —Y señaló la montaña de cangrejos.

—¿Dentro de qué, mi chama? —preguntó Ainé mirando con aprensión los cangrejos.

—En la fiesta dentro de los laboratorios, claro —contestó el tritón—. Los cangrejos protegen la entrada.

—¡Ay, tú también eres famoso! —exclamó Ainé dirigiéndose con un aspaviento al tritón—. ¿Dónde te he visto antes?

—¡Es Orlimar de Iturre! —contestó la sirena emocionada.

—¡Claro! ¡Orlimar! ¿Cómo he podido olvidar tu nombre? Una maravilla encontraros aquí —continuó Ainé—. ¡Qué regios los dos! ¿Y cómo pasamos entre los cangrejos? Así, rapidito.

—Así, rapidito —repitió la sirena.

—¿Y la puerta se abre enseguida o esperamos un rato dentro de los cangrejos? insistió Ainé.

—¡Ay, qué bromista, mi amor! —contestó Ahilimar—. Empujáis no más.

—¡Mil gracias, mi vida! —continuó Ainé—. ¿Y no te gustaría trabajar conmigo cuando todo esto acabe? Tengo unos nuevos diseños y una colección espectacular.

—¿Cuándo acabe qué? —preguntó el tritón.

—La guerra.

Los dos se miraron.

—Sí, algo hemos oído —dijo la sirena—. ¡Búsqueme, por favor, para conocer su nueva línea de ropa!

—¡Ainé, no te enrolles! —susurré con cierta ansiedad.

Debíamos salir del lago antes de que cerraran el estrecho.

—¡Vendo mis diseños hasta en Tula! ¡Me los quitan de las manos!

—¡Lindísimo! ¡Le esperaré! —contestó la sirena y lanzó un beso con la mano. El tritón tiró de su brazo y los dos desaparecieron en dirección contraria a la que habían aparecido.

—Pero ¿de qué la conoces? —pregunté.

—De nada. Pero aquí en Venezuela están las sirenas más guapas de los mares, casi todas aspiran a ser *misses* —contestó Ainé.

—Podrías dedicarte a la actuación —dije.

—No lo descarto.

Las tres nos situamos frente a los cangrejos. Se escuchaba el sonido amortiguado de una música.

—¡A ver quién entra ahí! —apuntó Dana.

Me puse delante de ellas.

—En fila. Agarraos a mí —les pedí.

Me tapé la cara con las manos y me lancé contra la maraña de cuerpos. Pasábamos entre los cangrejos que no nos atacaron ni se engancharon en nuestros cuerpos. Extendí un brazo para no golpearme en la cabeza con la entrada, si es que estaba allí. Con la mano, toqué una puerta giratoria y caímos a un recinto lleno de sirenas y tritones bailando y tocando maracas y tambores.

De unas cuerdas del techo colgaba un tritón algo mayor, con el pelo blanco y rizado, que cantaba y tocaba una guitarra pequeña. Parecía ser el que marcaba el ritmo y los demás lo seguían. La luz de los relámpagos entraba por un techo de cristal e iluminaba la fiesta, como si fuera una bola de espejos. Y a lo lejos se escuchaban los truenos acompañando a la música.

—¿Esto es un laboratorio? —preguntó Dana.

—¡Me encanta! —exclamó Ainé y desapareció entre los asistentes.

Yo solo pensaba en encontrar a Mako del Faro cuanto antes, conseguir la medicina y marcharnos a Filipinas, así que le pregunté a una sirena, también muy guapa y bien arreglada, dónde podíamos encontrar al científico. Me señaló al tritón colgado del techo.

—¡Es él! —dijo.

Después de recuperarme del susto, le pregunté cuándo acababa la fiesta.

—Cuando cesen los relámpagos, acabará la danza. ¡Disfruten, chamas! —exclamó y dejó en mi mano un pez envuelto en una hoja verde.

—¡Prueben nuestro manamana con hoja de plátano! ¡El pez más delicioso del lago! —añadió.

Dana y yo nos miramos y comenzamos a morderlo. Todavía tenía la esperanza de salir del lago antes de que cerraran. No podía apartar a Lorelei y a Pau de mi cabeza y tampoco quería reconocer lo evidente: en el exterior la noche ya había caído sobre Maracaibo, sus tierras y aguas.

De todas las maneras subí y me acerqué al tal Mako. Había dejado la guitarra y tocaba unas maracas como si hubiera perdido la cabeza, mientras cantaba una canción de amor. Cuando estuve a su altura, intenté hablarle al oído, pero entre la música, los truenos y las maracas, no me oía nada. Solo sonrió y me dejó las maracas en la mano. Como yo no me movía, me sujetó los brazos y comenzó a tocar. Todos nos miraban, así que sonreí y descendí un poco. Dana pasó a mi lado con unos bongos.

—¡Stella, esto no lo he visto en mi vida! ¡Qué divertido! —dijo.

Enseguida se acercó un tritón de nuestra edad y nos dio unas botellas que parecían biberones. Tenía los ojos tan azules que no podía dejar de mirarlos.

—No son de aquí, ¿verdad? ¡Échense un palo de esta deliciosa chicha de maíz! ¡La he preparado yo! Es una bebida humana y yo le añado a la receta unas gotas de esencia de jurel.

Sorbí un poco y me supo a maíz, canela y vainilla. Estaba buenísimo. Comencé a relajarme. Ya que estábamos allí, lo mejor sería disfrutar de la fiesta. Nuestra vida se había convertido en una fiesta tras otra dentro de una guerra.

—Me llamo Paracoto y soy un becario del laboratorio —se presentó el tritón—. ¿Ustedes vienen a investigar?

—Por ahora, no, quizá en un futuro. Seguro que eres experto en tocar maracas y en bailar. ¿Nos enseñas? —preguntó Dana.

—Por supuesto —contestó Paracoto.

23

Con la llegada del día y el descenso de los truenos y relámpagos, Paracoto se despidió de nosotras y se marchó a preparar el trabajo en los laboratorios. Nunca había conocido a nadie que tocara las maracas como él, con ese ritmo y sin cansarse.

—¡Menudos bíceps tiene el tío! —me dijo Dana—. ¿No piensas que en los laboratorios del mar de Ojotsk hace demasiado frío para mí?

—Y para mí —contesté.

Casi todos los tritones y sirenas comenzaron también a abandonar la fiesta, hasta que solo quedaron dos sirenas y Mako del Faro. En el momento en que dejó de tocar la guitarra me acerqué a él. No parecía demasiado cansado y me sonrió. También debía de haber sido guapo de joven, porque su cara conservaba unas hermosas facciones.

—¿Mako del Faro? Venimos a buscar la medicina que le encargó Melusina —dije.

—¿Os ha gustado la fiesta? —preguntó—. Os he visto disfrutar bailando. La celebramos todas noches, más de doscientas, en las que brilla el relámpago del Catatumbo o el Faro de Maracaibo, como lo llaman por aquí.

—Estupendo —contesté. Aquello debía de resultar agotador pero fascinante.

—¿Esas son tus amigas? —preguntó.

—Sí, Dana y Ainé, de Cueva de Lobos, pero venimos de las islas Cíes.

—¿Y tú?

—Stella —contesté.

El tritón me observó.

—¿Stella del Puerto? ¿La nieta de Gereón?

Afirmé con la cabeza.

—Seguidme.

Dejamos la sala de fiestas y continuamos por unos pasillos hasta un laboratorio amplio con las paredes cubiertas de estanterías donde se veían tubos de ensayo, matraces y pipetas. Paracoto ordenaba y lavaba unas probetas. Nos saludó con la mano.

Mako se acercó a una puerta, que abrió con unas llaves que pendían de su cuello, junto con el colgante del Consejo de Ancianos, y por la que despareció. Poco después salió con varios frascos pequeños en la mano.

—Durante los meses que dura el relámpago del Catatumbo, los resultados de los experimentos siempre son positivos —dijo, y me pasó la medicina, que guardé en mi mochila.

—¿Será por la música? —preguntó Dana.

—Seguramente —contestó el tritón y se metió la mano en la maraña ensortijada de pelo blanco—. Demasiada seriedad atrofia el cerebro. ¿No os encontráis mejor ahora que anoche cuando llegasteis? Os vi nerviosas.

Las tres sonreímos sin querer reconocer que era verdad. Mis ganas de acabar con Lala Mansur habían desaparecido durante unas horas.

—Decidle a Melusina que Mako se encuentra a su disposición para lo que necesite. Y a Gereón y Nut también. Ya nos han informado de cómo andan las cosas por Tula, pero las fuerzas del mal aún no han conseguido entrar en este lago. Mucho nos está costando.

—¿Sería posible una invasión por tierra? —pregunté.

—Sí, pero como aquí los humanos viven y mueren de hambre en una dictadura, el dictador controla todos los grupos extranjeros que entran en el país. Y las sirenas, y aún más los centinelas de los hielos, llaman bastante la atención cuando salen fuera. ¡Algo bueno tiene la situación!

Se me vinieron a la mente los tritones del pueblo de Chete.

—Además, en este lago que tanto nos contaminan, se levantan las mayores plataformas petrolíferas y, para protegerlas, la vigilancia es extrema —añadió Mako y se dirigió hacia el pasillo.

—Perdone que le moleste con una tontería —añadió Dana—. ¿No tendrán en el laboratorio algo de esencia de gusano de fuego? Para no convertirnos en sirenas si necesitamos subir a algún barco y nos mojamos.

—La fórmula del gusano de fuego es muy sencilla —contestó el tritón mientras toqueteaba con los dedos una centrífuga—. ¿No la tenéis?

—La fórmula sí, pero gusanos de fuego no —contestó Dana.

—A ver qué hay por aquí —contestó el tritón. Se acercó a un armario con reactivos, sacó un tubo de ensayo con un líquido rojo y se lo pasó a Dana—. Cuidado, que es muy venenoso. Con sirenas mayores de dieciséis años, el efecto solo dura media hora.

—¿Y no hay otro preparado cuyo efecto se mantenga algo más? Media hora no es nada. Nos descubrirán enseguida —insistió Dana.

El tritón pareció dudar.

—Bueno, está el pastel marino de chucho. Con un pedazo puedes estar fuera un par de horas.

Se acercó a otro armario, del que sacó una caja metálica y de ella, una especie de galleta oscura y dura.

—La receta era de mi abuela. Que nadie sepa que os lo he dado —susurró Mako y la envolvió en papel de aluminio—. ¿Queréis descansar algo antes de continuar el camino?

—Gracias. Tenemos mucha prisa. Creemos que en Filipinas ya están extendiendo la enfermedad —contesté.

—Entonces que tengáis buen viaje. En el canal de Panamá trabajan varias sirenas de la resistencia que os ayudarán a pasar sujetas a un barco sin despertar sospechas, preguntad por ellas cuando lleguéis a la ciudad de Colón —nos explicó el tritón mientras nos acompañaba hasta la puerta.

No tenía ni idea de a quién preguntaríamos, pero le di las gracias.

—¿Están los cangrejos aún ahí? —preguntó Dana.

—Sí, pero los cangrejos no hacen nada a las sirenas, solo evitan que los pescadores de los pueblos vecinos escuchen la música. Toma, ¡llévate esto! —dijo Mako y me dejó en las manos las maracas. Tuve la impresión de que pesaban más que la noche anterior—. Las vas a necesitar para relajarte... y quizá para algo más. Muévelas con fuerza, si llega la ocasión... y el peligro.

Se lo agradecí y nos preparábamos en fila para salir entre los cangrejos cuando apareció junto a nosotras Paracoto, el becario.

—Algo de comida para viajar más rápido —nos informó, y puso frente a nosotras una bandeja con manamanas envueltas en hojas de plátano y las botellas de chicha que habían sobrado de la fiesta.

Llenamos nuestras mochilas y esta vez, al salir, además de los cangrejos, encontramos a varios manatíes comiendo algas cerca de la desembocadura del río.

—¿Sabes que cuando Colón llegó a América creyó que los manatíes eran sirenas? —me preguntó Dana—. No había visto una en su vida.

La verdad es que su carácter apacible y su cuerpo rechoncho no se parecían mucho al de las sirenas.

—Y también creyó que estos mares eran el paraíso. Y no se equivocaba —contesté mientras nadábamos hacia la salida del lago.

Canal de Panamá

24

Poco después, y tras haber recuperado a Crin Magnífica, llegamos a las aguas de Panamá. Según nos había explicado Mako, buscamos, sin llamar la atención, a las sirenas de Colón que trabajaban en el canal. Pero en la costa de aquella ciudad no encontramos a ninguna sirena ni tritón, algo bastante extraño.

—Seguro que están escondidas. Por aquí pasan los agentes de Leviatán todos los días —dijo Ainé.

Así que nadamos hasta el canal y descendimos al sur de la bahía Limón para entrar en el lago Gatún, el inicio del canal, donde esperaba una hilera de barcos. Descubrimos que el canal se dividía en dos. El camino de la izquierda, el de salida, se encontraba vacío, y en el de la derecha se disponía a entrar un carguero polaco al que nos sujetamos. Entramos en la primera exclusa, que se llenó de agua y elevó el barco para ponerlo a la altura del agua del lago. Continuó hasta la segunda exclusa, que también se llenó de agua. No había salido el carguero por la última puerta cuando debajo de él vimos a dos tritones y una sirena con una red, cortando el paso. Si seguíamos unidas al carguero, nos atraparían. Así que nos soltamos y esperamos a una ballenada de distancia. Durante unos segundos dudé si eran las sirenas a las que se había referido Mako, pero cuando otros tantos tritones se colocaron detrás de nosotras, también con redes, entendí que no. Todos llevaban el cuerpo y la cara tatuados, y el pelo rapado. El barco salió, se cerraron las dos puertas de la exclusa y nos quedamos atrapadas.

—¡Somos los guardianes del tributo del canal! —dijo la sirena—. Si no pagáis, no os dejaremos pasar.

—Para nosotros, es gratis utilizar el canal —contesté sin perder de vista a los que se encontraban detrás.

La ira comenzaba a arder en mi interior.

Meses antes habíamos pasado sin problemas desde Tula hacia el mar de Ojotsk con Nut, aunque entonces íbamos acompañados con las rusalkas y los vodyanoi armados hasta las aletas.

—¡Ah! ¿Sí? —preguntó la sirena y se acercó unos metros hacia nosotras—. Nos gusta ese caballito en el que vais montadas.

Más que guerrilleros o seguidores de Leviatán parecían miembros de maras o pandillas de delincuentes tan habituales en los países vecinos. No habían visto un hipocampo en su vida. Si se llevaban a Crin, lo dejarían morir o lo maltratarían. Ni siquiera se darían cuenta de su valor.

—¡Tengo algo mejor! —contesté.

Metí la mano en mi mochila.

—¡Eh! ¿Qué haces? —preguntó la sirena.

Los que se encontraban a nuestras espaldas también se acercaron. Levanté las manos.

—¡Tranquilos! ¡Traigo un presente de gran valor! —contesté sin pensarlo demasiado, solté con un gesto rápido todos los arneses de Crin Magnífica y saqué las maracas. Seguían pesando más de lo normal. Las moví para que vieran que no era un objeto peligroso y según lo hacía, noté cómo algo en su interior se solidificaba y se convertían en dos martillos duros como piedras.

—Son una antigüedad de la bahía de Maracaibo. Pertenecieron a la hermosa Maruma —dije agudizando la vista.

—Mientes —contestó la sirena—. Si no tienen valor, os secuestraremos y pediremos un rescate. Y nos quedaremos con el hipocampo.

¡No! No podíamos vivir otro secuestro, ni chantaje ni tortura. Debíamos llegar a Filipinas cuanto antes.

Un nuevo barco se preparaba para entrar en la exclusa.

—¡Te las daré enseguida y podrás comprobarlo! —dije mientras disimulaba la ira.

Antes de acercarme, susurré a Dana y Ainé:

—Yo me encargo de los de delante y vosotras de los de detrás.

—De acuerdo —contestó Ainé, que observaba y analizaba cómo enfrentarse a ellos.

—En cuanto se abra la compuerta, ordenad a Crin que siga adelante lo más rápido que pueda —añadí.

Me acerqué poco a poco con las maracas en la mano hacia la sirena. Corría el peligro de que me lanzaran la red antes de poder golpearles, así que cuando me encontraba a un par de metros, con impulso lancé la primera maraca, que la golpeó en el pecho, y la sirena salió despedida varios metros con la red en la mano. Con la otra me acerqué a los tritones. A uno lo dejé inconsciente, pero el otro sacó un cuchillo alargado. Nunca había luchado contra un tritón armado con una navaja. Detrás de mí, Ainé y Dana se enfrentaban a los otros.

Entró un petrolero en la exclusa y esta empezó a llenarse.

Comencé a luchar contra el tritón, alto y gordo. Llevaba un tatuaje que le cubría toda la boca con el dibujo de una cadena. Me sonrió con los dientes picudos y medio rotos. Se movía ágil a mi alrededor con el arma en la mano. Una y otra vez intentaba clavármela en el estómago. Se movía tan rápido que solo conseguí rozarle una oreja con la maraca. La pared se encontraba demasiado lejos como para impulsarme y golpearle como me había enseñado Electra.

Me di cuenta de que Ainé y Dana tenían problemas con los tritones. Y al girarme para evitar que me pinchara en la cara, vi que por la entrada de atrás llegaban decenas de tritones y sirenas. Estábamos perdidas. Me descuidé unos segundos y el tritón los aprovechó para rajarme el brazo. Sentí un fuerte dolor, pero aproveché su descuido al mirar también a sus compañeros y le estampé la maraca en la cara. El tritón se llevó la mano a la nariz rota y comenzó a hundirse.

Se abrió la puerta hacia el lago y mientras el barco se disponía a salir, entró otro grupo de sirenas y tritones. Vi cómo Crin Magnífica pasaba entre ellos tan rápido que no les dio tiempo a detenerlo.

Las tres nos reagrupamos y nos detuvimos frente a decenas de sirenas y tritones dispuestos a luchar.

Se cerraron las puertas de la exclusa y de nuevo nos quedamos encerradas.

—¿Tenéis ganas de pelea? ¡La vais a tener! —dijo un tritón fuerte y con los brazos musculosos. Llevaba unos guantes cubiertos de tachuelas metálicas.

En ese momento se escuchó un silbato en el exterior, sobre nuestras cabezas. Unos segundos después, decenas de bultos caían encima de nosotras. Eran mujeres que se convertían en sirenas al tocar sus pies el agua. Iban armadas, vestidas de rojo, y comenzaron a disparar a las sirenas y tritones de ambos lados. Las tres nos arrimamos a la pared. Lancé la maraca contra un tritón que había sujetado a una de ellas y parecía que iba a cortarle el cuello. La maraca le impactó en la cabeza y la sirena pudo zafarse de sus brazos.

La mayoría de los pandilleros aprovecharon la entrada de otro barco para salir. Las sirenas habían detenido y puesto cara a la pared de hormigón a otro grupo y los esposaban para llevárselos.

Dos sirenas, vestidas de rojo morenas y fuertes, se acercaron a nosotras.

—Servicios auxiliares del canal de Panamá. Encantadas de conocerles —se presentó una.

—Gracias. Eran demasiados para nosotras —contesté—. No sabíamos que se había vuelto tan peligroso cruzar en estos tiempos.

—Aparecieron cuando liberaron a Leviatán. Esperemos que todo acabe cuanto antes. Somos pocas para protegerles, y ahora nos tenemos que dividir entre el canal antiguo y la nueva ampliación.

—Mako del Faro nos dijo que las sirenas de la ciudad de Colón nos ayudarían, pero no encontramos a nadie cuando llegamos —dijo Ainé.

—Las mataron hace unas semanas. Solo quedamos nosotras —contestó una de ellas. Será mejor que se marchen antes de que los pandilleros regresen y se los encuentren en las siguientes exclusas o en el lago.

Océano Pacífico

25

Tras atravesar las últimas exclusas del canal, nos reencontramos con Crin Magnífica, que nos esperaba en el Pacífico.

—¡Cuidado, que en la cuenca de Panamá hay tiburones como moscas! —me dijo Ainé.

—Muchas gracias por avisar —contesté—. Además, ¿habrás tú visto muchas moscas?

—Cuando me seco al sol en verano, aparecen —contestó Ainé—. Muy desagradables. Y si te has puesto crema, se quedan pegadas.

Agarradas a Crin, que nadaba mucho más rápido que cualquier animal marino, nos adentramos en la corriente Ecuatorial Norte, que nos conduciría hacia las Filipinas. Habíamos pasado la cuenca de las islas Carolinas cuando encontramos un barco japonés o chino. Le habríamos sobrepasado sin problemas si no me hubieran llamado la atención en la borda unas cuerdas de las que, con pinzas, colgaba algo que no supe identificar. Con cuidado sacamos la cabeza y vimos cómo un marinero oriental tiraba un tiburón de tamaño mediano al mar. El tiburón estaba vivo y le habían amputado las aletas y la cola. Sangraba sin control por los cortes y las branquias. Ya en el agua dio unos bandazos y sin poder evitarlo comenzó a hundirse hacia la muerte segura.

Tiraron otro y entonces me di cuenta de que eran aletas de tiburón lo que colgaba de la cuerda al sol.

—¿Por qué no guardan la carne de tiburón? —pregunté asqueada de lo que veía—. ¿No la pueden vender?

—Sí, pero les pagan más por las aletas para hacer sopa. Llevar los tiburones enteros sería demasiado peso. Y la carne de escualo no se vende bien —contestó Ainé—. Esta técnica de pesca infame se llama *aleteo*.

Un tercer pez cayó a nuestro lado, cubrió de sangre el agua y comenzó a hundirse también. Indefenso.

—¡Hagamos algo! —dije—. ¡Esto debería ser ilegal!

—En Europa sí, en el resto del mundo no —dijo Dana.

Dimos una vuelta al barco y comprobamos que llevaban colgando la red de los tiburones vivos muy cerca del agua. De ella sacaban poco a poco a sus víctimas.

—¡Rompámosla! —dijo Ainé.

Nos colocamos debajo de ella, las tres saltamos a la vez y comenzamos a morderla hasta que hicimos un agujero por el que se escaparon todos los peces. Cuando los marineros se quisieron dar cuenta de lo ocurrido, ya no quedaban tiburones.

Nos sujetamos a Crin Magnífica y escapamos tanto de los marineros como de los escualos.

—Esto habrá que solucionarlo —dije—. Es un atentado injustificado contra la vida marina. ¡Por una sopa...!

Aquello no fue lo único que nos llamó la atención, ya que poco después notamos cómo la superficie sobre nosotras se oscurecía y dejaba de entrar luz. Miramos hacia arriba y vimos que algo cubría el mar. Ascendimos y, cuando sacamos la cabeza, descubrimos que toda la superficie del mar se encontraba cubierta de basura: redes, maderas y envases de plástico. Algunos pájaros picoteaban y se posaban sobre los desperdicios, otras aves yacían muertas junto a ellos, así como tortugas y peces.

—¡Por Neptuno! —exclamó Ainé.

Algo parecido había encontrado en el mar de los Sargazos al norte de Tula, aunque no de tanta extensión. Esta isla de basura medía cientos de kilómetros cuadrados.

Descendimos y nadamos en la penumbra, debajo de la porquería, hasta que despareció.

Isla de Palawan

Filipinas

26

Atravesamos a toda velocidad el océano y llegamos al archipiélago filipino de Bacuit, donde se encontraba la isla de Palawan.

Al norte de la isla localizamos El Nido, un lugar repleto de turistas que se bañaban en sus aguas azul turquesa. Era uno de los lugares más hermosos que había visto en mi vida. En el exterior, selvas verdes tupidas rodeaban las aguas cristalinas y en el mar nadábamos sobre corales de los más variados colores, en los que vivían caballitos de mar, gambas e infinidad de peces. Nos detuvimos impresionadas por la belleza natural del lugar.

—¡Por Anfitrite y su descendencia! ¡Cómo sería vivir aquí! —exclamé.

—Con Chete, el paraíso —contestó Dana—. Por cierto, se me olvidó preguntarle qué pasó con su novia la chillona. ¡Tan huérfano!

—Anda ya, que pareces una mema —dijo Ainé—. ¿No nos verán desde arriba? Somos un blanco perfecto.

El agua era como un cristal transparente y cualquiera podría descubrirnos si miraba desde alguna elevación o loma.

Cogimos unas hojas de alga grande y nos las atamos a la cintura. Disimularíamos de mala manera la cola de sirena, pero a Crin no podíamos camuflarlo.

—¿Dana la Mema no ha investigado qué tribu de sirenas y tritones vive por aquí? Por si necesitamos ayuda —dijo Ainé.

—Dana la Mema no, pero Dana la Inteligente por supuesto que se ha informado. Los humanos kankanaey cuelgan a sus muertos en las montañas. Las sirenas y tritones creo que también, pero en montañas submarinas. A lo mejor nos los encontramos... En las zonas turísticas no vive casi nadie de los nuestros. Es demasiado estresante, según mis informadores. Lancha para acá, lancha para allá. Un horror.

—Muy interesante —susurré.

Dana continuó.

—Algunos, por ejemplo, los kalinga, que viven más al norte, mantienen costumbres ancestrales como cortar la cabeza de sus enemigos. Al sur están los palawanos.

—Un grupo de kalinga esperaban a Pau y a Lorelei para cortarles..., perdón, para ayudarles. ¿Qué habrá sido de ellos? No entiendo nada —dije.

—Ahora lo comprobaremos —contestó Ainé, que miraba a su alrededor sin descanso.

Según las coordenadas dadas por la ninfa de Ginebra, debíamos descender hasta una aldea costera al suroeste de un pueblo de nombre TayTay. Cuando llegamos, encontramos en la bahía un buque militar. No habíamos llegado a él cuando saltó una alarma que resonó sobre el mar y bajo él. Enseguida salieron a cubierta decenas de buzos que en unos segundos se colgaron unas bombonas de oxígeno y se lanzaron al mar. Llevaban unas linternas de gran potencia con las que iluminaban bajo el agua.

—¿Y esto qué es? —preguntó Dana.

—O vienen a por nosotras o son de la NASA y están cazando OSNIS, objetos submarinos no identificados —dije.

—Me da que lo primero —contestó Ainé.

Nos detuvimos asustadas. Solté rápido a Crin Magnífica y lo mandé a mar abierto. Después nos sumergimos hasta el fondo y nadamos bajo el barco y los buzos hacia la orilla. Tuvimos suerte de que era noche cerrada sin luna, y el cielo estaba cubierto por densos nubarrones cuando alcanzamos unas rocas. En la orilla se levantaba una edificación de gran tamaño construida en piedra, que recordaba mucho al castillo de San Carlos de la Barra en Maracaibo. Según Dana, era el fuerte Fuerza de Santa Isabel, también construido por los españoles para defender al pueblo.

—¿Qué mejor lugar para escondernos del Ejército que en un fuerte del propio Ejército? —dije.

Para evitar rodear las gruesas murallas del fuerte y entrar por la puerta principal, probablemente cerrada y custodiada, subimos desde el agua, primero por unas rocas y después por la muralla. Aquello hubiera resultado imposible sin el entrenamiento de las rusalkas, Zohra y sus zapatillas, y sin una cuerda con un anclaje que tiró Ainé para sujetarnos a las rocas de la parte superior de la muralla.

—Seguro que este fuerte lo construyeron para evitar los ataques de piratas —explicó Dana—, no los de sirenas.

—Parecemos chicas Bond —dije.

—¿Quién o qué es Bond? —preguntó Dana—. ¿Vale la pena conocerlo?

—James Bond, un espía británico, de Albión, que salva a la humanidad de villanos y asesinos —contesté.

—Cuando volvamos me lo presentas —pidió Dana.

—Por supuesto —contesté con una sonrisa.

Llegamos a una explanada central de tierra dentro del recinto amurallado donde, junto a un cañón antiguo, crecían algunas plantas y árboles. Desde allí teníamos una visión más amplia de la bahía de TayTay. Podíamos ver luces diminutas en algunas islas y otros islotes más pequeños que permanecían en la oscuridad, también el barco militar y las linternas de los submarinistas.

—Espero que no hayan capturado a Crin Magnífica —dije.

—¡Crin Magnífica estará ya en Papua! —contestó Dana—. ¿Por qué buscan sirenas? ¿Qué ha ocurrido en estas costas?

—Aquí pueden vernos. ¡Escondámonos! —advirtió Ainé y señaló las ruinas de una iglesia de piedra que había perdido el tejado y que se levantaban en el centro del recinto.

Su aspecto era sobrecogedor, como un testigo mudo de mestizaje de culturas, vigilante del ataque de corsarios y superviviente de huracanes, tornados y terremotos.

Con sigilo entramos en ella. Para evitar que se deteriorase más, habían cubierto la nave con un tejado de plástico duro. Varios bancos miraban hacia el altar de piedra adornado solo por una cruz y algunas plantas.

Ainé y yo nos sentamos junto a la puerta de entrada; Dana hacía guardia cerca del cañón.

—No te alejes —dije al acordarme de la amenaza de muerte a mi mejor amiga—. Que se te vea desde aquí.

—¡Qué paranoicas! —contestó Dana—. ¿Vigiláis vosotras o yo?

Ainé, después de descansar un rato, sacó un cuaderno de su mochila y comenzó a escribir.

—¿Es un poema? —pregunté—. ¿Me lo leerías?

—¿Cómo sabes que escribo poemas?

—Me encontré uno en nuestra cueva en isla de Socorro. Me gustó —contesté y apoyé la cabeza en la pared de piedra.

—Te lo leo si me cuentas la profecía de Fayn. Quizá las demás no han leído a Bécquer, pero yo sí.

Carraspeé.

—No puedo. Aún no.

Ainé guardó silencio, y cuando estaba a punto de quedarme dormida, comenzó a leer.

Días, semanas, meses
pesan sobre mí y huyo.
¿De qué? No lo sé.
Tengo miedo.
Las lágrimas lo inundan todo
sin regar nada, pues nada crece ya dentro de mí.
Huyo sin rumbo,
nado en la oscuridad,
mi música de siempre.
Me enfrento a la soledad.
Lo tengo todo
para luchar,

vencer,
sufrir,
para amar.
Llora y toma una decisión.

27

Cuando amaneció y nos asomamos a la muralla del fuerte, vimos que el barco militar había desaparecido y el mar permanecía en calma. Así que descendimos y entramos en el agua sin que sonaran alarmas ni submarinistas se lanzaran al agua. Continuamos nuestro viaje hasta el punto que coincidía con las coordenadas de la ninfa. Era una aldea, pequeña, pobre y medio abandonada, que se levantaba al pie de una montaña cubierta de vegetación, muy diferente de los hoteles de lujo desperdigados por la costa norte. Más que aldea, eran unas casas de madera vieja al borde de una carretera de tierra. La madera de las casas presentaba un color blanquecino corroído por el sol. Algunas se levantaban en unos pilares circulares sobre el mar. «Palafitos», dijo Dana que se llamaban. En realidad, parecían chabolas remendadas. En un poste, entre las casas, alguien había colgado una bandera amarilla deshilachada.

—¿Qué significa una bandera amarilla? —pregunté.

—En un barco, cuarentena —contestó Dana—. Es aquí.

Observamos el lugar durante unas horas y nos llamó la atención el poco movimiento de personas que se observaba, algunos niños que salían corriendo de las casas pero que enseguida volvían a entrar cuando sus madres los llamaban a gritos, y un par de motos que pasaron por la carretera. Parecía que el tiempo corría más despacio de lo normal en aquel pueblo.

—Saldré yo antes —dijo Ainé—, o llamaremos mucho la atención.

Saltó a unas rocas, se secó y luego se vistió con la ropa que habíamos llevado en la mochila impermeable de Alfeo. Gracias al cuero de raya con el que estaban confeccionadas, la ropa se mantenía seca, y también las botas. Aquí, en la selva, no nos valía un pareo de gasa de cualquier turista, así que habíamos traído pantalones y camisas de manga larga.

Ainé, después de pelearse con su pierna, la pata del pantalón y los calcetines, desapareció ante nuestros ojos.

Dana y yo esperamos cerca de la playa mientras mirábamos el cielo. Parecía que se acercaba una tormenta tropical o un tifón, tan habituales por estas costas.

—¿Qué ocurre cuando un humano se infecta con la enfermedad? —pregunté a Dana, que era la experta científica—. ¿Te dijeron algo en las Cíes?

—Que pierden la voluntad. Puedes hacer con ellos lo que quieras. Más o menos como el proceso de zombificación de esa isla maldita, Haití.

—¿Zombis...? ¿Cómo se desarrolla? —pregunté.

—Enferman durante un periodo corto de tiempo; les salen granos en la cara, que supuran; pierden las constantes vitales y parece que han muerto, pero no; despiertan de nuevo, no recuerdan nada de su vida pasada y han perdido la voluntad. Es el momento perfecto para esclavizarlos. Su amo espera junto a la cama o la tumba para tomar posesión de ellos.

—Un ejército de humanos esclavos. Eso es lo que quiere Leviatán.

—Eso es lo que vamos a impedir —añadió Dana.

Varias horas después, Ainé no había regresado y comenzamos a preocuparnos, así que nos secamos y salimos también del agua. Antes, dejamos las armas escondidas en unos recovecos entre las piedras.

Nos detuvimos sorprendidas en la entrada del pueblo, donde encontramos un muñeco confeccionado con trapos y paja con la forma de una sirena. Alguien lo había empalado en un tronco de madera y quemado la cabeza.

—Empezamos bien... —susurró Dana.

El pueblo de casas de madera parecía desierto e inmerso en un silencio inquietante. Solo un perro viejo dormitaba junto a una tienda de ultramarinos. En la puerta de todas las casas colgaba un amuleto que consistía en unos palos formando una estrella de la que pendían conchas y unas plumas.

—¿Qué será esto? —pregunté, y lo sostuve entre los dedos. Las conchas se movieron con un ligero sonido.

—¡No lo toques! ¿No te huele apestosamente mal? —preguntó Dana y se tapó la nariz.

—No, la verdad.

—Son plumas de carrizo. Según cuenta la leyenda, las plumas de carrizo impiden que las sirenas ataquen a los humanos —contestó Dana.

—Eso son tonterías —dije, arranqué una y, sin saber por qué, me la metí en el bolsillo.

—Te recuerdo que tú eres una sirena, no una humana.

De la tienda de ultramarinos salía la voz de un hombre que hablaba con balbuceos. Nos asomamos por la ventana, cubierta por un cristal sucio, y vimos a un humano de edad avanzada sentado en una silla con la mirada perdida. Intentaba hablar sin conseguirlo.

—Un infectado —le susurré a Dana.

La sujeté del brazo y nos acercamos despacio al perro y a la puerta abierta. Metí la cabeza entre los jirones de tela de colores de la cortina. Y frente a mi cara me encontré con una escopeta. La encañonaba una anciana vestida con un batín gris.

—¡Fuera de aquí! —exclamó y me miró con odio.

—Necesitamos ayuda —dije y di un paso atrás para salir de la tienda.

—¡Fuera! ¡Regresad al mar! Aquí no os queremos. Solo traéis dresgacias —dijo y señaló un catre detrás del mostrador en el que también yacía un adolescente.

—Somos amigas. Traemos vacunas —dijo Dana y le enseñó uno de los tubos con el antídoto.

La señora, como respuesta, disparó al suelo junto a nuestros pies. La bala pasó rozando y levantó el polvo.

—No os queremos aquí. Las sirenas primero os lleváis con vuestros cánticos a nuestros hombres hasta el fondo del mar y ahora nos traéis la muerte. Si regresáis, os mataremos a todas.

Levanté las manos para que viera que no éramos peligrosas. De espaldas nos alejamos de allí y cuando la perdimos de vista, corrimos hasta la playa.

—¡Han propagado la enfermedad en Filipinas! —dijo Dana mientras nos escondíamos sin aliento detrás de unas rocas—. Lala Mansur ha estado aquí.

—¡Han secuestrado a Ainé! Cuando anochezca, saldremos y la buscaremos —dijo Dana.

Esperamos a que cayera la noche. La tormenta se cernía sobre nuestras cabezas. Dana pescó un bonito y un par de cangrejos y nos los comimos mientras tanto.

—Stella, se rumorea que entre nosotros hay un traidor —dijo Dana y arrancó la pata a uno de los cangrejos, se la llevó a la boca y chupó el interior.

Yo había dejado de ser una traidora, pero la frase me golpeó como si me hubiera abofeteado.

—No he oído nada —contesté, y para no mirarle a la cara, comencé a quitar la espina del bonito.

—Me lo dijeron en las Cíes. Está pasando información a Leviatán y a sus seguidores. Es el culpable de que estemos aquí —insistió mi amiga.

—¿Cómo lo han descubierto? —pregunté y carraspeé para que no se notara la voz entrecortada.

—Cada vez que planeamos hacer algo, nuestros enemigos se enteran enseguida. Y, además, es un traidor, ¡o traidora!, de arriba. Lo sabe casi todo. Me parece que es Nut.

—¿Nut? No creo. No tiene sentido —contesté.

—¿Por qué estás quitándole la espina al pescado? Tiene calcio.

—No sé —contesté mientras intentaba que no se me notara el temblor de manos.

—En cuanto regresemos, buscaré a ese malnacido y acabaré con él —dijo y tiró la pata vacía de cangrejo lejos de nosotras.

28

No hizo falta que saliéramos a buscar a Ainé. Poco después de la puesta del sol, vino a buscarnos a la playa. La vimos andar en línea recta hacia nosotras y detenerse junto a unas palmeras. El viento de la tempestad movía con furia su pelo rubio y la camisa blanca parecía una vela en un mar tormentoso. Dana enseguida la llamó.

—¡Ainé! ¡Corre, ven! Es muy peligroso. Nos han amenazado.

Su hermana no se movía. Solo veíamos su silueta en la oscuridad.

—¡Ainé! ¿Estás bien? —insistió Dana.

Miré a nuestro alrededor. Parecía no acompañarla nadie, pero aquello no me gustaba nada. El pueblo permanecía en total oscuridad, sin luces en las casas, como si lo hubieran abandonado.

—¿A las sirenas nos afecta la bacteria? —pregunté en un susurro. Ainé mostraba todas las características de la enfermedad.

—Se cree que no. Solo afecta a los humanos. Pero no se sabe seguro.

—¡Vamos! ¡Corre! —insistió Dana.

Entonces Ainé dijo con voz mecánica:

—Están enfermos. Entregadles las medicinas.

—¿Quién te las ha pedido? —pregunté—. Nosotras los curaremos.

—No me dejarán entrar en el agua si no me dais las medicinas.

—Esto tiene una pinta rara rara —dije nerviosa—. La señora de la tienda no ha querido saber nada de nosotras.

—Si solo quieren la medicina, tiene fácil solución —contestó Dana.

Sacó la caja y una jeringuilla, que hincó en uno de los tubos. Después, con un gesto rápido, se pinchó en un brazo y se inyectó el contenido.

—Nos fue bien con las avispas de mar, ¿no?

Afirmé con la cabeza. El año anterior nos inyectamos el antídoto contra el veneno de las avispas de mar y nos salvó la vida.

—¿Es seguro?

—No tengo ni idea —contestó Dana—. Ni siquiera sé si yo puedo ser portadora de la bacteria.

Ainé continuaba allí junto a la palmera, muy erguida, cuando comenzamos a acercarnos. Faltaban pocos metros para llegar a ella cuando dijo:

—Dejad las medicinas en el suelo y regresad de espaldas a la playa.

Hicimos lo que nos decía. Un aldeano con un sombrero de paja, que andaba con gestos de autómata, salió entre las sombras y las cogió. Se las entregó a otro hombre armado que había estado encañonando a Ainé por la espalda. Ainé comenzó a andar hacia nosotras.

—¡Ahora, marchaos cuanto antes! —dijo el armado.

—¡Buscamos a un humano y a otra sirena! —contesté yo desesperada.

—Los últimos días han venido muchas sirenas. Unas trajeron esa peste que nos asola —contestó.

—Nosotros os damos las medicinas que salvarán a vuestra gente. Necesitamos saber dónde están todos, también las sirenas que han venido antes. Si no las detenemos, continuarán expandiendo la enfermedad.

El que había encañonado a Ainé dijo:

—¿Qué me dais si os llevo hasta el lugar donde se encuentran?

Nos miramos. No teníamos nada. O sí. Teníamos joyas puestas. Me quité los pendientes de oro y esmeraldas que había encontrado en Gormax, y las demás hicieron lo mismo. Las dejamos en el suelo, cerca del hombre, y nos alejamos. El hombre las cogió y las observó despacio. Luego dijo:

—Seguidme.

Comenzamos a andar delante de él mientras nos adentrábamos en una selva muy tupida y dejábamos el mar y el poblado a nuestra espalda. Enseguida el hombre encendió una antorcha que iluminaba algo el camino estrecho entre vegetación pero que a duras penas conseguía mantener encendida con el viento que agitaba los árboles a nuestro alrededor. En cualquier momento comenzaría a llover. El hombre autómata del sombrero cerraba el grupo.

Cuando ya nos encontrábamos a varias decenas de metros por encima del pueblo, me di cuenta de que en un terreno sin árboles, junto a las casas, se encontraban unos cuantos hombres parados. No como si hablaran entre ellos, sino como estatuas muertas que esperaran algo. Parecían los primeros soldados del ejército de Lala Mansur. Me estremecí y sentí miedo. Y se lo señalé a Dana.

Continuamos andando durante varias horas, siempre cuesta arriba, por un sendero estrecho que bordeaba una montaña cubierta por terrazas de cultivo en las que los campesinos plantaban arroz. A nuestra derecha se encontraba un precipicio que se perdía en las profundidades de la selva.

Las ropas que llevábamos eran, por fin, las adecuadas para subir por aquel sendero y evitar que la maleza nos raspara los pies y las piernas.

Era noche oscura cuando nos detuvimos en un saliente de tierra frente a una roca de varios metros de alto. Veíamos objetos colgados de la roca, pero la oscuridad nos impedía saber de qué se trataba. El hombre se acercó a una oquedad. Descubrí que lo que colgaba de la roca eran cajas de madera alargadas. El nativo desapareció. Esperamos un rato en la oscuridad, hasta que apareció la luz de nuevo en la entrada de la cueva. El hombre no venía solo. Le acompañaba una mujer que portaba una linterna en la mano. Nos enchufó a los ojos. Aparté la cara para que no me deslumbrara, pero allí, frente a nosotras, estaba una peluca negra que le llegaba casi hasta los pies.

Lala Mansur.

En la otra mano sujetaba la caja de medicinas que habíamos entregado al nativo en la playa.

El corazón me comenzó a latir con fuerza. Durante todo el viaje había deseado enfrentarme a ella y ahora sentía pánico.

—Mierda —susurró Dana.

—¡Qué sorpresa! Oléis a carrizo repugnante. ¡Y qué generoso por vuestra parte hacerme llegar las medicinas! ¿Son las únicas que existen?, ¿o mis sirenas deben buscar más?

Se las dio a la sirena que se encontraba a su derecha. Era la de los tatuajes que me perseguía. Con los dedos, de los que salían unas largas uñas marrones, comenzó a abrirlas y a tirar la medicina al suelo. Después, la pisó con la bota.

Las tres guardamos silencio.

—¿No queréis hablar? Stella, dime si hay más.

Bajé la cabeza y guardé silencio.

—Todo el mundo tiene un precio —dijo Lala.

Hizo un gesto con la cabeza y el nativo se acercó a Dana, le puso el arma en el pecho y la empujó hasta el precipicio. Cuando Dana comenzó a resbalar por el borde de tierra resbaladiza, grité.

—¡Espera! Hay más, pero se encuentran en Tula —mentí.

Comenzó a llover y noté cómo gotas gruesas me golpeaban la cara y el pelo.

—Eso no me dice nada. ¿Quién la ha creado? —insistió.

—Lorelei.

—Mientes. Lorelei estaba en Ginebra cuando conoció la estructura exacta de la bacteria. No ha tenido tiempo. ¿Has sido tú? —preguntó a Dana.

—Sí, y si me matas, te quedas sin medicina —dijo Dana.

—Eso es lo que queremos, estúpida. ¿Tienes más?

—Sí, en Tula.

—Mientes de nuevo. Tula está en manos de Leviatán y vosotras salisteis de las islas Cíes —dijo Lala con un gesto de cansancio—. ¡Enciérralas! Ese tufo a carrizo no me deja respirar.

Cuando pasé a su lado, me detuvo y clavó uno de sus dedos en mi esternón.

—Quiero que me lo cuentes todo, como siempre —dijo con una sonrisa forzada—. Antes del tercer día, vendré a mataros. A ti también.

Apreté los dientes para no decirle que era ella la que iba a morir.

Bajo una fina lluvia, el hombre nos llevó hasta la entrada de la cueva. En ese momento, a la luz de la antorcha descubrí que las cajas que colgaban con cuerdas de la roca eran ataúdes de madera vieja y medio podrida. Supuse que eran de alguna tribu como los kankanaey. Dudé si eran los que también cortaban la cabeza de sus enemigos.

El nativo de la escopeta abrió una puerta de madera y nos empujó por un estrecho pasillo hasta el centro de la cueva, que apestaba a podrido.

Sin decir nada, cerró tras de sí y nos dejó en la más negra oscuridad.

—¡Hola! —dijo Dana con un tono que quería ser jocoso—. ¿Algún murciélago por aquí?

Moví un pie y noté debajo algo alargado, como un palo.

—Agarraos a mí e intentaré acercarme a una pared —susurré y me moví hacia mi derecha con pequeños pasos. En uno de ellos, di una patada a algo redondo que salió rodando—. Nos va a dar tiempo a jugar al fútbol.

De pronto, una luz se encendió delante de nosotras y dejó ver a dos figuras.

—¡Stella! —dijo una voz.

¡No podía ser verdad! Era Pau, que había encendido una cerilla a pocos centímetros de mi cara. A su lado se encontraba Lorelei, la madre de Dana y Ainé. Nos unimos en un abrazo fuerte.

—Acercaos aquí —dijo Lorelei. Cogió la cerilla y encendió una pequeña antorcha—. Estaréis más resguardadas.

Después nos señaló un espacio entre varias piedras. Con la luz pudimos ver que nos encontrábamos en una cueva sobre cuyas paredes se hacinaban centenares de ataúdes de madera colocados unos encima de otros. Al principio no supe si llenos o vacíos. Luego me di cuenta de que casi todos eran nuevos y esperaban a sus nuevos inquilinos. Solo alguno en la parte de debajo de las pilas de ataúdes parecían usados. Se encontraban tan deteriorados que harapos de tela sobresalían entre las maderas. Encima de las cajas y de las paredes, los indígenas habían colgado pequeños muñecos de tela de colores desvaídos. Lorelei usaba uno de ellos como antorcha. Me estremecí de angustia. Todo estaba cubierto por una capa gris de guano de murciélago.

Pau arrancó un trozo de tela de un ataúd, lo puso sobre el suelo y nos sentamos con bastante aprensión. Nunca me había sentado sobre una mortaja.

—¿Cómo habéis llegado? —preguntó Lorelei—. Es increíble volveros a ver —añadió y pasó la mano por el pelo rizado de Dana.

—Veníamos a salvaros y mira cómo hemos acabado. ¿Cuánto lleváis aquí? Este sitio es horrible —dije.

—Una semana. Uno del pueblo nos da de comer arroz, arroz o arroz —contestó Pau.

—Se supone que unos tritones kalinga nos esperaban en las aguas de la isla para ayudarnos, pero cuando llegamos, no los encontramos. En su lugar nos topamos con un simulacro de guerra naval y pruebas de armamento submarino de la armada filipina, y decenas de barcos científicos rastreando cada palmo de la bahía.

—¡Nosotros también hemos encontrado un barco con unos buceadores con linternas! —dije—. ¿Qué buscan? ¿Sirenas?

—Eso creemos —contestó Lorelei—. No sabemos si a Lala o a nosotros.

—Y supongo que esta cueva será el almacén de ataúdes y los que cuelgan fuera están llenos —dijo Ainé mirando alrededor.

—Sí, los indígenas dicen que si los entierran cerca de la naturaleza, llegarán antes al paraíso —contestó Lorelei, la arqueóloga—. Un lugar muy interesante para investigar costumbres ancestrales.

—¿Y Lala? —pregunté.

Lala era mi próximo objetivo para acabar con el mal.

—Tiene a su grupo de sirenas extendiendo la enfermedad por todos los pueblos de la zona. ¿Qué laboratorio consiguió la medicina? ¿La habéis traído? —preguntó Lorelei.

—Fuimos a buscarla al laboratorio del Catatumbo. Nos la dio Mako del Faro.

—¡Mako del Faro! ¡Es genial! Una vez estuve en una de sus fiestas. ¿Sabéis que de joven fue Míster Maracaibo? —contestó Lolerei—. Pero no os pilló el relámpago del Catatumbo...

—Sí, toda la noche retumbando —contesté—. Lala nos ha quitado la caja y la ha tirado.

—No todas —dijo Dana y se señaló—. Yo soy ahora el antídoto.

—¿Tú? —preguntó Pau.

—Me lo inoculé antes de dárselo. ¿No conoces la expedición de Balmis?

Pau negó con la cabeza.

—¿Un humano que vive en la península ibérica no conoce a Francisco Balmis? insistió Dana.

—Yo tampoco —dije—. ¿Quién era?

—Balmis realizó la primera expedición mundial para vacunar de la viruela, una enfermedad tan terrible que la llamaban la Dama Negra. Salieron del puerto de Brigantium... ¿Cómo lo llamáis vosotros?

—Ni idea —contesté.

—La Coruña —contestó Lorelei—. ¿Leíste esos libros de geografía que te dejé? me preguntó.

—Por encima —contesté.

Dana continuó.

—Zarparon de allí con veintidós niños huérfanos y la enfermera que los cuidaba hacia América y Filipinas. Los niños eran la propia vacuna. Se la inoculaban de dos en dos para que se mantuviera viva hasta su llegada al Nuevo Mundo. Evitaron millones de muertos.

—¿Me estás diciendo que si Lala no te mata podemos salvar a todas las personas infectadas? —preguntó Ainé.

—Exacto. Pero no sé si funciona de sangre de sirena a humana.

—Probaremos —contestó Pau.

—Oléis a carrizo —dijo Lorelei—. ¿Lleváis alguna pluma?

Saqué la pluma del bolsillo y se la enseñé.

—¿No notas el olor? ¿No te molesta? —preguntó.

Negué con la cabeza.

—¿A ti sí? ¿La tiro?

—Sí, por favor —contestó Lolelei.

Eran muy pesadas con el olor a carrizo, me guardé la pluma en el bolsillo para dejarla después en un rincón de la cueva, pero la olvidé.

Apreté fuerte a Pau y apoyé mi cabeza sobre su hombro. A su lado, me importaba menos estar en aquel lugar tan terrible.

—Hemos husmeado por la cueva y hay un pasadizo muy largo. Nos ha dado miedo continuar por si nos perdíamos, pero ahora con vosotras quizá sea más fácil —explicó Lorelei.

—¿Habéis notado en algún punto corrientes de aire? —preguntó.

—No, pero hay murciélagos y saldrán por algún lugar.

Después de contar a Pau y a Lorelei lo ocurrido con Bad, nos echamos a dormir sobre unas esterillas que habían conseguido. No quise saber dónde. Escuché que Ainé susurraba a mi lado:

Tu mirada es un balcón
azul,

del color de mi jaula.
No dejes de mirarme
y seré libre.

Dana se acercó a mí, se agachó y me dijo al oído:

—Stella, ¿qué significa «quiero que me lo cuentes todo, como siempre»? Lo que te ha dicho Lala.

Me apoyé sobre un codo y me incorporé. Mi vida, por culpa de Lala Mansur, se había convertido en una pesadilla.

—No tengo ni idea, Dana —mentí de nuevo a mi mejor amiga.

—Stella, estás muy rara desde que estuvimos en el mar de Ojotsk. ¿Te ha amenazado?

—No sé nada, duerme.

—Me voy a dormir, pero sabes algo —dijo Dana y se alejó unos pasos de mí hasta su esterilla—. Y lo descubriré.

Lala Mansur tenía razón. La traición me estaba destrozando por dentro y no sabía cuánto podría aguantar antes de que todo se descubriese.

En el exterior continuaba lloviendo.

Todavía no nos habíamos tumbado sobre el suelo cuando noté que alguien me sujetaba el brazo. Era Pau. Tiró de mí y me señaló un hueco entre dos cajas. Había colocado en el suelo telas y me invitó a sentarme. Después se sentó a mi lado, me pasó el brazo por encima del hombro y me atrajo hacia él. Escondí la cabeza en su pecho.

—Tranquila... —susurró.

—Tengo miedo.

—Estamos juntos —dijo y besó mi cabeza.

—Pau, he hecho algo horrible —dije y en la oscuridad dirigí mis ojos hacia él.

No le veía, pero notaba la fuerza de su abrazo. Sentí el tacto de sus dedos en mi cara hasta que se detuvieron sobre mis ojos y los cerró.

—Ahora no importa, Stella. Duerme.

Así permanecimos, abrazados, hasta que el sonido de una gran avalancha de tierra encima de nosotros nos despertó y me di cuenta de que él también se había dormido. Acaricié su pelo cubierto de polvo.

—¿Qué ha pasado? —susurró.

—No lo sé. No te preocupes —murmuré cerca de su oído.

29

Al día siguiente, cuando nos levantamos, el agua de la tormenta había entrado en la cueva. Regueros abundantes corrían desde la puerta hacia el interior.

—El agua entra porque la avalancha ha cambiado el rumbo de los regatos que ahora descienden de la montaña. Si se filtrara siempre no estarían los ataúdes en ese estado, sino peor —explicó Lorelei.

—¿Y eso es bueno o malo? —preguntó Dana.

—Ya se verá.

El guardián tuvo que quitar con una pala el barro de la avalancha, que tapaba parte de la entrada, para traernos el desayuno: de nuevo unos pegotes inmundos de arroz. Esta vez, el guardia no venía solo, le acompañaba otro hombre que se quedó en la puerta mientras aquel nos repartía los cuencos. Miraba con curiosidad y con una antorcha en la mano hacia el interior de la cueva. Iba vestido algo mejor que nuestro guardián y llevaba colgada una ametralladora. Entonces, cuando parecía que se iban a marchar, el guardia con un gesto rápido cogió a Pau de la camiseta y lo arrastró hacia la salida sin que nos diera tiempo a reaccionar. Cerró y nos sumimos en la oscuridad.

Corrimos hacia la puerta, comenzamos a golpearla y a chillar el nombre de Pau. Se escuchó el sonido de un motor que se alejaba y después se hizo el silencio. Me sentía como si me hubieran arrancado las entrañas. De nuevo se llevaban a Pau. Otra vez ese dolor que se me clavaba en lo más profundo. Me agaché junto a la puerta y comencé a llorar. Dana se acercó a mí y me pasó el brazo por los hombros.

—Lo encontraremos, Stella —me dijo.

—Lala quiere destruirme. Se lo ha llevado ella —contesté entre sollozos—. Lo infectará.

—No lo sabemos. ¡Levántate!

Arrojé el cuenco de arroz contra una pared y me senté encima de uno de los ataúdes entre Ainé y Dana. Poco después se acercó Lorelei y nos dijo:

—Si queremos salir de aquí, y cuanto antes mejor, debemos saber a dónde conduce el pasillo. ¡Ya!

Nos levantamos y nos adentramos por el pasadizo oscuro. En su día, quizá tuvo amplitud, pero tras años de cubrir sus paredes con ataúdes, solo quedaban unos centímetros por los que adentrarse en las entrañas de la roca. Tanto el suelo como los féretros estaban cubiertos con guano blancuzco de murciélago que con la humedad se había vuelto pegajoso. Chapoteábamos en el agua que corría libre por todo el pasillo. Habíamos prendido como una antorcha otro muñeco, que llevaba Lorelei, a la cabeza del grupo. Yo movía las manos buscando algo de aire que nos indicara una salida. Llegamos hasta el final del pasadizo que se acababa en una pared de roca, sin bifurcaciones, sin salida.

Desesperanzadas, regresamos a la cueva a esperar. ¿Qué teníamos que esperar?, ¿a que Lala Mansur acabara con nosotras dentro de tres días? El dolor me mordía por dentro.

30

Un ligero sonido me despertó. Me había quedado dormida durante un rato. Habíamos apagado la luz y permanecíamos en la oscuridad. Era el revoloteó de un murciélago sobre nuestras cabezas, que intentaba entrar desde una pequeña oquedad entre unos ataúdes. Una oquedad que desprendía una luz tenue. Me levanté y moví uno de los féretros. Algo, que no miré, cayó al suelo. Pocos segundos después tenía a mi lado a Dana con la cabellera roja alborotada y la antorcha en la mano.

—¡Ayúdame, creo que hay una salida o un agujero por aquí! —dije.

Movimos dos o tres ataúdes más y enseguida noté el aire desde el exterior que chocaba con el aire enrarecido que respirábamos. El resto del grupo se unió a nosotras y poco después entró un golpe de viento fresco. Con ayuda de varios trozos de madera quitamos los restos de guano de murciélago de la oquedad. Más arriba crecía vegetación. Dana cogió una tibia en la mano.

—¡Empujadme, que esto lo limpio ahora mismo! —dijo.

Regueros de agua cayeron sobre ella.

Cuando llegó la comida, habíamos vuelto a colocar los ataúdes en su sitio. En el exterior seguía lloviendo sin parar. Corrí hacia el guardián e intenté preguntarle dónde se encontraba Pau, pero dio un portazo y desapareció mientras nos quedábamos en la oscuridad. Se le veía tan asustado que comenzamos a temer que huyera y nos dejara encerrados o que otro desprendimiento de tierra taponara por completo la puerta.

Lorelei nos explicó que había notado por el olor que el vigilante a lo largo del día bebía licor de arroz, que le emborrachaba poco a poco hasta acabar tirado en la puerta.

Comimos el arroz y tras comprobar que el guardián aún hacia ruido fuera, al otro lado de la puerta, seguimos limpiando la entrada de los murciélagos, aunque enseguida nos dimos cuenta de que estaba tapada por una roca imposible de mover.

Dana golpeó la roca con la tibia hasta que se partió. Y cuando estaba a punto de tirarla con rabia contra los ataúdes, Lorelei le sujetó la mano.

—Respeta a los muertos. No sabemos si aquí pesa una maldición contra los profanadores de tumbas.

—Las maldiciones no existen —dijo Ainé.

—Existen, y si no te proteges, te destrozan la vida —contestó Lorelei.

Nos sentamos a esperar a Lala y a sus sirenas amazonas o a la muerte por inanición, mientras Pau se encontraba fuera en algún lugar desconocido.

Ya habían pasado dos días y el tiempo se nos escapaba entre las manos, como el agua que corría a nuestros pies hacia el pasadizo de la cueva.

Estaba frente a Dana y a la luz de la antorcha me di cuenta de que le habían salido en la cara unos granos que supuraban.

—¿Qué es eso? —le pregunté.

—El antídoto. Nos tienen que sacar de aquí antes de que se me curen para poder inocular el líquido a los infectados.

—Espero que no te queden marcas —añadí—. ¿Te encuentras bien?

Sentía pavor ante la posibilidad de que Dana contrajera la enfermedad y perdiera la voluntad. Y me di cuenta del riesgo que corría inoculándose la bacteria.

—¿Cuánto tardan en cicatrizarse los granos? —pregunté.

—Un par de días.

Me levanté y comencé a andar de un lado a otro de la cueva. Teníamos que salir cuanto antes, volver al pueblo, rescatar a Pau y salvar a todas esas personas que iban a morir.

Salté varias veces un charco y me asusté por un trueno. No se escuchaba al vigilante en el exterior. ¿Se habría marchado ya? No necesitaríamos cementerio si quedábamos sepultadas. Me acerqué a la puerta y la palpé con los dedos, parecía de madera fuerte. La sacudí despacio pero no se movió. El agua fría me golpeaba los pies y provocaba calambres.

Regresé hasta donde se encontraban los demás y en lugar de sentarme, les dije:

—Si el agua entra y no nos hemos inundado, también sale por algún lado. Dana, ¡busca otra tibia!

Las cuatro nos dirigimos de nuevo hacia el pasillo. En uno de los recovecos, el agua desaparecía en la parte inferior de la roca.

—¡Aquí!

Justo en ese punto no había ningún ataúd. De nuevo comenzamos a quitar la tierra con las manos y con todos los huesos que encontramos.

—¿Y si va a parar a otra cueva inferior? —preguntó Dana esta vez con un cráneo en la mano.

—Quizá no —contesté—. Oye, pareces Hamlet con la calavera.

—¡Escapar o no escapar! ¡He ahí la cuestión! —contestó en broma.

Tras un rato en el que estuvimos sacando tierra, un derrumbe de barro dejó entrar aire y un rayo de luz del atardecer. Poco después habíamos excavado un agujero algo inestable por el que cabían nuestros cuerpos.

Salimos despacio y por orden a la ladera de la montaña, junto a una hendidura por la que descendía un arroyo. Bajo nuestros pies se extendían los arrozales y zona boscosa; al fondo, el mar. Había dejado de llover y los rayos de sol intentaban salir entre las nubes. Escuchamos una avalancha a nuestras espaldas y el barro taponó el agujero por el que habíamos salido. El guardián se había marchado y delante de la puerta solo quedaba una botella vacía de licor de arroz.

A la luz del sol la vista de los ataúdes de madera colgados en hileras en el exterior de la roca sobrecogía.

Ainé comenzó a pasearse camino arriba y abajo, mirando hacia el cielo. Debíamos elegir entre tomar el camino hacia la zona boscosa o descender hacia el pueblo.

—El coche o la moto en la que se llevaron a Pau subió hacia la selva —dijo Ainé.

—¿Estás segura? —pregunté con cierta ansiedad.

—Sí. Además, desde allí viene un ruido extraño, de máquinas, y los pájaros huyen. Pero nos caerá la noche encima si subimos.

—¿Andamos hacia arriba una hora para ver si lo encontramos? Y descenderemos al pueblo antes de que anochezca —propuse.

—Por supuesto —contestó Dana—. Lo importante es que no nos encuentre tu amiga Lala.

Caminamos montaña arriba por una carretera de tierra, con el barro hasta los tobillos, que la hacía casi impracticable. Pero aún se veían huellas recientes de coches.

El ruido mecánico se hacía más potente y amenazador según nos acercábamos, y mi curiosidad crecía con él. Por fin llegamos a la cumbre de la montaña bajo un cielo gris plomizo. Allí nos detuvimos detrás de unos árboles y miramos hacia el valle. Si esperábamos hallar un paisaje similar al que nos encontrábamos, con terrazas de arroz y selva, nos equivocamos.

Se divisaba la mina a cielo abierto más grande que había visto en mi vida. La vegetación y los árboles rodeaban un agujero de arena y piedra, que descendía en terrazas hasta una charca central, sucia y gris.

Varias máquinas ampliaban la explotación. En uno de los extremos arrancaban árboles y una excavadora aplanaba el terreno y abría un nuevo camino entre la vegetación de la selva. Un poco más allá se veía un río.

Decenas de hombres subían y bajaban con sacos en la espalda por los distintos niveles y pisos de la mina agarrados a escaleras de madera, como si de un gigantesco hormiguero se tratara.

—¡Excremento de orca asesina! —dijo Dana.

—¿Estará ahí Pau? —preguntó Lorelei—. Parece una mina de oro.

—Seguro —contesté.

Los mineros llevaban los sacos hasta una explanada junto al río y allí otros hombres, metidos hasta la cintura, echaban la arena en unas bateas que movían dentro del agua. Algunas barquichuelas esperaban a ser cargadas.

Continuamos el camino de descenso hacia la cantera con muchas precauciones para no ser descubiertas. Al acercarnos, nos dimos cuenta de que entre los mineros se encontraban muchos niños, y también entre los bateadores del río. Al oeste de la mina, junto a una explanada, se levantaban unas chabolas de planchas de metal que debían de servir de vivienda para los trabajadores. Caía la tarde según descendíamos. Yo miraba con atención hacia los mineros por si reconocía a Pau, pero aún nos encontrábamos muy lejos y además todos se parecían entre sí con la ropa marrón, sucia de tierra.

Llegamos a los límites de la mina a cielo abierto, cuando casi había anochecido y nos escondimos detrás de unas piedras. Tenía la impresión de estar masticando toda la tierra que se encontraba en suspensión. Sonó un silbato y los mineros se dirigieron a la explanada y se colocaron en filas. Un capataz les pasaba un detector de metales por el cuerpo y otro apuntaba su nombre en un cuaderno. Luego, los hombres se dirigían a las casetas en las que desaparecían. Veíamos pasar ante nuestros ojos a hombres y niños sucios y cansados, hasta que reconocí a Pau. Era un poco más alto que el resto de los trabajadores. Su ropa también estaba manchada y se acercaba, arrastrando los pies, hacia el hombre del detector. Le seguí con la mirada y luego anduvimos paralelas al límite de la mina hasta que se metió en una de las chabolas.

—Debemos esperar a que anochezca para ir a buscarle —dije a las demás.

—Está complicado —contestó Dana—. Somos las únicas mujeres, llamaremos la atención enseguida.

Nos sentamos entre unas rocas a esperar que terminase el recuento y los capataces se marchasen. Frente a nosotras se veía un cartel. Dana se asomó y lo leyó.

—«Palawan Gold Corporation», que significa «los países ricos venimos a quedarnos con vuestro oro a cambio de una miseria».

No contábamos con que poco después aparecieron unos guardias con perros que comenzaron a pasearse por la mina vacía.

—Los perros nos van a oler, fijo —dijo Dana.

—Pues vamos ya —dije—. Tú y yo. Vosotras dos nos esperáis aquí.

Ainé negó con la cabeza.

—Si esperamos, los perros nos atraparán antes de que regreséis. Es mejor distraerlos mientras entráis en la chabola. Luego salimos pitando. ¡Cuidado! Algunos mineros llevarán meses sin ver a una mujer. ¡Primero, nosotras!

—Ainé, no les recites uno de tus poemas, por favor —dijo Dana.

Ainé y Lorelei comenzaron a andar hasta la explanada donde habían registrado a los mineros. Cuando llegaron, Ainé se subió a una piedra y comenzó a gritar:

—¡Eh, vosotros! ¡Salid a nuestro encuentro! ¡Os traigo un mensaje!

En ese momento, Dana y yo corrimos hacia las casas con la cabeza agachada. Nos habíamos atado una camiseta en el pelo para que no se nos viera. Nos cruzábamos con los mineros curiosos que salían para ver a Ainé. Llegamos a la chabola. Entré la primera. Estaba vacía. Salimos y vimos que Pau se encontraba en la explanada mirando a Ainé. Con una pequeña cuerda iba atado a un hombre de tez morena y pelo negro.

—¡Retirada! —dijo Dana.

Pero, cuando nos disponíamos a salir de la mina y entrar en el bosque, alguien gritó. Me giré y vi que un hombre nos señalaba. Llevaba un perro.

Comenzamos a correr y nos adentramos en la vegetación por el camino que estaban abriendo las excavadoras. A nuestras espaldas se escuchaba sus gritos y pisadas, también los ladridos del perro. La noche había caído y nos daba ventaja. Cogí a Dana de un brazo, tiré de ella hasta una terraza de arroz, nos lanzamos al agua y nos sumergimos entre las espigas verdes. Los hombres pasaron de largo y desaparecieron.

Poco después dejaron de escucharse sus voces, pero encima del agua entreví una luz parpadeante. Con cuidado saqué la cabeza. Frente a mí tenía la cara de un hombre que portaba una antorcha. Di un respingo y sujeté el brazo de Dana, que también se incorporó. Frente a nosotras había tres indígenas con unas faldas de tela, muy distintos de los hombres que nos perseguían. Llevaban colgados de la cintura unos cuchillos de metal, pero parecían pacíficos. Señalamos la mina y con gestos les hicimos saber que huíamos de allí.

Uno de ellos, con el pelo cubierto de canas, nos indicó también por señas que saliéramos del agua y les siguiéramos. En la oscuridad caminamos detrás por un sendero hacia la cima de la montaña hasta alcanzar unas chozas de madera. Cuando llegamos, salieron varias mujeres, algunas de ellas con sus bebés colgados con unos trapos grandes del cuello. También aparecieron niños que se acercaron con cautela a nosotros.

—Me da que son los palawanos —susurró Dana.

El indígena de pelo cano nos dijo algo que no entendimos y nos indicó una de las casas levantada sobre postes de madera. Una mujer nos mostró el interior, nos dio unos trapos para secarnos y ropa, y nos invitó a subirnos a unas tablas horizontales situadas en la parte superior. Allí supuestamente dormiríamos. La mujer nos dio unas esterillas y una tela para que la usáramos como manta, pero no nos podíamos quedar allí sin saber qué había ocurrido con Lolelei y Ainé, así que hice señas al hombre mayor, el que parecía mandar en el grupo.

Cogí una de las antorchas con las que se iluminaba y señalé el suelo frente a la choza. Con ayuda de un palo le hice un dibujo de las minas, las excavadoras y de tres personas más. Debió de entender, porque dijo unas palabras en su dialecto, todos se enfadaron y comenzaron a chillar, mientras señalaban en dirección a la mina y pisaban con sus pies descalzos el dibujo de la excavadora. Después, con el palo, añadió al lado un sol saliendo. Al día siguiente nos acompañarían.

Así que nos subimos a la tabla a dormir rodeadas de niños. Un poco más allá se tumbaron la mujer y un hombre. Colgaron a su bebé del techo en el mismo trapo con el que lo llevaba su madre durante el día. Al girarme hacia la pared para intentar dormir, vi que era de bambú trenzado con un dibujo geométrico.

—¡Lástima que Ainé no pueda ver estos dibujos y se inspire para su próxima colección de ropa marina! —dijo Dana.

—La puede llamar *Exóticos aires palawanos* —contesté—. Espero que estén bien.

—Seguro. Las dos son muy fuertes. Ainé parece una hermana borde de mierda, pero solo es una coraza que se ha puesto desde que murió Ceix. Fue muy duro perderle de esa manera. Creo que estar cerca de Cástor le ayuda.

—Ya... —contesté.

A mí también me ayudaba estar cerca de Pau.

Cástor se había comportado conmigo como un imbécil desde que murió Calipso. Seguía culpándome por ello.

—Estos indígenas parecen buena gente, ¿no? —cambió de tema Dana.

—Parece buena gente que se va a quedar sin aldea por culpa de la mina —contesté.

—Algo tendremos que hacer. Si no es aquí, cuando regresemos.

—¿A dónde regresaremos? —pregunté.

Dana no contestó.

—Duerme bien —dijo al fin.

—Sobre todo, blandito —contesté con ironía.

Debajo de nosotras se encontraba un almacén de alimentos. No había una cocina como tal. Por las hogueras que habíamos visto junto a las chozas, supuse que cocinaban todo en la lumbre exterior.

Desde el lugar que me encontraba también se veía un pequeño huerto con plantas en hileras y un corral con gallinas y cerdos. Unos metros más allá, unas tablas de madera formaban un altar que habían adornado con flores.

Cerré los ojos y recordé a Pau, quería que la última imagen, antes de que el sueño me encontrara, fuera la suya.

Antes de que amaneciera, la mujer de la casa en la que habíamos dormido nos despertó y nos ofreció un puré de arroz en unos cuencos. Lo acababa de triturar, le añadió una fruta que no supe reconocer y leche de una cabra que se encontraba atada a un palo cerca de la casa. Me resultó delicioso e incomparable con aquellos pegotes de arroz que habíamos comido en la cueva. Se lo agradecimos con un gesto de cabeza y una sonrisa. También nos dio agua en una palangana tosca de madera para lavarnos la cara. Me la eché también por el pelo. Tenía la impresión de oler aún a cadáver.

Desde la selva nos llegaba un fuerte olor a humedad y el canto de los pájaros.

La mujer, que ya llevaba a su bebé colgado al cuello, nos indicó que esperásemos delante de las chozas a que salieran todos los habitantes de la aldea. Querían despedirnos. Yo sonreía y hacia un ligero movimiento con la cabeza a cada uno. Tres hombres armados esperaban para acompañarnos a la mina, entre ellos, el jefe de pelo cano. Al pasar junto al dibujo medio borrado que habíamos hecho en el suelo la noche anterior, vi que alguien había añadido un par de figuras. Al observarlo, reconocí, con asombro, dos sirenas. Apreté el brazo de Dana y se lo señalé con disimulo. Nos detuvimos y miramos a las familias indígenas que continuaban de pie frente a sus casas con la vista puesta en nosotras. Sorprendida, saludé con la mano y seguimos a los guías.

Amanecía cuando llegamos a la mina, que comenzaba a despertarse y a abandonar el cálido sopor del hormiguero humano. Para evitarles más problemas, queríamos dejar a los palawanos al borde de la selva y dirigirnos de nuevo a la casa en la que estaba Pau, pero se negaron. Señalaban la excavadora parada y aquel camino entre la vegetación que con el tiempo llegaría a su pequeña aldea y la arrasaría.

Uno de ellos, el mayor, insistió en venir con nosotras, ¡y gracias a Neptuno!, porque el hombre se movía en el crepúsculo como si fuera invisible. Así que enseguida llegamos a la chabola sin llamar la atención de nadie. Ya se escuchaba ruido dentro. El hombre me hizo una seña con la cabeza para que llamara. Golpeé con los nudillos la puerta de chapa y cuando un hombre moreno sacó la cabeza, el palawano se la sujetó y le puso un cuchillo en el cuello. Dana y yo entramos. Pau se estaba lavando la cara en una palangana de metal y nos miró asombrado.

—¡Bonito peinado! ¡Rápido, síguenos! —le dije.

—¿Pero este tío quién es? —preguntó—. Ayer estuvieron a punto de capturar a Lorelei y Ainé.

—Luego te lo explicamos.

El palawano apretó el cuello del hombre con una mano y lo dejó sin sentido. Escuchábamos ladridos de perros. Seguimos al indígena de nuevo hasta el bosque donde nos esperaban los otros dos. No se veía ni a Lorelei ni a Ainé. Nos queríamos despedir de nuevo de los nativos y les señalamos el camino por el que habíamos bajado, pero ellos nos indicaron por señas que los siguiéramos. Nos adentramos, en silencio, a través de la selva, por un sendero estrecho que subía hacia la montaña. Enseguida vimos desde la distancia que el camino que hubiéramos tomado para regresar se llenaba guardianes y perros siguiéndonos la pista. Nubes grises y oscuras comenzaron a cubrir el cielo. Y cuando llegamos arriba, a la cumbre de la sierra, empezó a llover. Allí los hombres se detuvieron y entre la espesura salieron otros dos palawanos con Ainé y Lorelei.

—¡Por todos los océanos! —dijo Dana y se abrazó a su madre y a su hermana.

Yo cogí la mano de Pau y se la apreté. Él correspondió y entrelazó sus dedos con los míos. Me miró y sonrió. Volvíamos a estar juntos.

Por fin nos despedimos de los palawanos, que desaparecieron entre la maleza. Los miré con tristeza. Aquellos hombres perderían sus casas, sus tierras y su manera de vivir por culpa de una mina extranjera.

31

La lluvia arreció. Comenzamos a andar en paralelo lo que quedaba de camino para no ser descubiertos y con cuidado para no perdernos. Enseguida nos dimos cuenta de que era muy peligroso, porque el lodo causado por las lluvias nos impedía andar, y además había desprendimientos de tierra en la ladera de la montaña que amenazaban con dejarnos sepultados.

Después de caminar varias horas, pasamos delante de la cueva en la que nos habían encerrado. El barro tapaba la entrada por completo y no había ni rastro del guardián. Cuando ya faltaba poco para llegar al pueblo y de allí al mar, escuchamos ruidos de pisadas que subían. Nos escondimos entre la maleza y esperamos. Enseguida vimos a dos hombres vestidos como los encargados de la mina que escoltaban a otros hombres, de mirada perdida y paso mecánico, infectados y convertidos en sus esclavos. Nos miramos. Si el virus llegaba a la mina, enfermarían todos, perderían la voluntad y jamás regresarían con su familia. ¿Y si la bacteria infectaba a los palawanos, y sin defensas ni contacto con el mundo exterior acababan convertidos en zombis de por vida?

No teníamos armas, pero Ainé hizo una seña: cada grupo de dos atacaría a un hombre, y Pau apartaría del camino a los infectados. La poeta experta luchadora salió primero del escondite y se acercó a uno de ellos. Le pilló tan de sorpresa que ya lo había reducido en el suelo, y fue cuando Lorelei y yo nos lanzamos sobre el otro. Aquellos hombres llevaban cuerdas como con la que habían atado a Pau, así que los sujetamos a unos árboles y continuamos descendiendo seguidos de los nativos enfermos.

De nuevo divisamos el pueblo que se encontraba frente el mar con la montaña a sus espaldas. Pero aquella ladera se desmoronaba bajo nuestros pies.

Escuchamos disparos. Como si de avalanchas de nieve se tratara, el ruido de las detonaciones también provocaba desprendimientos de tierra. Le siguió el sonido de un motor que parecía acercarse. Nosotros podríamos escondernos, pero ¿qué haríamos con los infectados? Sin darnos tiempo a pensar demasiado, nos ocultamos de nuevo entre la vegetación y empujamos a los hombres para que hiciesen lo mismo, pero parecían no entender el sentido de lo que les decíamos. Al final conseguimos que pasaran desapercibidos.

En la curva apareció, poco después, un jeep en el que venían Lala Mansur con dos sirenas. Conducía nuestro guardián, el que se había marchado medio borracho. Pasó de largo y ya estábamos dispuestos a salir corriendo hacia abajo en dirección contraria cuando el *jeep* se detuvo de golpe. Lala parecía oler el aire. El *jeep* dio marcha atrás y se paró a nuestra altura. Uno de los infectados se movió, en un ademán de salir, y con él, toda la vegetación que le rodeaba. Pau le sujetó a tiempo.

Me acordé de la Capa de Niebla que llevaba en el bolsillo trasero. Lala no podía descubrir que yo la guardaba. Y mientras me encontraba allí agachada, también me di cuenta de que Dana era la vacuna y que la mataría. Y a todos los demás también.

Lala bajó del coche. Le siguieron las sirenas y el conductor, que debía de estar allí forzado, ya que miraba hacia todos los lados como si en cualquier momento fuera a salir corriendo y huir.

Lala olisqueó de nuevo el aire y dio un respingo. Después, con su mano de uñas como agujas y pintada con dibujos geométricos, sacó la pistola de su cinturón y apuntó a donde nos encontrábamos.

—Reconozco el carrizo a mucha distancia. ¡Salid! Solo hay una sirena estúpida que llevaría dos veces una pluma con ella.

Me toqué el bolsillo y ahí estaba. Había olvidado tirarla en la cueva cuando Lorelei me lo pidió.

Como no reaccionábamos, disparó al aire. Los infectados salieron rápido al camino, y los demás les seguimos.

Me erguí frente a Lala, esa sirena delgada, amarilla y enferma. Con la lluvia, la peluca de color negro se pegaba a su cabeza y al cuerpo como si fuera una mortaja.

Me coloqué junto a los demás.

—Stella —dijo y sonrió—, ¿ibas a escaparte? Mi mejor informadora me abandona. Y traiciona de nuevo a sus supuestos amigas, al humano...

Con su mano tatuada se tapó la nariz como si el olor a carrizo le repugnara. Dana clavó su mirada en mí.

—¡¿Qué?! —preguntó mi amiga.

—Habéis oído bien. Stella lleva meses trabajando para mí. Fue ella la que se ofreció a darme información en la base de Ojotsk —continuó Lala.

Dana me miró y abrió los ojos de asombro.

—¡Mentira! —dije.

Di un paso hacia adelante, las sirenas levantaron sus pistolas y nos encañonaron.

—Stella, yo no miento. Soy tu superiora y me tendrías que tratar mejor, con respeto. ¿Verdad? —preguntó Lala.

Con la mano me aparté el agua que corría por la cara. Lala quitó el seguro de su arma y sus sirenas hicieron lo mismo.

—Quiero que les digas a tus amigos que están aquí por tu culpa, que fuiste tú la que se ofreció a espiarles y pasarme la información. ¡Dilo!

Respiré de manera entrecortada. La ladera de la montaña estaba a punto de derrumbarse a nuestra izquierda. Si ocurría, todo el pueblo quedaría sepultado por la avalancha. A la derecha, los árboles y las terrazas de arroz aún sujetaban el lodo. El guardián de la cueva comenzó a andar hacia atrás y cuando se encontraba a unos metros de distancia, se dio la vuelta y echó a correr montaña abajo.

—No te oigo, Stella —dijo Lala y apuntó la pistola hacia el corazón de Dana.

—Fui yo —balbucí.

—¡Más alto!

—¡Yo soy la traidora, por voluntad propia!

—Dile a Pau que nos avisaste de su viaje a Ginebra y de todo lo hablado durante el encuentro en la isla de Socorro —insistió Lala.

—¡Me obligaste! ¡Matarías a Dana si no lo hacía! —grité.

—¡Uy, qué tonterías te inventas para justificarte! ¿Sabes lo que voy a hacer? preguntó Lala—. Os mataré a todos menos a ti, que vivirás para sufrir como una proscrita mientras la culpa te corroe durante toda la vida.

—¡No! —grité.

Con rabia, di unos pasos adelante para que Lala avanzara y saliera del camino hacia la zona del barro. Lala se alejó del olor.

—Tengo la Capa de Niebla. Si nos dejas ir, te la entregaré —dije.

—¿Me mentiste? Le dijiste a mi informadora en las islas Cíes que no sabías dónde se encontraba la capa. Ahora si te disparo, me quedo también con la Capa de Niebla —contestó mientras acercaba la pistola a mi pecho.

Se escuchaba un ruido de piedras en la parte superior de las montañas, como un trueno incesante. Los infectados comenzaron a chillar fuera de sí.

Llevé rápida una mano hacia mi espalda y del bolsillo saqué la capa. La levanté con la mano izquierda. Su color anaranjado ondeaba con el viento racheado. Vi la codicia de Lala en sus ojos brillantes. Hice ademán de ponérmela.

—¡Dámela o disparo! —gritó.

Las sirenas se colocaron detrás de ella preparadas para matarme.

—¿Sabes que está maldita? Bad se pudrió por dentro —dije.

—Eso es mentira, Stella. Con la capa conquistaremos el mundo de los humanos sin que opongan resistencia, sin necesidad de infectarlos. Los humanos nos necesitan. Evitaremos que destruyan el planeta, la tierra y los mares.

De reojo, miré hacia los árboles. Ya estaba todo perdido.

—Si la quieres, cógela —dije, y con fuerza la lancé al aire sobre el terraplén de lodo de la izquierda.

La capa naranja se abrió como un enorme pañuelo. Lala bajó el arma, estiró los brazos para cogerla y corrió hacia ella. Sus guardianas la siguieron. Pero, en ese momento, toda la ladera se derrumbó y cayó arena, lodo y piedras. Lala, con la capa en la mano, disparó hacia donde nos encontrábamos. Las sirenas se hundían e intentaron regresar al camino, pero el barro las arrastró con un golpe hacia abajo y las sepultó por completo.

—¡Corred! —grité.

Miré a mis amigos y vi que dudaban durante unos segundos.

—¡Debemos irnos de aquí! ¡Ya!

En ese momento, una piedra de gran tamaño pasó rozándome y salté sobre un campo de arroz en el que me sumergí. Me puse de pie y comencé a descender por la ladera entre los árboles.

—¡Stella! —gritó Pau detrás de mí.

Miré hacia atrás y vi el cabello rojo de Dana durante unos segundos, pero luego lo perdí de vista. Aquella avalancha descendía hacia el pueblo y crecía mientras se llevaba a su paso todo lo que encontraba. Nuestra única salvación se encontraba en el mar. Corrí entre helechos y matojos, y sorteé árboles. El ruido a nuestras espaldas era semejante a un trueno de tormenta. Pensaba que me seguían.

Cuando alcancé la playa, la avalancha ya había sepultado el pueblo y se adentraba, como una lengua de muerte marrón, unos metros en la playa. Estaba sola. Los demás no habían bajado detrás de mí.

¿Todos en el pueblo habían muerto? Necesitaba ayuda. Miré hacia el lugar donde antes se encontraba la tienda de ultramarinos con los enfermos y el perro en la puerta. Solo se veían restos de madera. Quise acercarme por si encontraba a alguien enterrado pero vivo. Imposible, más piedras y barro se desprendían por la ladera. Era muy peligroso permanecer allí. Me resguardé detrás de una palmera de tronco grueso que aún seguía en pie. Desesperada, grité. No obtuve respuesta.

Muerte.

Esperé allí largo rato. Los ríos de barro bajaban con más fuerza y traían piedras grandes que en cualquier momento arrastrarían la palmera detrás de la que me encontraba. Vi que algunos palafitos, las casas construidas sobre el mar, aún resistían en pie.

La naturaleza destruía su propia obra, sus paisajes y los seres que los habitaban. Se regeneraba una y otra vez.

Grité de nuevo los nombres de mis amigos. Aquello era el fin de todo, de nuestra lucha, de mi vida.

En ese momento sentí un golpe en la cabeza y perdí el conocimiento.

Océano Pacífico

32

Desperté. Agua salada. Me encontraba en un lugar desconocido bajo el mar. Al abrir los ojos, pasó delante de mí un destello blanco y borroso, como la cola de una cometa. Enseguida desapareció y volví a caer en un duermevela angustioso.

En mis ligeros despertares me di cuenta de que me encontraba colgada bocabajo de algo que me sujetaba por el extremo de la cola. Me costó entender que estaba suspendida por unas algas de un árbol negro y seco, cuyas ramas se elevaban hacia la superficie hasta perderse de vista. Fuertes corrientes de agua me golpeaban y me movían como una hoja a merced del viento. No sé cuánto tiempo permanecí allí, pero un ser blanquecino, alargado y con luz propia se acercaba a mí y se alejaba. Ignoraba si era de día y cuándo caía la noche. Todo era oscuridad y yo miraba hacia las profundidades, donde a veces veía, como entre sueños, pequeñas luces verdosas que se movían despacio.

Lo más profundo de mi interior estaba lleno de dolor, de sentimiento de culpa, de abandono, de rabia y desesperación. Me odiaba a mí misma. Todos habían muerto en Filipinas por mi culpa y había perdido la Capa de Niebla. La expedición había sido un fracaso y la epidemia se extendería primero por Filipinas y después por el resto del mundo.

Culpa.

Intentaba, con gran esfuerzo, recordar la profecía de Fayn, la oceánida, sobre abismos y fosas, pero era incapaz.

Algunas luces verdes se aproximaban, pero cuando parecía que me iban a tocar, la luz blanca y borrosa las alejaba. Y yo regresaba a mi sueño.

Quizá había pasado un día, una semana o un mes en las tinieblas, cuando me desperté de golpe con la mente lúcida. Y comencé a analizar lo que me rodeaba. Me di cuenta de que el árbol del que colgaba se situaba en la parte superior de una construcción piramidal con escalones de piedra. La pirámide se ensanchaba poco a poco hasta su base y descendía hasta perderse en un abismo de oscuridad.

Entonces, el ser blanco alargado pasó ante mí y se detuvo. Era un dragón. El dragón y yo nos miramos.

—¿Dónde estoy? ¿Quién me trajo aquí? ¿Y los demás? —pregunté atónita mientras observaba su cuerpo cubierto de escamas blancas hasta la cola, donde crecían unas aletas flácidas que flotaban en el agua, como trozos de gasa.

El dragón nadó a mi alrededor mientras movía su cola.

—Te estaba esperando —dijo sin palabras.

—¿Quién eres?

—Tú me invocaste con la Caracola de Ayuda en Bimini —dijo el dragón—. Y yo he acudido a tu llamada.

Recordé cuando soplé la caracola meses antes sin obtener ningún sonido ni señal aparente de que la hubiera escuchado alguien. Solo había percibido allí arriba una fuerza desconocida, profunda y ancestral que emanaba de las entrañas de la isla y que deseaba transmitirme su poder y su sabiduría para salvar el mundo marino. ¿Qué fuerza y conocimiento era aquel? Mi vida había continuado como si nada hubiera ocurrido.

—Ya no puedes ayudarme —dije—. He traicionado a todos los que luchan contra Leviatán y han muerto. Se ha acabado. ¡Vete!

El dragón me rodeó mientras me observaba, pero no contestó.

—¿Te importaría soltarme? —pregunté con rabia intentando escapar de él.

—¿Para qué quieres que te suelte?

—Para... —comencé a decir. No sabía qué haría cuando fuera libre. ¿Regresaría a Filipinas? ¿A la ciudad de Tula? ¿A las costas de Baja California? Me había convertido en una proscrita, en una vergüenza.

No contesté.

El dragón me soltó, se hundió en las profundidades y desapareció de mi vista.

—¡Eh! ¿Cómo te llamas? —grité sin recibir respuesta.

Forcejeé hasta que sentí dolor. ¿Qué hacía yo allí suspendida de un árbol seco? ¿Para qué? De nuevo me invadió la desesperación. Seguro que aquel dragón, como castigo, me dejaba en ese estado hasta que muriera. Y pensé que todas esas historias de los objetos de poder y la Caracola de Ayuda eran falsas y se trataban de leyendas para adormecer a sirenas infantilizadas.

Poco después comencé a sentir hambre. Cada vez que me despertaba, el apetito se retorcía en mis entrañas. Ningún pez ni animal pasaba cerca de mí. Solo aquellas luces verdes. Comencé a gritar como si hubiera perdido la cabeza. Y mientras lo hacía, descubrí que por encima del árbol sí nadaban peces. Si quería comida, debía incorporarme con fuerza y atraparlos antes de volver a mi posición inicial. Subía y bajaba apretando los abdominales, una vez tras otra, sin descanso. Con mucho esfuerzo capturé al fin uno pequeño. Pero sentía tanta ira que lo dejé marchar. Pensé que yo, débil, vulnerable y traidora, merecía morir.

Pasó el tiempo y, colgada, me hice a la idea de que mi vida no tenía sentido. Mis días acabarían allí. A todos les llegaría la noticia de que yo era una traidora, pero nadie sabría qué había ocurrido conmigo, o pensarían que había acabado devorada por un dragón que no estaba dispuesto a ayudarme. Poco después comencé a pensar de manera obsesiva en lo ocurrido semanas antes, en Lala Mansur, en Belgemir, en mis amigos, en Calipso, Pólux, Ceix, en mi madre y en mi abuelo. En todas las personas a las que había perjudicado con mis decisiones. En Dana. En Pau. Necesitaba abrazarle. Los pensamientos se repetían una y otra vez, como un estribillo, hasta que mi mente se agotó.

Poco a poco me dejé ir. Ya nada importaba.

33

Una mano fría se posó sobre mi brazo y desperté de golpe. Había recuperado la claridad y en mi interior ya no sentía dolor. Al abrir los ojos encontré frente a mí a Calipso rodeada de un aura cálida. Calipso, mi maestra, que murió asesinada en mis brazos. Me sonrió y después se acercó al final de mi cola y me desató. Desprendía una luz propia blanquecina, como el dragón.

—¿Qué haces aquí? ¿Dónde estamos? —pregunté.

De nuevo sentí la vergüenza y el sentimiento de culpa.

Ella no contestó, sonrió y con la mano me acarició el pelo con mucho cariño.

—Calipso, he traicionado a todos. ¡Han muerto!

Calipso puso con cuidado su mano sobre mi boca y solo señaló hacia las profundidades donde se movían ahora millones de luces verdes, como estrellas que titilaban en el cielo. Desde allí ascendía otra figura. Un tritón. Cuando se acercó, reconocí a Ceix. Ceix vivo. También sonreía, con aquella sonrisa que conquistaba a las sirenas del Mediterráneo. Sin heridas, sin sufrimiento, sin culpa. Se acercó despacio, con calma, hasta mí. Era mucho más guapo de lo que recordaba. Se detuvo unos segundos. Uno frente a otro mirándonos a los ojos, sus ojos azules como el océano, en los que siempre quise sumergirme. Despacio extendió sus brazos y me dejé abrazar. Metí mis dedos entre sus mechones rubios de pelo, le sujeté la cabeza y le besé con suavidad, como me hubiera gustado hacer antes de perderlo. Un beso dulce, sin temor ni traición, infinito, de los labios al alma, como nunca se lo di en vida. Un beso de despedida que sanara nuestras heridas y las convirtiera en cicatrices de guerra. Le abracé y nos dejamos mecer en el agua. Ceix murió por mí, por salvar a Pau, y ahora debía descansar en el sosiego de mis brazos cálidos. Manchados como los suyos.

Ceix se separó despacio. Junto a nosotros pasó un pez plateado, Ceix extendió la mano y sin esfuerzo lo atrapó. Lo dejó en mis manos y con un gesto me indicó que lo comiera. Quise partirlo y darle la mitad, pero lo rechazó. La carne de aquel pez desconocido era deliciosa y según lo comía, notaba cómo me sentía mejor.

Cuando terminé, vi que otras dos personas se acercaban también a nosotros desde las profundidades. Era una sirena y un tritón. No sabía quiénes eran, pero según los miraba, fui descubriendo rasgos conocidos. Sin que dijeran nada tuve la certeza de que eran mis padres, Dylan y Rhode. Solo había visto un par de imágenes de ellos. Me miraban con ternura. No los recordaba, pero un sentimiento profundo me unía a ellos. En la realidad, eran mejor que los padres que había soñado tantas veces, que imaginaba en mi soledad. Los dos me abrazaron a la vez. Mi madre me miraba atenta, como si contemplara cómo había crecido en este tiempo. Después me besó en la frente. Llevaba en la mano un libro pequeño que relucía en la oscuridad. Me lo tendió y lo cogí.

Los cuatro habían dado su vida por mí. Noté que se iban a marchar, pero no sentí dolor ante la separación, solo paz, porque sabía que algún día me reuniría con ellos. Comenzaron a descender mientras me miraban con amor, con cariño.

Y supe que, a pesar de mis defectos y errores, merecía perdón y merecía vivir. No era peor que nadie y era digna de ser querida.

Cuando sus luces desaparecieron, no sabía qué hacer, a dónde ir, ni a qué lugar del mundo regresar. Todo era nada comparado con su belleza y paz.

Abrí el libro, eran *Las Crónicas de los Últimos Días.* Pero todas sus páginas estaban vacías, sin escribir. En blanco.

34

Mientras pasaba las páginas del libro, el dragón reapareció a mi lado y me miró.

—Las *Crónica de los Últimos Días.* Está en blanco —dije.

Ya no sentía rencor hacia él. Ni hacia mí. Solo paz. El dragón me miró con sus ojos negros y grandes.

—Mi nombre es Riuyin. ¿Por qué buscas en el exterior lo que está en tu interior? —preguntó.

Miré las páginas del libro.

—Necesito leer de nuevo la profecía —expliqué—. La he olvidado.

—Tú eres la profecía, Stella.

Dudé.

—No sabemos cómo acabar con Leviatán. Es una criatura inmortal, tiene el Tridente de Océano, he perdido la Capa de Niebla...

«Y a mis mejores amigas y al amor de mi vida», pensé. Pero no se lo dije.

—Tú eres la profecía —repitió.

—No entiendo.

Tragué saliva. Mientras colgaba de aquel árbol, no sentía miedo, sino pánico a la guerra, a perder a las personas que aún quería, a morir, a estar sola; a ser una proscrita, repudiada por traidora; a perder y que el mundo se convirtiera en una dictadura donde otros gobernaran nuestras vidas de esclavos; a vivir entre sombras de dudas y tinieblas, de tristeza y culpa.

Ahora sabía que, pasara lo que pasara en mi interior, tendría, como un lugar seguro, el cariño de mi familia y amigos.

—¡Debemos salvar el mundo marino! —dije—. ¡Pero no tengo fuerzas ni conocimiento para salvar nada!

—Mejor —dijo el dragón.

Le miré fijamente.

—¿Por qué? —pregunté.

—¿Qué te salvó la vida cuando tu familia murió?

—Mi insignificancia.

—Y te la volverá a salvar. Tu fragilidad te ha hecho más fuerte. Has conocido la debilidad y eso te hará comprender la vulnerabilidad humana.

Dudé de nuevo y el dragón lo notó.

—Según esa profecía que no recuerdas, el salvador que acabará con Leviatán habrá conocido la deshonra a través de una traición. Así no podrá enorgullecerse de su victoria.

Desde luego que yo no podía presumir de nada en esos momentos.

El dragón me indicó que le siguiera, descendimos por la pirámide, que parecía no tener fin en las profundidades marinas, y entramos en ella por una puerta pequeña en uno de los laterales. Seguí al dragón por un pasillo de piedra hasta una habitación cuadrada.

—Dormirás aquí hasta tu partida.

—¿Dónde estamos?

—En la ciudad sagrada de Yonaguni.

Yonaguni
Océano Pacífico

35

Cuentan las antiguas leyendas japonesas que en la costa de la isla de Yonaguni existió un hermoso santuario consagrado a Susanowo, el rey del mar. A él acudían los pescadores de la región e incluso algunos de las islas vecinas a pedir por la buena pesca y para que protegiera a sus familias. Junto a la costa también vivían sirenas y tritones que por las noches abandonaban el mar para adentrarse en los pasillos del santuario y rogar por sus necesidades.

Un día, una terrible tempestad se cernió sobre la isla y sobre el mar que la rodeaba. Las aguas se retiraron muchos metros, casi hasta desaparecer en el horizonte, mientras los pájaros y demás animales huían hacia las montañas. Y poco después, con un sonido de trueno, las aguas se abalanzaron sobre la isla en una ola de decenas de metros que arrasó el palacio y toda la isla, donde perecieron la mayoría de sus habitantes, también las sirenas y tritones. Cuando la tormenta pasó y cayó el silencio sobre el desastre, el santuario de Susanowo y los edificios de su ciudad sagrada habían desaparecido de la superficie terrestre. Desde entonces, ningún humano pudo acudir al templo, pero tampoco los seres marinos se atrevían a visitarlo por considerarlo la tumba de sus antepasados. Solo un dragón, Riuyin, mantenía vivo su recuerdo.

Después de dormir bien por primera vez desde hacía nueve días, el tiempo que había estado colgada del árbol, salí de mi pequeña habitación hacia el exterior. Todo el entorno alrededor de la pirámide permanecía como lo había dejado la noche anterior. Las luces verdes brillaban, como un cielo estrellado bajo los mares. Dudé entre nadar por la ciudad o subir a la superficie a respirar. Adentrarse en una ciudad sagrada sin guía podría resultar peligroso, así que decidí ascender hasta la superficie. Subir, respirar la brisa del mar, notar el calor del sol.

Según me dirigía a la superficie, descubrí que la ciudad sagrada de Yonaguni se encontraba a gran profundidad, quizá en una llanura abisal, de ahí que se mantuviera en oscuridad, y también me percaté de que las luces verdes me seguían como un río de luz.

Cuando saqué la cabeza del agua, tomé una bocanada grande de aire limpio y sanador. A mi alrededor no se veía ninguna isla de Japón, ni señal de vida. Debajo de mí esperaban las luces. Con los rayos del sol observé que se trataba de luces de criaturas abisales. Pero no entendía por qué me seguían aquellos animales peligrosos de cuerpos deformes. Entre ellos había medusas, pulpos, sepias, krill de tamaño variado y distintos peces de las profundidades que utilizaban luces para atraer a sus víctimas. Algunos eran casi transparentes para escapar de los depredadores. Intuí que la mayoría serían venenosos y peligrosos. Pero no me atacaban.

Me tumbé sobre las olas tranquila y recordé aquella noche en el Mar de las Calmas en la isla de Eseró cuando subimos a ver las estrellas con Chete. Me relajé sobre el agua hasta casi quedarme dormida, y de pronto vinieron a mi cabeza todas las palabras de la profecía de Fayn.

«El elegido ha cometido una gran traición.
Pánico, oscuridad y fosa contra ti,
¡habitante de los mares!
Y sucederá que quien huya del ruido del pánico
colgará del abismo.

Me detuve. La mitad ya se había cumplido. Yo era esa elegida de la que hablaba la profecía.

Y quien logre escapar entrará en el fondo de la fosa.
Aquel día, el Elegido, con su espada dura, grande y fuerte,
castigará a Leviatán, la serpiente huidiza,
a Leviatán, la serpiente tortuosa.
Y matará al dragón marino.
Y nos preparará para la paz».

Ahora la elegida debía entrar en la fosa y acabar con Leviatán. ¿Dónde se encontraba Leviatán? ¿Con qué espada lo mataría?

Decidí regresar a la pirámide.

Antes de alcanzar el árbol en el que había estado colgada, Riuyin, el dragón pasó a mi lado rozándome. Seguro que ahora comenzaba mi formación, como con Calipso, así que esperé a escuchar sus palabras de mentor y maestro de sirenas desvalidas.

—Stella, marcha cuanto antes —dijo el dragón.

—¿Ya? —pregunté—. ¿A dónde?

—Leviatán debe morir. Ha llegado su hora. Y la tuya. Solo tú puedes acabar con él.

—No sé dónde se encuentra, no conozco estos mares.

—Seguirás el sendero de la ballena invisible.

—No sé lo que es eso. ¿Te importaría hablarme con claridad?

Riuyin me rodeó.

—Según una antigua tradición, cuando las ballenas nadan, trazan su camino en el mar y dejan una estela sobre la superficie, cristalina y lisa: el sendero de la ballena invisible. Cuanto más profundo nade y más grande sea la ballena, su huella será más clara. Los cazadores de ballenas siempre evitan navegar con sus embarcaciones sobre ella. La ballena que te indicará con su viaje dónde se encuentra Leviatán se acerca, y si no la sigues, sus huellas se borrarán. Sabrás cuándo ha llegado.

36

Pasaron los días en Yonaguni sin que apareciera ninguna ballena, así que comencé a nadar primero alrededor de la pirámide y después entré en ella. Descubrí pasadizos y túneles desiertos y comencé a preguntarme la utilidad de cada habitación. De sus techos pétreos colgaban estalactitas a las que me agarraba para ayudarme a nadar. También me acerqué con respeto a la ciudad abandonada y me perdí entre sus calles y edificios vacíos y recubiertos de un profundo silencio. Y este silencio calmó por completo mi interior, como un último bálsamo sobre una herida que cicatrizaba.

Pero un día escuché un murmullo lejano, nadé más allá y distinguí en el horizonte una extraña luz plateada, como si un rayo de luna entrase en el agua. Sentí curiosidad, me acerqué y descubrí que la luz provenía de un edificio grande. Delante de él se extendía una llanura de arena lisa, sin peces. Me aproximé despacio y pensé que quizá se trataba del mítico santuario dedicado a Susanowo, el rey del mar.

Crucé una primera puerta desnuda, sin marco, y después me encontré con una fila de esculturas de delfines a ambos lados del camino. Me acerqué a una segunda puerta, agaché la cabeza y me atreví a entrar con cuidado, sin que mi presencia perturbara el descanso de un lugar sagrado. Creí escuchar el sonido de una campana.

Al contrario que en los otros edificios de la ciudad, este no se mostraba cubierto de excrecencias y algas, sus paredes eran lisas y estaban limpias, como si aquel maremoto hubiera sepultado el templo el día anterior con sus colores vivos.

Me interné por los pasillos donde reinaba el silencio, pero si aguzaba el oído, percibía murmullos, como los ecos de una tragedia lejana. Y llegué a un patio interior en cuyo centro, sobre una piedra, reposaba una espada curva. De ella manaba la luz blanquecina de luna. Miré a mi alrededor por si el dragón me vigilaba, pero no vi su figura en ningún lado y me acerqué al arma. Me di cuenta de que mi collar de cristal también brillaba con una luz blanca preciosa.

Recordé el oráculo:

Aquel día el Elegido con su espada dura, grande y fuerte, castigará a Leviatán, la serpiente huidiza...

Yo no tenía una espada. Quizá esa era la espada que usaría contra Leviatán. Era de metal liso y bruñido. Acerqué la mano para tocarla y me di cuenta de que estaba rota en tres trozos. Pasé mis dedos por la superficie brillante y después cogí la empuñadura. Estaba recubierta por un material trenzado y rugoso, como la piel de una raya.

La sujeté delante de mis ojos para ver bien el pequeño grabado de un delfín en la parte metálica de la empuñadura.

La moví hacia un lado y hacia otro, como si me enfrentara a un enemigo invisible. Y entonces vi un reflejo blanco sobre el metal y escuché una voz a mis espaldas.

—Es la espada de Susanowo —dijo el dragón, que se encontraba detrás de mí—. Se rompió en la batalla contra Amaterasu, su hermana.

—Lo siento —contesté avergonzada y la volví a dejar con cuidado en su lugar.

—No hubieras podido cogerla si no fueras la elegida. Ella te ha llamado —contestó Riuyin.

—Es muy hermosa —dije—. Creía que nunca había existido, que era una leyenda mitológica.

—Susanowo no quiso forjarla de nuevo para recordar que la división de nuestros primeros padres trajo la desgracia a estos mares.

Me giraba para marcharme cuando el dragón insistió:

—¡Cógela! Te pertenece.

—¿Cómo? —pregunté confusa.

Señaló una pequeña vaina de tela con estampado de animales mitológicos que reposaba junto a la espada.

—Susanowo querría que la tuvieses y la usaras para unir el reino de los mares. ¡Toma la punta de la espada!

Me acerqué y con cuidado sujeté el extremo de la espada rota. Los dos filos parecían muy cortantes. Miré a mi alrededor esperando alguna reacción dentro del santuario, pero este permanecía en silencio. No sabía cómo aquel pequeño trozo de espada sin empuñadura me serviría contra Leviatán, pero lo guardé en la vaina con cuidado y me lo metí en el bolsillo trasero de mi corpiño.

37

A la mañana siguiente supe que había llegado el día de mi partida. Cuando salí de la pirámide, descubrí encima de mi cabeza el sendero de la ballena invisible, una marca de agua que cortaba el mar en dos.

Con la ballena y su rastro, llegó hasta mí Riuyin, el dragón blanco, y dejó en mis manos una cesta pequeña trenzada con juncos. Dentro se retorcían y nadaban tres pulpos del tamaño de una nuez, con dibujos azules sobre su piel.

—Dales de comer, pero no los toques —dijo—. Te serán imprescindibles. Cuando encuentres a Leviatán, suéltalos.

—Gracias —contesté e incliné la cabeza.

Abandoné Yonaguni y continué mi camino hacia lo desconocido. Aquello de seguir la intuición y dejarse llevar por las corrientes de agua, de divagar y vagabundear por mares ignotos no se correspondía con mi carácter dispuesto a la búsqueda y a la acción. Pero ya no era la misma. Algo en mi interior había cambiado.

Encima de mí, sin que llegara nunca a ver la ballena, aparecía siempre ese rastro de ondas de agua, como una estela infinita. Lo seguía sin tocarlo, lo respetaba y nadaba tranquila debajo. Aquella ballena ni siquiera cantaba.

Y detrás de mí continuaban siempre los peces abisales, como si fueran la cola de un cometa, sin que llegara a entender por qué me seguían.

Nadé por mares oscuros y luminosos, con corrientes cálidas y frías. Y así continuamos día tras día, hacia el sureste. Nunca conseguía ver a la ballena, aunque su rastro permanecía sobre la superficie incluso después de que yo durmiese y dejara de seguirlo durante horas. Supuse que nadábamos hacia las islas Marianas, pero no estaba segura, me encontraba algo desorientada y en mi interior crecía la duda de si aquello conduciría hasta algún lugar en mitad de un océano desconocido.

Un día me di cuenta de que la ballena descendía hacia aguas muy hondas que bordeaban unas islas, y supe que ya nos encontrábamos encima de la fosa de las islas Marianas, las aguas más profundas del mundo.

El sendero de la ballena invisible desapareció y no lo volví y encontrar.

Abismo Challenger
océano Pacífico

38

Aquella estela sobre la superficie del mar se desvaneció entre la espuma marina. Me di cuenta de que me encontraba encima de un círculo de agua azul muy oscura. Rodeaba el círculo una fina franja de tierra semicircular y más allá veía el mar menos profundo, de un azul turquesa. ¿Encima de qué me encontraba? ¿De qué punto de la fosa de las Marianas? Me sumergí unos metros en la oscuridad y escuché un ruido que me perforó los oídos, como un pálpito continuado. Se me vino a la mente la imagen del abismo Challenger, el punto más profundo de la tierra. ¿Allí se encontraba Leviatán? ¿En lo más hondo de la tierra? ¿Y el ruido? En ningún punto de las Fosas Marianas había escuchado algo así. No era de origen natural. Notaba una fuerza negra que provenía de aquel abismo, maldad, odio y soberbia pura. Intuí que se trataba de infrasonidos capaces de matar tejidos de seres vivos. Sentí miedo. Temor de mi insignificancia y de mi osadía al pensar que podía acabar con Leviatán, la serpiente maligna.

Pero debía intentarlo. Todo me había conducido hasta allí. Si acababa con Leviatán, podría regresar con los míos. Sería digna de su perdón y su confianza. Yo era la elegida, el destino de todos dependía de mí.

Sujeté con fuerza la cesta con los pulpos y subí al exterior. Mientras pensaba en cómo descendería después, me dirigí a uno de los extremos del círculo. No quería estar demasiado a la vista de los guardianes que custodiaran el lugar, aunque no me había encontrado a nadie ni parecía haber actividad alguna. Solo emergían hacia la superficie y nadaban cerca de mí unas medusas negras, como bolas, que me recordaron a las que encontré el año anterior en el mar de los Sargazos.

Tenía a mis espaldas las luces verdes de los peces abisales que me seguían. Debía detenerlos y bajar sola. Indiqué con un gesto a las criaturas abisales que permanecieran en el exterior del círculo y parecieron obedecerme.

No tenía nada con lo que tapar mis oídos. Me arriesgaba a que aquel infrasonido no me afectara solo el oído, sino que también matara mi cuerpo, mis órganos internos. Unas semanas antes hubiera pensado que me daba igual morir, que mi desaparición sería indiferente; ahora no, a pesar de mi debilidad yo era un ser valioso para los que me querían y esperaban. Y, sobre todo, era valiosa para mí misma.

Así que arranqué un par de páginas en blanco de la *Crónica de los Últimos Días* y me lo metí en las orejas. Al arrancar las páginas, el libro me resbaló de las manos y comenzó a hundirse. Mientras caía, se abrió y descubrí que estaba escrito.

Me acerqué a la pared y comencé a descender detrás del libro. No oía, pero escuchaba el pálpito continuado. Debajo de mí, la maldad más profunda respiraba. Me atraía hacia ella como una tentación.

Despacio y sin separarme de la pared, buceaba agarrada a los pulpos, mientras intentaba sujetar el libro, que se me escapaba de las manos. Entonces los trozos de papel que había metido en mis orejas se me salieron y el infrasonido me llegó con toda su intensidad, como si el cuerno de un narval me perforara el cerebro. Tenía la mano temblorosa estirada hacia el libro cuando vi en mi muñeca la pulsera roja del oráculo de Fayn con las dos campanitas de plástico colgando. Las arranqué y me las metí en las orejas. Eran del tamaño perfecto y la goma se adaptó al interior del oído. Al instante, dejé de escuchar el infrasonido.

El libro de la *Crónica* desapareció en la oscuridad.

Miré hacia arriba y vi que uno de los peces abisales me había seguido. Era como una serpiente semitransparente, con una cabeza grande de la que colgaba una luz blanca.

Poco después vi cómo la serpiente moría e iba bajando despacio hasta pasar a mi lado y perderse también en el abismo. Comencé a sentir un miedo que me golpeaba las entrañas.

Notaba el frío y la presión. Los pulpos se movían inquietos en la cesta. Si se morían, supuse que todo mi plan se vendría abajo. Comencé a preguntarme qué hacía yo allí, fuera de mi casa, dispuesta a enfrentarme a una criatura que acabaría conmigo en segundos. Pero no podía volver atrás. Ya no tenía casa en la que descansar. Con Leviatán vivo y en el poder, nunca habría paz para nosotros. Además, no olvidaba que Leviatán era el asesino de mis padres.

No sé cuánto tardé en llegar a lo más profundo, pero la oscuridad era absoluta y la presión me impedía respirar bien. Me detuve cuando mi cola chocó contra el lodo del fondo marino.

Varios peces fantasmas de un blanco casi transparente se despegaron del suelo. Aquellos peces eran fósiles vivientes con dos millones de años de antigüedad. Sujeté uno con los dedos. Pocos humanos habían podido verlos y aún menos atraparlos.

Miré hacia la derecha y allí, debajo de un saliente de rocas, lo vi sobre el lodo. En un lecho de muerte yacía Leviatán, la criatura infernal. Sus infrasonidos y el intenso frío evitaban que cualquier criatura marina viviese a su alrededor, excepto varias medusas luminosas que nadaban sobre él. ¿Y sus seguidores? Allí no parecía nadar nadie más, ni vigilarle. Frente a él, clavado en el suelo se encontraba el tridente de Océano. Desconocía qué ocurría con su olfato y con su oído, solo parecía una masa de carne aplastada, como un rape gigante. Pero yo notaba una montaña de maldad de la que salían medusas y bolas negras.

¿Cómo se llegaba a él? ¿Cómo hablaba con sus siervos sin provocarles la muerte? Pensaba en ello cuando obtuve una respuesta, ya que poco después apareció una sirena que se acercó a unos metros de aquella bestia inmunda. Parecía que escuchaba con atención algo que él le decía.

Esperé a que desapareciera y abrí la cesta de juncos, de la que salieron los pulpos del tamaño de una nuez. Se movían rápido. Riuyi no me había explicado qué harían los pulpos, aunque yo sabía que Leviatán contaba con cuatro orificios en la cabeza: un ojo, otro agujero para la salida de agua y dos oídos. Los pulpos de anillas azules nadaron muy cerca del suelo hacia Leviatán y desaparecieron entre la masa de carne del monstruo. Su veneno era mil veces más potente que un veneno normal.

Esperé paciente en la distancia mientras aquellos animales diminutos se acercaban a la bestia. Leviatán nunca le había dado importancia a los seres pequeños e indefensos. Y ahora acabaríamos con él.

De pronto, noté algo punzante en mi nuca. Me di la vuelta y vi a la sirena, que hablaba con Leviatán momentos antes, con una daga en la mano que colocó con un gesto rápido en mi cuello. Comenzó a hablar, pero yo no escuchaba nada. Apretó la daga y, ante mi cara de estupor, se dio cuenta de que yo llevaba tapones en los oídos. Metió uno de los dedos palmeados en mi oreja y me quitó el tapón. Sentí que me desmayaba. Me arrancó el otro tapón y lo lanzó lejos. La sirena apartó el arma y dejó que me inclinara sobre mí misma, aturdida por el sonido que me entraba en el cerebro como un taladro. Cuando parecía que me iba a clavar el cuchillo en la espalda, noté cómo el ultrasonido disminuía y se escuchaba de manera intermitente.

La sirena giró la cabeza para mirar hacia donde se encontraba Leviatán, momento en el que me apoyé en la pared y la golpeé, como me había enseñado Electra, con toda la fuerza que había ejercitado para pescar mientras estuve colgada en el árbol de la sabiduría. La sirena salió despedida, chocó contra el suelo y se desvaneció.

El ruido había cesado, Leviatán se movía con sacudidas y espasmos sobre el fondo mientras levantaba el lodo, lo que impedía que viera con claridad. Entre aquella nube de estiércol vi cómo Leviatán expulsaba a los pulpos de sus orificios. Triturados, muertos. Me acerqué despacio. ¿Cómo había sido tan inocente de pensar que aquello funcionaría?

En ese momento, Leviatán, con un chillido, se impulsó con la cola y todo su cuerpo saltó sobre el suelo azotando el agua y una ola con gran fuerza me impulsó contra la pared, con la que me golpeé.

El cristal de cuentas de cristal que siempre llevaba al cuello se rompió y los cristales, negros como el azabache, comenzaron no solo a esparcirse por el agua, sino también a deshacerse en polvo oscuro hasta desaparecer.

Leviatán chilló de nuevo. Aquel veneno de los pulpos paralizaba a las víctimas , pero Leviatán parecía inmune a él. Decidí llegar hasta el Tridente de Océano.

Leviatán volvió a revolverse y una ola de agua pútrida llegó hasta mí. De nuevo comenzó el infrasonido. No tenía nada con qué taparme los oídos y me sentía morir.

Me impulsé con fuerza en la pared y me dirigí de nuevo hacia el tridente, que se encontraba frente a Leviatán. Cuando mis dedos lo tocaron, el ojo rojo de Leviatán se abrió despacio y me miró; el ojo que debía de haber paralizado el veneno del pulpo. El infrasonido aumentó de volumen hasta convertirse en un trueno continuo y comencé a sentir un dolor fuerte en la cabeza, como si me fuera a estallar. Solo tenía dos opciones, o moría él o yo. Apreté los dientes e intenté sujetar el tridente, pero se escapó entre mis manos sin fuerza y cayó al suelo.

Una nueva sacudida de monstruo acercó el tridente hacia él. Si lo tocaba, me vencería. A mí y a todos.

Entonces, la parte delantera del cuerpo de Leviatán se irguió como si fuera una serpiente y quedó frente a mí. Su ojo rojo me miraba y su odio me golpeaba. Me tapé los oídos con las manos mientras esperaba que Leviatán me aplastara. Pero Leviatán pareció dudar unos segundos.

Con un último movimiento desesperado, metí la mano en mi bolsillo trasero y saqué de su funda el trozo de espada de Susanowo. No tuve tiempo de cubrirme la mano de los bordes afilados. Miré el ojo rojo, maligno, y con todas mis fuerzas lancé el trozo de espada contra él mientras me rajaba la palma de la mano.

La espada de Susanowo se clavó y desapareció en el ojo rojo y abierto, sin que Leviatán tuviera tiempo para cerrarlo. Entonces, tras permanecer unos segundos inmóvil en el agua, todo el cuerpo cayó de golpe sobre el suelo fangoso y levantó otra ola de negra de lodo que se extendió a nuestro alrededor. Cesó el infrasonido. Me acerqué a la pared y esperé a que el limo volviera a posarse sobre el suelo.

Respiré profundo un par de veces, la mano herida me sangraba y me ardía de dolor. Leviatán solo se movía de manera imperceptible, con espasmos. Aún seguía vivo. Y el tridente se encontraba casi a su lado.

Rápida, me impulsé hasta el tridente y lo sujeté con fuerza, lo levanté con las dos manos y se lo clavé en la cabeza a la bestia maligna. Por mis padres, por Calipso, por Ceix.

Su piel negra temblaba, arranqué el tridente y se lo volví a clavar con más fuerza de nuevo. Hasta el fondo.

—¡Tú me quitaste lo que más quería! —murmuré—. ¡Ahora, muere!

Escuché un gorgoteo y después Leviatán quedó inmóvil. Comenzó a oler mal, un olor a putrefacción que me entraba por la nariz con el agua. Desclavé el tridente, me impulsé hacia arriba para huir del frío y de la muerte. Me encontraba mal. Durante unos segundos dudé si buscar el libro de la *Crónica de los Últimos Días,* pero ya ni era necesario ni tenía fuerzas. Notaba que un agua negra subía debajo de mí hacia la superficie, como si Leviatán llenara con su podredumbre el pozo o abismo de Challenger desde abajo. Quería nadar rápido, pero me encontraba tan mareada que tenía miedo de perder el sentido y hundirme en la fosa.

—Despacio, traga agua —me dije mientras notaba un sudor frío en la espalda.

Salí a la superficie entre medusas, algas negras, bolsas de plástico y restos de basura humana. Había caído la noche y reinaba un silencio absoluto sobre el mar oscuro. Unas aves negras sobrevolaban en círculo el lugar mientras su graznido rompía la extraña quietud que nos rodeaba.

Tomé aire, pero no entraba en mis pulmones. Noté una arcada y después otra y comencé a vomitar un líquido negro. A mi boca llegó algo sólido, una bola rasposa. La escupí. Era una maraña de algas oscuras y malolientes. Sentí tal asco que, casi sin fuerzas, me llené la boca con agua salada. Vi las heridas de la mano y la sangre. La cabeza me daba vueltas como las aves negras. Perdí el sentido.

39

Cuando desperté, había amanecido y flotaba sobre la superficie del mar con el tridente en la mano herida. La hemorragia había cesado y no se veían tiburones cerca. No sabía dónde me encontraba y a mi alrededor se extendía una masa viscosa oscura, como petróleo, que cubría todo el mar y se pegaba a la piel. Desprendía un hedor a animales en descomposición. Debajo nadaban las luces verdes de los peces abisales. El mareo había desaparecido y me encontraba mejor. Cogí la funda de la espada de Susanowo y la apreté contra las dos heridas que cruzaban mi mano. Debía huir cuanto antes y llegar a Tula o a Hiperbórea antes de la glaciación.

Me di cuenta de que nadar hacia Tula, hacia el este y cruzar de nuevo el canal de Panamá sin saber en qué estado se encontraba nuestra resistencia era una locura. Así que decidí marchar hacia el norte, hacia el mar de Ojotsk, la base científica de Nut y sus rusalkas. A ella le explicaría despacio todo lo relacionado con Lala Mansur y mi traición. Nut me entendería. Quizá nadie sabía nada de la traición, porque ya daba por seguro que todos habían muerto en Filipinas. Y desde la base podría dirigirme al lugar que fuera necesario para luchar contra los centinelas de los hielos y la glaciación.

Desde que la guerra comenzó, no me había notado tan fuerte y a la vez tan ágil. Sentía en mi interior un alivio que nunca había conocido; nos faltaba una última batalla, aunque ya habíamos ganado la guerra y sabía con seguridad que la victoria sería nuestra.

Así que, despacio pero sin pausa, me encaminé rápida hacia el norte mientras me alejaba de las babas viscosas de Leviatán y de un lastre de dolor que me había acompañado toda la vida. A mediodía, entré en un mar limpio y cristalino. Podía respirar profundamente.

Comencé a ver senderos de ballenas, aunque esta vez los cetáceos no eran invisibles. Grupos de ballenas grises nadaban junto a sus crías hacia el norte. Me acerqué a ellas despacio, como me había enseñado Dana, y me uní a su viaje sin que me rechazaran. Paraba cuando ellas se detenían, subía cuando ellas lo hacían, escuchaba su lenguaje y sus cantos, que siempre me parecieron melancólicos, como violines, pero me reconfortaban, observaba sus saltos y golpes con las aletas y la cola. Me sentía más segura a su lado. Poco a poco, conseguí que una ballena hembra que nadaba acompañada de su cría me buscase y protegiese con su cuerpo cuando nadábamos.

Una noche me despertó un ligero sonido metálico, como de hélice. La ballena y su cría seguían durmiendo en posición vertical, como si colgaran de la superficie del mar con un hilo invisible. Noté en el exterior algo de luz amarilla y no de la luna. Me impulsé hacia arriba y saqué la cabeza. La hundí asustada y dejé solo los ojos fuera del agua.

Nos rodeaban cuatro buques balleneros japoneses. Podía ver a sus marineros en la cubierta. Sin que me diera tiempo a bajar para despertar a las ballenas, escuché un siseo por encima de mí, y un arpón atado a una gruesa maroma se clavó en el lomo de la ballena. Esta se despertó de golpe y con un movimiento brusco intentó soltarse. Arpones más pequeños volaron encima de nosotros y se clavaron también en la piel gris de la ballena. Me hundí unos metros para que no me alcanzaran. El agua comenzó a teñirse de sangre. Se me vino a la cabeza el marido de Calipso, que murió a manos de unos balleneros japoneses. La ballena nadaba lo más rápido que podía para alejarse del peligro, pero nos encontrábamos rodeadas por los barcos que impedían su paso. La cría, desorientada, la seguía. Solo sería cuestión de tiempo que los arpones la hiriesen de muerte.

Siguió un silencio, que aproveché para subir a la superficie y ver cómo se encontraba la situación. Uno de los barcos, el más grande, remolcaba a la ballena herida y sujeta por el arpón. En otra época, una ballena moribunda habría podido arrastrar con ella y destrozar un barco con todos sus marineros. La cría se había quedado, impotente, en medio del círculo que formaban los barcos convertido en un charco de sangre.

Un segundo arpón se unió al primero sobre la piel del cetáceo. Escuchaba los gemidos de la ballena, sus gritos de dolor. Los marineros preparaban un tercer arpón explosivo para acabar con ella. Otro barco se acercaba a su cría con una red para atraparla. Las dos estaban perdidas.

Aquello no se podía tolerar, así que saqué el Tridente de Océano y me acerqué a la ballena. El cabo que sujetaba el arpón con el que arrastraban a la ballena estaba sumergido en el agua, me acerqué a él y con un golpe del tridente lo partí. Después lancé el tridente contra el casco del barco que se encontraba al lado de la cría. El tridente, con un gran estruendo, como un rayo, se clavó en el acero y le hizo un agujero. Los marineros comenzaron a gritar. Nadé hasta el barco y recuperé el tridente. Hice lo mismo en los otros cuatro balleneros. Sujeté el cabo roto del arpón que estaba incrustado en la piel de la ballena y tiré con suavidad de él hacia abajo, para que descendiese y los japoneses no la pudieran alcanzar si lanzaban el arpón explosivo. La ballena se sumergió y me siguió. Se oían gritos fuera y, de nuevo, arponazos. La cría se acercó a su madre para protegerse. Nos sumergimos varios metros y pasamos debajo de los barcos balleneros que dejamos atrás. Vi que habían arriado algunos botes en los que se subían los marineros mientras sus barcos se hundían.

La ballena dejaba un rastro de sangre oscura. Comida perfecta para tiburones. Me acerqué a ella. Si extraía el arpón, sangraría un momento pero no moriría. Imité algunos de sus sonidos y con cuidado, con un tirón rápido, extraje el arpón. La ballena se retorció de dolor y luego se quedó quieta. La cría se acercó a ella y rozó su piel. Me di cuenta de que la herida no era demasiado profunda. Enrollé la mochila que llevaba a la espalda y taponé el orificio con ella. Aquellas ballenas tenían una capa de grasa que las protegía del frío en las aguas del Ártico, a donde nadaban para alimentarse de krill. Si no encontrábamos un tiburón, vivirían ella y su cría.

Habíamos nadado varias horas cuando noté algo, una presencia a nuestro alrededor, una amenaza sutil, quizá un tiburón atraído por la sangre. Tenía el tridente, y si algún animal se acercaba, lo usaría contra él. Lo cogí con la mano y comencé a rodear a la ballena mientras en mi interior ordenaba que aquel peligro se marchara. Poco después, mientras observaba el mar oscuro y frío a nuestro alrededor, percibí que el peligro se había marchado y estábamos solas.

Al día siguiente, por la mañana, encontramos a otra ballena también con su cría y nos unimos a ellas.

Mar de Ojotsk
Siberia

40

Después de varias jornadas llegué al mar frío de Ojotsk, en Siberia. Me despedí de las ballenas, que continuaron su camino, y me sumergí bajo la superficie congelada del mar en dirección a la base científica. Cuanto más me acercaba, más miedo sentía de los megalodontes. En un segundo, uno de ellos podría aparecer y acabar conmigo de un bocado. Intentaba nadar con sigilo y escuchar atentamente. Cada metro que me aproximaba a aquel desierto de hielo, sentía más el frío que me pinchaba la piel, que me dificultaban avanzar. Pero también notaba fuertes corrientes de agua algo más cálida que me ayudaban a nadar.

A pocos kilómetros de la base noté que, además de las criaturas abisales con sus luces blancas y verdosas, algo grande y oscuro me seguía. Nadaba detrás de mí a cierta distancia.

Enseguida encontré restos de animales destrozados, triturados por unos dientes gigantescos. Un trozo de foca, peces, el pellejo de un oso blanco... Así que, cada segundo que pasaba, nadaba más rápido hacia la puerta, aterida de frío. Dentro encontraría un refugio seguro, pensaba, pero cuando llegué frente a la entrada, descubrí que el portón estaba abierto y destrozado, como si una mano gigante lo hubiera arrancado y retorcido. Recordé que aquella base estaba preparada para resistir una bomba atómica. Me aproximé despacio. De uno de los hierros doblados colgaba un manojo de una planta desconocida para mí. Parecía que alguien lo hubiera colgado allí intencionadamente. Toqué con los dedos temblorosos el borde mellado del metal que quedaba de la puerta y me estremecí.

Entré, como la primera vez, por el pasillo oscuro de los submarinos. Ya no parpadeaba ninguna luz roja de emergencia. De pronto, algo vino hacia mí, rápido, sin que me diera tiempo a reaccionar, y me golpeó de frente, pero no se detuvo. Me giré y vi un hipocampo nadar hacia el exterior, como si algo lo persiguiera. Era mucho más pequeño que Crin Magnífica y movía sin control sus patas delanteras de caballo en el agua. Había traspasado una ballenada la puerta hacia mar abierto cuando de la oscuridad salieron unas fauces y lo engulleron. El megalodonte se retiró tan rápido como había llegado. Un poco más allá se veían las luces de las criaturas abisales a la espera. Me sorprendió verlas aún allí y que no se las hubieran comido, ya que alguna serpiente era de gran tamaño.

De nuevo se hizo el silencio. Intenté asimilar lo que acababa de ver. ¿Por qué a mí no me habían atacado los megalodontes? ¿Un hipocampo? Creía que Crin Magnífica era el único que existía. ¿Realizarían en la base también experimentos con ellos?

Dirigí de nuevo toda mi atención al interior de la base, pasé por la caseta de vigilancia en la que me había amenazado Lala, me asomé a la sala en la que habíamos dormido y que permanecía a oscuras. Ni rastro de vida, aunque olía a sangre y en el agua flotaban hojas de la misma planta que había encontrado en la puerta.

Pasé junto al cartel de la época soviética *Se disparará a los que crucen* junto a la estancia donde Nut nos enseñó el mapamundi y los megalodontes. Entré. Ya no había ventanal, el cristal estaba roto. También habían destrozado el mapamundi y los trozos de piedra negra yacían en el suelo, los paneles de control de las paredes estaban arrancados.

Todos habían desaparecido, como cuando los humanos soviéticos abandonaron la base. Mientras deambulaba perdida, sin saber qué hacer, comencé a escuchar un ruido metálico, lejano pero continuo. Me fui aproximando a él por pasillos oscuros y poco a poco llegué a las cocinas.

Era el ruido de alguien golpeando metal. Se repetía una y otra vez, pero no maquinal ni con la misma cadencia. Atravesé las cocinas, donde decenios antes se preparaban los mejores pescados de la zona. Todos los muebles metálicos estaban oxidados y rotos, arrancados de las paredes y golpeados por una gran fuerza que parecía haberlos estrujado.

De pronto me acordé de Nut y su familia, de cuando los soviéticos descubrieron la presencia de las rusalkas y vodyanoi también dedicados a la ciencia, y los masacraron. Solo ella había sobrevivido. Solo ella se había escondido en el tubo de desagüe de los desperdicios.

Continué nadando hacia el ruido, hasta llegar a una gran tapa metálica y redonda sobre el suelo. Puse mis manos sobre el asa y tiré de ella; con un clic comenzó a abrirse. En ese momento, el ruido cesó y yo me detuve. Me coloqué detrás de las bisagras para que, al abrir la tapa, esta me protegiera. Cuando la puerta estuvo abierta, me asomé con cautela a un largo tubo metálico y oscuro que descendía. De pronto, alguien emergió desde las profundidades y yo me protegí con la tapa. Al ver su pelo esmeralda la reconocí: era Nut. Llevaba en la mano una barra metálica y estaba dispuesta a acabar conmigo.

—¡Nut! ¡Soy yo! —grité. Alcé el tridente y Nut se detuvo, como sujeta por una fuerza invisible.

—¡Soy Stella! —dije y dejé que me viera.

Nut dejó caer al suelo la barra de metal y se llevó la mano al pecho. Después se acercó a mí y me abrazó con demasiada fuerza, como si la tensión le impidiera controlarla.

—¡Stella! ¡Pensábamos que habías muerto! —dijo.

—Yo también lo pensaba, pero no.

Se separó de mí y señaló el tridente.

—¡El Tridente de Océano!

—Ahora es nuestro, ¿qué ha pasado? —pregunté.

Miraba tan impresionada el arma de poder que le costó contestarme.

—Hubo un ataque de los centinelas de los hielos desde Hiperbórea. ¡Se los llevaron a todos! A Trevilian, a mis hijos...

—¿A dónde?

—¡No lo sé! —contestó y se pasó la mano por el pelo—. Luché contra ellos hasta el último instante. Pero a mí no me iban a secuestrar, la orden que tenían era la de matarme. Ya no podía hacer nada, estaba sola, así que antes de que me descubrieran me escondí, como cuando era niña, aquí, donde salen los desperdicios al mar. Pero ignoraba que en el otro extremo habíamos colocado una rejilla de seguridad que permite la salida de la basura, pero no de objetos más grandes. Y tampoco podía abrir la tapa desde dentro. Golpeaba con la esperanza de que alguien también se hubiera salvado y me abriera. Algo casi imposible. Cuando ya habían capturado a todos, inspeccionaron la base palmo a palmo y robaron lo que quisieron. También los datos de nuestros experimentos. ¿Qué haces tú aquí? ¿Cómo has conseguido el tridente? ¿Estás sola?

—Sí —contesté y agaché la cabeza. Me enfrentaba al momento de la confesión de mi traición.

—El tridente se lo quité a Leviatán. Leviatán ha muerto. Lo he matado.

—¡¿Cómo?!

Los ojos de Nut se abrieron de asombro.

—En el abismo Challenger —contesté.

—¡No puede ser verdad! ¿Así de rápido? ¡Espera! Vamos arriba, a un laboratorio, y me cuentas todo.

Salimos de la cocina y la seguí por el hueco de unas escaleras metálicas oxidadas. Entramos en uno de los viejos laboratorios de la base, una nave alargada que en un rincón aún conservaba mesas y aparatos, viejos, oxidados y medio descompuestos. Nut tomó un pasillo estrecho hacia la derecha y entramos en un despacho. Este parecía habilitado para rusalkas, con piedras cubiertas de excrecencias y algas. Contrastaba con la decadencia que reinaba en el exterior.

—Aquí me escondo cuando no quiero que me encuentren —dijo Nut—. Era el antiguo despacho de mi padre. Lo arreglé y resulta bastante cómodo.

Nos apoyamos en una roca alargada y Nut, con unos gestos rápidos, capturó un par de bacalaos árticos.

—¡Cuéntame lo de Leviatán! —pidió Nut y me pasó uno de los peces—. ¡Es increíble, Stella!

Había acabado con Leviatán, pero no me encontraba bien, en el fondo me había comportado como una mentirosa y por mi culpa habían muerto mis amigos.

Solté aire por la boca mientras intentaba sonreír. Y después le conté todo lo ocurrido en el abismo de Challenger.

—Yo he matado a Leviatán, pero yo soy la traidora que pasaba información a Lala —añadí—. Ella me amenazó con matar a Dana.

—Ya lo sabía. Dejé que Lala Mansur y sus sirenas entraran en la base. Esto es una instalación de alta seguridad. Lala se cree astuta, pero yo lo soy más.

—¿Entonces lo sabíais? —pregunté confusa.

—Claro, así podíamos controlar lo que le decías a Lala y preveríamos su siguiente paso.

—¿Mi abuelo y Melusina también lo sabían?

Nut afirmó con la cabeza.

—Sí. También dejaron a su sirena acercarse a la isla de Socorro y a las Cíes para que hablara contigo. En la isla de Socorro hubo una reunión paralela de la que no te enteraste.

—¡No! ¿Por qué no impedisteis que capturaran a Pau y a Lorelei en Filipinas? Podían haber muerto —contesté irritada.

—En Filipinas les tenían que haber ayudado y protegido un grupo de sirenas y tritones kalinga leales a nosotros, pero Lala consiguió, a través de una sirena que trabajaba en el Ministerio de Defensa, que la Marina realizara durante esos días un simulacro de guerra naval en la bahía de TayTay. Algunos de los kalinga murieron, y también una gran cantidad de animales.

Cuando quisieron reaccionar, Pau y Lorelei ya estaban en tierra. ¡Espera, que aún hay más! Una de las sirenas de Lala se dejó capturar y acudieron decenas de científicos a investigar y barrieron la zona. Cuando la iban a trocear, se escapó.

—¡Por Anfítrite! —exclamé.

Ahora entendía lo de los buzos con las linternas.

—¡¿Sabes lo que he sufrido?! El chantaje de Lala me destrozó por dentro. Me sentía indigna —dije enfadada—. Puse en riesgo la vida de muchas personas.

—O eso creíste. Siempre estuvimos detrás de ti protegiéndote.

—¡¿Y no me podíais haber dicho algo?! ¿Una insinuación...?

—Lala lo hubiera notado.

—Me habéis utilizado —dije y metí la cabeza entre las manos.

Nut se acercó y me acarició el pelo.

—¿No te dijo Fayn en Eseró que no te lo tomaras demasiado en serio? Stella, en las guerras hay que utilizar tácticas que no siempre gustan a todo el mundo. Olvida a Lala, has matado a Leviatán. Cuéntame qué ocurrió en Filipinas —pidió Nut.

Esperé unos instantes y le conté lo ocurrido en TayTay y después en Yonaguni.

—Por mi culpa murieron todos en Filipinas —concluí.

Nut negó con la cabeza.

—Hay supervivientes, pero no sé quiénes.

—¡Por nuestro padre Neptuno! —exclamé y me incorporé—. ¿Dónde están?

—No lo sé, Stella. Mientras tú te encontrabas en Yonaguni, atacaron la base de las islas Cíes, la de Baja California... Y también a nosotros.

—¿Cómo os encontraron aquí? —le pregunté—. ¿Lala?

—Quizá fue el precio que hemos tenido que pagar por dejar a Lala entrar. Pero los centinelas ya sabían que nos encontrábamos en este mar, solo esperaban una oportunidad que llegó hace unos días cuando uno de nuestros agentes descubrió en Groenlandia e Hiperbórea, la isla de los centinelas, el entramado de tuberías para provocar el derretimiento de parte del océano Ártico. Con ellas detendrán la corriente del Golfo del océano Atlántico, la que lleva el agua cálida hacia el norte de Europa y Estados Unidos. Se congelarán. La mayor glaciación conocida desde la desaparición de la Atlántida. Morirán millones de personas.

—Lo escuché en la reunión de la isla de Socorro, pero no llegué a creérmelo. ¿Se puede hacer? ¿Es real? —pregunté.

—Se puede y lo van a hacer. Añadirán grandes cantidades de agua dulce y fría de los glaciares del Ártico a la corriente cálida para desestabilizarla. El agua cálida dejará de llegar a las costas.

—¡Que nuestros primeros padres nos protejan!

—Alguien descubrió a nuestro agente y lo drogaron con ajenjo. Después lo siguieron de regreso. Vinieron de noche mientras soplaba una borrasca terrible en el exterior. Con unas enormes máquinas, arrancaron la puerta y esparcieron ajenjo, que nos envenena, por toda la base —dijo y metió la cabeza entre sus manos.

Comprendí el sentido de todos los ramilletes de plantas que había encontrado al entrar.

—Iremos a buscarlos y detendremos la glaciación —dije.

Nut levantó la cabeza, me miró y sonrió.

—Iré con Stella, la elegida, la libertadora, a detener a los centinelas de los hielos, a buscar a mi familia. Será un honor —dijo—. Con la última aurora boreal del invierno, los supervivientes de todos los mares nos dirigimos al Ártico para detener a los centinelas de los hielos.

—¿Salimos ya? —pregunté.

—Primero comeremos y dormiremos bien esta noche. Los soldados cansados no razonan bien y se equivocan.

Nut metió la mano por detrás de la roca y sacó una ristra de algas que me dejó en la mano.

—Aún tengo una pregunta, ¿qué ocurrió con la epidemia? —pregunté.

—Se controló y se vacunó a la población —contestó Nut.

Dana, la medicina, estaba viva.

Cogí agua para respirar y la solté despacio, como si expulsara todos mis miedos.

Nos tumbamos a dormir en un rincón del despacho de Iván Savelevich.

—Si Leviatán ha muerto, estamos cerca del final —susurró Nut—. El tridente nos salvará.

41

Al amanecer y antes de abandonar la base, Nut, que se había puesto una máscara para no intoxicarse con el ajenjo, me condujo por uno de los pasillos de los submarinos hasta un almacén enorme en el que reposaban restos metálicos de épocas pasadas, chasis de aviones y de submarinos, piezas de barcos. La mitad de la nave estaba vacía. En aquel lugar gris y nostálgico se percibían ecos de tiempos lejanos que ya nunca volverían.

—Aquí estaban nuestras motos. Se las han llevado también.

Atravesamos la estancia y entramos en un segundo hangar vacío. Nut se acercó a una de las paredes, levantó un cuadro eléctrico cubierto de interruptores y tocó un botón oculto que abrió, para mi sorpresa, parte de la pared que comunicaba con un tercer almacén.

Me detuve en la puerta. En medio de la nave se encontraban varios hipocampos, entre ellos, Crin Magnífica. Enseguida me reconoció y nadó con rapidez hacia mí. Comencé a acariciarle la cabeza, y él, a restregarla en mi mano.

—¿Cómo ha llegado aquí? —pregunté contenta—. Lo habíamos dejado en Filipinas.

—Llegó solo y sorteando a los tiburones. Sabe que aquí viven más animales como él.

—¿De dónde han salido estos hipocampos? Creí que Crin Magnífica era único —dije.

—Si los soviéticos consiguieron megalodontes, pensamos que nosotros podríamos recuperar hipocampos. ¿Recuerdas que te hablé de un equipo de científicos especializados en resucitar criaturas extintas desde ADN? Cuando yo era pequeña, cerca de la pista de aterrizaje había un cercado con varios mamuts. Utilizamos sus conocimientos sobre ADN para reproducir hipocampos en cautividad.

—¿Para qué? Es peligroso para ellos vivir aquí. He visto cómo un megalodonte se comía uno —dije.

—Escapó. Estábamos trabajando con él fuera de este recinto cuando llegaron los centinelas. Pocas veces nadamos con ellos en el exterior, a pesar del campo electromagnético contra los megalodontes —dijo Nut y acarició la cabeza de uno—. Ha sido muy difícil conseguir que nacieran sin malformaciones y criarlos sanos. Pensábamos venderlos en distintas comunidades de todo el mundo.

—¡¿Y los centinelas de los hielos no los han descubierto?!

—Ya ves que no. Este hangar es difícil de encontrar. Ahora dejaré la puerta abierta para que puedan nadar libremente dentro de la base y confiemos en que no salgan. Me llevaré un par, como Noé, por si no sobreviven. Los ataremos a Crin.

Crin me acarició con el morro en la mano.

—Ninguno es tan rápido como el tuyo, claro. Ahora lo necesitaremos para salir ahí fuera y que no nos coman esos bichos. Solo con él llegaremos a tiempo.

—¿Tanta prisa tenemos? —pregunté.

—Sí, el cambio de la corriente del Golfo se prevé para la última aurora boreal del invierno. Según el oráculo de Eseró, será una de las más importantes de la historia y se verá desde todo el continente. Belgemir, en sus sueños de grandeza, quiere asociar la aurora a la invasión.

Otra profecía de Fayn en Eseró. ¿Sería una poesía de Antonio Machado? ¿O de Gloria Fuertes?

Preparamos los arreos para sujetarnos a Crin Magnífica y salimos de los hangares. Crin parecía no solo contento de verme, también de poder nadar libre.

Los centinelas se habían llevado además las armas. Pero Nut, que conocía todos los escondrijos, sacó varias de un armario, se colgó un lanzatorpedos y guardó en una bolsa varias fusiles y escopetas de arpones. Después nos vestimos con unas prendas de neopreno, jerséis gordos y negros con capucha que solo dejaban los ojos al descubierto. El mío era más largo y cubría casi toda la cola.

—Las rusalkas aguantamos más el frío porque tenemos, como algunos peces, unas proteínas anticongelantes en la sangre. Pero tú no —explicó Nut—. Nadaremos bajo el Ártico hasta Canadá, allí, por el Paso de Noroeste, llegaremos a Groenlandia.

Y por último se llevó un aparato para comunicarse con el resto de las personas de la resistencia.

—Si funciona, sería un milagro.

Nut decidió abandonar la base por una puerta situada en el otro extremo de la entrada principal, más pequeña y por la que años antes llegaban las provisiones y víveres desde los barcos o aviones. Antes de salir, se asomó al exterior.

—¡Por Anfitrite y toda la corte marina! ¿Has visto eso? —dijo y me señaló las luces verdes.

—¡Tranquila! Son peces abisales. Me siguen desde Yonaguni. Creo que los llamé con la Caracola de Ayuda.

—¡¿Has llamado a alguien con la Caracola de Ayuda?! ¿Dónde? ¿Encontraste Bimini? ¡Espera! Me lo cuentas por el camino.

Cuando dejamos la base, Nut miró hacia atrás, hacia su casa, el lugar en el que había vivido casi toda su vida.

—Regresaremos —susurró.

Nos seguían las luces, como un rastro de polvo de estrellas. Pero me di cuenta de que el número de peces abisales había crecido. Nut los miraba asombrada. Y cuando llevábamos varias horas nadando hacia el este, me dijo:

—Nos sigue algo más que tus peces abisales.

—¿Qué dices? —pregunté con miedo.

—Por cómo se mueven, son varios, y los golpes de agua que nos llegan indican que se trata de megalodontes. Tres.

Sentí un golpe en el estómago. No teníamos nada que hacer contra tres megalodontes.

—Lo que no entiendo es por qué no atacan. Estamos en mar abierto y sin posibilidad de escondernos —explicó Nut.

—Somos pequeñas. No les llegamos ni a un diente.

—Nosotras sí, pero Crin Magnífica tiene sus kilos y los hipocampos y los peces abisales también. Nos mantendremos alertas.

Aún no era demasiado consciente de que el Tridente de Océano nos hacía invencibles.

Salimos del mar de Ojotsk, oscuro y frío. Me sentía en cierto modo indefensa, pero ya no estaba sola, y sí dispuesta a enfrentarme a lo desconocido. Nos dirigimos hacia el norte bajo el mar de Bering. Bordearíamos Alaska y la costa norte de Canadá hasta llegar por el paso del noroeste a Groenlandia, donde, según Nut, se encontraban las instalaciones de calentamiento de los centinelas de los hielos. Para ese recorrido en circunstancias normales se necesitarían varias semanas de viaje. Pero Crin Magnífica era el animal más rápido nacido en el mar y el viaje se redujo en varios días durante los que nadamos bajo mares helados y desiertos de hielo blanco y azulado. Las luces nos seguían y los megalodontes también, aunque a veces parecían alejarse, quizá para comer.

Ya no sentía miedo.

Canadá

Océano Atlántico Norte

42

Según los sabios de la Antigüedad, en los confines de la Tierra, más allá del viento del norte, en una isla de nombre Hiperbórea, vivía un pueblo de valientes guerreros y soberanos justos. En aquel territorio próspero entre nieve y hielo, apenas accesible para los viajeros humanos, ese pueblo comerciaba con lo que entonces se llamaba el «oro del norte» o ámbar, que vendía a sus vecinos del sur o intercambiaba por metal o maderas.

Pero, un día, una inmensa bola de fuego descendió del cielo e impactó contra la Tierra, provocó la destrucción y la desaparición de la Atlántida y la ciudad terrestre de Tula. El clima del planeta cambió, y una glaciación cubrió de nieve y hielo grandes extensiones. La supervivencia de los humanos en la isla de Hiperbórea se hizo imposible y tuvieron que abandonar sus casas o morir.

No fue así para las sirenas y tritones adaptados a vivir en mares congelados. Su número en la isla despoblada creció y se multiplicó. Y formaron un pueblo marino luchador y orgulloso de sí mismo: los centinelas de los hielos.

Su misión principal consistía en custodiar los hielos perpetuos y sus criaturas. El poder y la sabiduría de los hiperbóreos fue creciendo con el tiempo, pero también su orgullo, hasta que comenzaron a creerse primero distintos a los demás y después superiores. El afán de poder y dominio cegó sus mentes, rechazaron al gobernador de los mares, atacaron y esclavizaron a poblaciones cercanas de sirenas y tritones, a los que consideraban sus esclavos.

Un día infiltraron en una familia de Tula a un bebé huérfano que llegó a ser regente de la ciudad, Belgemir. Y otro, decidieron conquistar la Tierra. Y ese día era ahora.

Nut y yo, tras atravesar el paso del noroeste, no alcanzamos las costas de Groenlandia, nos quedamos frente a ellas, en una pequeña isla de Canadá, donde nos escondimos dentro de una gruta submarina lo bastante grande para que Crin Magnifica y los hipocampos también se resguardaran con nosotras. En el exterior quedaron los peces abisales y los megalodontes. Me había dado cuenta de que en cierto modo obedecían a mis órdenes, así que con los movimientos de mis manos conseguí que se sumergieran en las profundidades para que los centinelas no nos descubrieran.

La capa de hielo bajo la que habíamos nadado todo el camino había desaparecido y en el exterior se veía tierra cubierta de nieve y un mar gris. Nut encendió su aparato de transmisión e intentó conectar con la resistencia.

—Tengo una señal muy débil y no quiero que los centinelas la capten —explicó—. No sé dónde están los demás. Dormiremos, y al amanecer lo intentaré de nuevo o saldremos a buscarles. Mañana es el día.

—¿Entonces desde aquí congelarán el norte de América y Europa?

—Llevan meses instalando un sistema de descongelación un poco más al norte de donde nos encontramos, en Hiperbórea, la isla de los centinelas de los hielos, pero la bomba principal y los depósitos están aquí, en Groenlandia —contestó.

—¿Tienes algún plan para entrar en la base de los centinelas? —pregunté.

—No. ¿Y tú?

—Tampoco —respondí.

—Vamos a dormir, a ver si se nos ocurre algo. Si consiguen el tridente, estamos perdidas.

43

Aún no había entrado en un sueño profundo cuando Nut me zarandeó con cuidado y me sobresalté.

—¡Hay alguien fuera! —susurró.

Ella cogió su arpón y yo el Tridente de Océano y nos colocamos a ambos lados de la entrada. De pronto, una cabeza de pelo rizado y rubia entró en la cueva. Nut quitó el seguro del arpón y estaba a punto de disparar cuando la cabeza dijo en un susurro:

—Nut... ¿eres tú?

Nut bajó el arma.

—¿Dana? —preguntó.

Dana encendió un pez luminoso cerca de su cabeza. Se había teñido el pelo de rubio y me costó reconocerla.

—¡Stella! —dijo y me miró como si yo fuera un fantasma—. No te esperábamos aquí. Bueno... ni en ningún lado.

—¡¿Dana?! —contesté.

Quería abrazarla, pero me contuve.

—¿Qué te pasa ahora, amiga? —preguntó y abrió los brazos.

La abracé fuerte. No sabía si llorar de alegría o reír.

—¡Estás viva! —repetía sin soltarme.

—¿Y este pelo? —pregunté cuando conseguí apartarme un poco de ella.

—A conjunto con el traje de centinela de los hielos —dijo, y señaló un uniforme de color azul oscuro de los escuadrones de combate.

—¡Pensé que habíais muerto! —dije.

—Y yo al principio, pero no. La que desapareció fuiste tú.

Me alejé un poco de ella.

—No soy una traidora. Me obligó Lala —dije.

—Anda, tonta, que ya lo sé —dijo y me pasó la mano por el hombro—. Ya me explicarás todo después. Por cierto, ¿has visto esos bichos con luces que hay abajo? ¿De dónde salen? Ayer no estaban y dan miedito.

—Vienen conmigo.

Estaba a punto de preguntar por Pau cuando entraron Ainé y Melusina, también vestidas de azul. De nuevo me sentí incómoda.

—¿De dónde han salido esos megalodontes? —preguntó Melusina—. ¿Te acompañan, Nut? No sabía que ahora amaestrabas tiburones ancestrales.

—Son de Stella —contestó Nut y me señaló.

Las dos se detuvieron y me miraron también, como si fuera una aparición de otro mundo.

—¡Stella! ¡No me lo puedo creer! —exclamó Melusina—. Pensábamos que habías desaparecido en Filipinas.

Las dos se acercaron y me abrazaron. Sentí una gran alegría al encontrarme con ellas.

—Esto necesita una explicación bien larga —dijo Ainé.

—Sí, pero es peligroso estar aquí. ¿Nos vamos? —pidió Melusina nerviosa—. Os hemos traído ropa.

—Perdón, tengo una pregunta. ¿Y Pau?

De pronto, todas se pusieron serias y Dana miró hacia otro lado. Melusina se acercó a mí y me acarició la cabeza.

—¿Ha... muerto? —pregunté mientras sentía como si me dieran un golpe en el estómago.

—No —dijo Dana—. Pero está herido. Se recupera en un hospital de Filipinas.

—¿Qué le ocurrió?

—Una lesión en la columna. Se le clavó una piedra. No saben si volverá a andar explicó Melusina.

—Toma —dijo Dana y dejó en mi mano un mensaje—. Lo guardaba no sé para qué. Pensaba que habías muerto, pero no lo he leído.

Lo apreté con fuerza y lo guardé entre mi ropa.

—Gracias —contesté.

—La que sí murió fue la sempiterna Lala Mansur, la reina de los Siete Mares informó Ainé—. La vi con mis propios ojitos. Nada de inmortal. El único inmortal es Leviatán.

—Creo que no —contesté—. ¿Y Gereón?

—Deseando verte —contestó Melusina.

—¿Sabes que en Filipinas conseguimos detener la epidemia? —dijo Dana—. Con las pústulas que me salieron, casi me quedo sin cara. ¿Qué ocurrió contigo? Se rumorea entre los pueblos del Pacífico que Leviatán ha muerto.

—Sí —contesté—. Yo estaba allí.

—¿Qué sabes? —preguntó Melusina.

—Lo maté. En el abismo Challenger.

—¡¿Qué?! —preguntó Dana.

Ainé, Dana y Melusina se me quedaron mirando asombradas. En ese momento se escuchó ruido de arpones en el exterior. Nut se asomó.

—¡Los centinelas han descubierto a uno de los megalodontes! —dijo—. Es el momento de huir antes de que se den cuenta.

—¿Es verdad lo de los megalodontes? —preguntó Dana—. ¡Me muero!

—¡Poneos esto! —dijo Ainé y nos pasó sendos uniformes de centinelas.

Antes de salir, cogí el tridente, que había dejado apoyado en una pared.

—¡Espera, espera, espera!, ¡que yo me aclare! —dijo Dana—. ¿Ese es el Tridente de Océano de verdad o es una falsificación de plástico?

—El de verdad, guapi —contesté.

—¡Somos invencibles!

—Ojalá.

Salimos de la cueva, nos sujetamos a Crin Magnífica y nos dirigimos hacia el sur. Miré atrás y con un ligero gesto de la mano ordené a las criaturas que descendieran. Con otro movimiento del tridente quise creer que había dejado sin voluntad a los centinelas que nos seguían. De pronto me di cuenta de que el cielo sobre nosotras no era negro, sino verde azulado, como si se hubiera extendido una gran cortina sobre la bóveda celestial.

—¡La aurora boreal de la profecía! —dijo Dana—. Desde la puerta del refugio se ve mejor. Dicen que se podrá contemplar desde todo el continente.

—¡Es alucinante! ¿A dónde vamos? —pregunté.

—Ahora nuestro cuartel general se encuentra en Noruega, en las islas Lofoten explicó Melusina.

En aquellas islas se encontraba el famoso Maelstrom, el remolino más terrible y temido entre los marineros de la Antigüedad.

—Pero no vamos a ir allí. Está demasiado lejos y la glaciación es inminente. Mañana soltarán la mayor parte del agua de los glaciares —explicó Melusina—. Ahora nos dirigimos a la isla de Qikirtajuaq. Allí, en un refugio, se encuentran todos los demás.

La aurora boreal a nuestras espaldas teñía de verde y dorado el mar bajo el que nadábamos. Entramos en una bahía de aguas tranquilas. A nuestro alrededor solo se veían piedras y nieve, y más allá, bosques. Melusina nos indicó que nos dirigiéramos a unas rocas y se soltó del arnés de Crin Magnífica.

—Esperad aquí. Iré antes para avisar que llegamos. Y lo de los megalodontes... No se lo van a creer.

Nos resguardamos a esperar entre unas rocas. Comencé a reírme.

—¿Y a ti qué te pasa ahora? —preguntó Dana.

—Te queda fatal ese pelo.

—¡Pues anda que tú estás preciosa! ¡Ya verás cuando regresemos al Mediterráneo! Voy a ser la reina de las fiestas populares. «¿Qué tienen tus ojitos que me vuelven *locooo?*» —canturreó mientras bailaba con las manos.

—O la reina de las fiestas del relámpago del Catatumbo —añadió Ainé.

—Me alegro de que no os haya pasado nada. Sufrí mucho pensando que habíais muerto por mi culpa —dije.

—Nos queda mucho por vivir, Stella. ¡Déjate de tonterías! ¡Y encima ahora, que eres la reina de los megalodontes! —contestó Dana.

Las cuatro sacamos la cabeza del agua y contemplamos la aurora boreal que se movía como un tapiz verde, azulado y amarillo.

—Es la primera vez que la vemos desde que estamos aquí —dijo Dana.

—Antiguamente, las auroras boreales eran presagio de buenos tiempos —añadió Nut.

En ese momento regresó Melusina acompañada de Cástor. Cástor, tan serio como siempre, me saludó con la cabeza y dijo:

—¡Bonito tridente!

Ainé, cuando vio a Cástor, se acercó a él y le dio un beso tímido.

—¿Y esto? —pregunté.

—El roce hace el cariño —dijo Dana.

Les seguimos junto a la costa hasta un recodo en las piedras. Allí encontramos a Fenya y Menya haciendo guardia. Las dos se habían teñido también el pelo de rubio.

—¡Me encanta vuestro pelo! —les dijo Ainé cuando pasamos a su lado—. Os confeccionaré algo a conjunto.

Las dos me sonrieron. Detrás de ellas, desapercibida, se encontraba la entrada a una gruta submarina.

—¿Tus megalodontes se comerán a nuestras guardianas? —preguntó Melusina antes de entrar.

—¡Uy! Pues no sé —contesté—. Yo creo que no.

Me puse de espaldas a la puerta y ordené que se quedaran en la bahía. En realidad, me daba miedo entrar y sentirme observada y juzgada por todos. En mi cabeza giraba un remolino de dudas, miedos y temor a ser rechazada. A la espalda, como el caparazón de una tortuga, llevaba el miedo a no ser querida.

La cueva estaba llena de gente que nos miró cuando entramos. Todos, conocidos de la resistencia, entre ellos, mi abuelo, que sonreía con orgullo. Su sonrisa hizo que desaparecieran mis miedos.

—Aplaudiríamos, Stella, pero no queremos que nos escuchen en el exterior —dijo Gereón.

—Yo también os aplaudiría a vosotros por estar aún aquí luchando —contesté.

Se habían teñido el pelo de rubio y llevaban uniformes azules de centinelas de los hielos. Nos pasaron una red con bacalaos e hicieron un hueco para que nos los comiéramos. Nut contó el ataque a la base y el secuestro de todos sus habitantes.

—Según nuestros informadores, los supervivientes se encuentran prisioneros en las instalaciones de Groenlandia —explicó Gereón.

Nut respiró aliviada.

Cuando acabamos los pescados, todos se pusieron a nuestro alrededor y se hizo el silencio.

—Leviatán —dijo Gereón.

Tragué agua y conté mi historia desde el ataque en Filipinas, Yonaguni y la espada de Susanowo. Un murmullo de admiración se levantó entre los que me rodeaban.

—¡La mítica espada de nuestro padre Susanowo! —dijo Melusina y sujetó mi mano con la cicatriz de los dos cortes—. Hace miles de años que desapareció.

—Como el dragón Riuyin. ¿Seguro que no fue una alucinación? —añadió Cástor.

—¿Quién sabe? —contesté—. Pero me ayudó.

Continué con la narración del descenso al abismo Challenger y la muerte de Leviatán.

—¿Y todo fue así de fácil? —preguntó Cástor.

—Así fue, pero no fácil —contesté.

—¿Nadie protegía a Leviatán? —preguntó Melusina, y noté cómo miraba de reojo a Gereón y a Nut.

—Solo una sirena, que conseguí reducir. Y los infrasonidos.

—Interesante —dijo Melusina y apretó los labios con inquietud.

En las Cíes, Melusina estaba seria, y aquí también se mostraba preocupada. Pensé que algo iba realmente mal y yo no me daba cuenta.

Las miradas de todos también se dirigían al Tridente de Océano que reposaba en el suelo junto a mi cola.

—¿Y aquí, cómo está la situación? —pregunté.

—Podría ser peor —dijo Gereón y sacó un mapa—. Ahí fuera se encuentra, rodeando las costas de Groenlandia, el enemigo, el mayor ejército marino que jamás se haya reunido en la historia. Unos protegen las instalaciones y otros se preparan para la inminente invasión de Europa y América del Norte, que se producirá tras la glaciación. A nuestro favor —informó señalando la isla de Hiperbórea, más al noreste—, los centinelas han dejado su isla desprotegida. Tenemos allí un grupo de los nuestros que tomará los edificios de gobierno de la isla cuando hayamos destruido las instalaciones de aquí.

—La Capa de Niebla se perdió en Palawan —recordé y miré a Dana buscando su confirmación, pero Dana, con la mirada dirigida al mapa, no reaccionó.

—Lo sabemos. Quizá sea lo mejor —contestó Gereón y continuó hablando—: Al amanecer comienza la glaciación. Nuestra última posibilidad para evitarlo es entrar en las instalaciones de Groenlandia y destruir la maquinaria. El propio Belgemir controla todo el proceso.

—Tenemos el tridente —dije—. Hace invencible al que lo porte. Creo que podemos utilizar la misma estrategia que con Leviatán. Ellos no esperan un ataque pequeño, sino uno grande —añadí—. No sé qué habíais pensado...

—Sigue hablando —contestó Cástor.

—Todos atacareis un punto de la base para despistar al enemigo y yo, con el tridente, entraré hasta el centro de la maquinaria y la destruiré.

—Y yo contigo —dijo Dana.

—Y yo —añadió Ainé.

—Moriréis si os quitan el tridente. Moriremos todos —advirtió Gereón y me miró fijamente—. Será el fin.

—Hemos estado muchas veces al borde del abismo —respondí—. ¿Tenéis un plano de las instalaciones?

Cástor sacó uno y lo extendió.

—Aquí, en el centro de la nave, se encuentra la bomba que calienta cientos de kilómetros de tuberías en el Ártico y convierte el hielo en agua fría. No solo habría que pararla, sino destruirla —explicó y señaló la bomba.

—¿Y los depósitos de agua fría? ¿Dónde están? —pregunté.

—Distribuidos cerca de las tuberías, aunque los de mayor volumen se encuentran al este de la isla. Si destruimos la bomba pero abren los depósitos, también se iniciará la glaciación —argumentó Gereón—. Ahora que tenemos a Stella y el tridente, nos dividiremos en tres. El grupo de Stella entrará a destruir la bomba. Otros distraeremos al ejército y la seguridad de la instalación, y un tercer grupo se dirigirá a los depósitos de agua.

—¿Cuándo? —pregunté.

—Antes del amanecer estará nublado y no habrá luz de luna —contestó Gereón—. Descansaremos un par horas. Que nuestro padre Neptuno nos proteja.

—Y nuestra madre Anfítrite —añadió Dana.

Antes de dormir saqué la carta de Pau y me dispuse a leerla.

Stella, no sé cuándo leerás esto ni dónde. Ni siquiera sé si estás viva. Desapareciste de aquella isla y de mi vida, pero no de mi cabeza. Te pienso siempre y cada minuto.

En Filipinas te buscamos debajo de cada piedra y montón de lodo y no te encontramos. A mí me golpeó una roca en la espalda y ahora estoy recuperándome en un hospital de El Nido. Mi vida también corre peligro y espero que vengan a buscarme y llevarme a un lugar seguro. Lala murió allí, en Filipinas. Yo la vi. Pero los seguidores de Leviatán están por todos lados.

Sé que no eres una traidora y que si le pasaste información fue porque te obligó.

Sabes que te quiero y que siempre te querré, pase lo que pase. Te esperaré hasta el último minuto de mi vida. Y te invitaré a uno de esos helados grandes de turrón mientras me cuentas las aventuras por tus mares, que ahora son los míos. Estoy convencido de que la victoria es nuestra, la victoria es tuya. Y quiero estar a tu lado para compartirla.

Te quiero,

Pau

Cerré la carta.

La victoria era mía, pero aún quedaba lo peor hasta encontrarnos. Ya no estaba sola y sabía que todos unidos ganaríamos la última batalla.

Bajo un cielo cubierto de nubes grises nos preparamos para salir del refugio. En la cueva reinaba un silencio tenso mientras nos armábamos. A muchos les esperaba la muerte o, con suerte, solo heridas. Con dificultad y con las manos temblorosas, guardé el tridente en una funda de escopeta de arpones y me la colgué a la espalda. Dana, Ainé y yo saldríamos primero. Nos despedimos de todos. Ainé abrazó a Cástor.

—¡Estaré detrás de ti protegiéndote! —Oí que decía Cástor.

—Yo también —contestó ella—. ¡Juntos siempre!

—¡Venga, que nos espera la guerra! —dijo Dana.

Ainé se soltó de él con gesto de dolor. Si hubiera estado en la tierra, tendría lágrimas en los ojos. Le apreté el brazo.

—¡Venceremos! —le dije.

—¡Por mi vida que sí! —contestó Ainé y se colocó el pelo.

Habíamos nadado más o menos una ballenada cuando detrás, junto al refugio que acabábamos de abandonar, se escuchó una explosión tan fuerte que retumbó como un trueno en las rocas que nos rodeaban. Le siguió un sonido de arpones. Las tres permanecimos inmóviles y hasta nosotras llegó una voz de tritón.

—¡Estáis rodeados!

Por el acento supimos que se trataba de un centinela de los hielos.

—¡Acercaos a la entrada de la bahía y no moriréis! ¡De uno en uno y con las manos en alto! —repitió la voz.

Los centinelas se habían colocado en fila cerrando la entrada de la bahía.

Miramos hacia el refugio, ahora sin movimiento. Pero poco después, entre las aguas azules oscuras, vimos que salía alguien y comenzaba a disparar. Los centinelas cargaron sus armas. Los iban a matar.

—¡Esperad aquí! —dije con seguridad. Sujeté el arpón con una mano y con la otra el Tridente de Océano. Salí a las aguas de la bahía.

—¡Stella, vuelve! —Escuché la voz de Ainé a mis espaldas.

Era el momento de demostrar a todos que estaba con ellos y que siempre había sido leal.

Bajé todo lo que pude, hacia las aguas más profundas, y allí me detuve. Solo con el tridente podría vencerlos, pero quería que descubrieran parte de nuestras fuerzas. Con pequeños movimientos de las manos comencé a llamar a los megalodones y a las criaturas que me seguían. Las luces verdes ascendieron enseguida y me rodearon formando un círculo a mi alrededor.

Y poco después, con un golpe de agua, noté que los megalodontes se acercaban. Tenía a los tres detrás de mí, grandes, como montañas. Escuché encima de nosotros el sonido de arpones y gritos. Los centinelas habían comenzado a disparar contra los nuestros, que se defendían.

Así que, temblando pero con seguridad, me acerqué a los megalodontes y con una señal les indiqué que me siguieran hacia arriba. Lo hicieron. Yo nadaba impulsada por ellos, por el agua que movían sus cuerpos. Y me dirigí a la entrada de la bahía, donde se concentraba un centenar de centinelas. Me detuve debajo de ellos, dirigí el tridente hacia arriba y, como si estuviera dirigiendo una orquesta, lancé a todas las criaturas contra nuestros enemigos.

El primer megalodonte atacó y con un bocado se comió a la mitad. Los otros le siguieron y también los peces abisales de colmillos afilados y venenos variados. Me di cuenta de que uno de los peces se dirigía hacia un tritón de los nuestros y me coloqué delante de él para protegerle. Era Cástor. Le conduje hacia las rocas donde se encontraban Ainé y Dana.

—¡Stella, ha sido increíble! —dijo Dana.

—O salimos de la bahía ahora o vendrán más centinelas y nos atraparán —añadió Ainé.

Mientras los megalodontes acababan con los centinelas, llegamos a las últimas rocas antes de entrar en mar abierto.

—¡Esperad! Los demás vienen hacia aquí —dijo Cástor con la radio en la mano—. No ha habido bajas personales. La bomba no estalló hacia dentro, sino hacia afuera. Pero Melusina está herida.

—¡No! —dijo Ainé—. ¡Otra vez no!

Se llevó las manos a la cabeza.

—¡¿Dónde está?! —dijo angustiada.

Cástor se acercó a ella, pasó el brazo por su hombro e impidió que regresase al refugio. Ainé comenzó a llorar.

—¡Yo estoy contigo! —dijo Cástor.

Pocos minutos después se unió a nosotros el resto de la resistencia, entre ellos, Gereón.

—¿Y mi abuela? —preguntó Ainé.

—Ahí la traen.

Melusina se acercó a nosotros sujeta por una sirena y una ninfa. Estaba cubierta de sangre. Dana y Ainé nadaron hacia ella.

—¡Marchaos cuanto antes! ¡Yo estoy bien! —dijo Melusina, pero no lo parecía.

—Te pueden atacar los megalodontes —dijo Dana y la sujetó.

—Saldremos al exterior —contestó la ninfa—. Cerca hay un poblado esquimal amigo. Cuando hayan cicatrizado las heridas, la llevaremos a las islas Lofoten.

—¡Yo me quedo con ella! —dijo Ainé.

—No, te necesitamos para luchar —dijo Nut y le puso la mano en el hombro.

Ainé pareció dudar.

—¡No puede morir!

—Podemos dejar a Crin Magnifica aquí para que la lleve a las islas Lofoten lo más rápido posible —sugerí.

Nut y Gereón se miraron.

—Lo que tú quieras —contestó Nut.

Afirmé con la cabeza.

Una de las sirenas salió a secarse, y cuando su cola se convirtió en piernas, tiró de Melusina hasta colocarla sobre un trozo de tierra. Dejamos ropa de abrigo. Ainé y Dana se despidieron de ella y después nos sumergimos. Estaba a punto de amanecer.

44

Al salir a mar abierto, llamé a las criaturas abisales.

—¡Los centinelas nos descubrirán si nos siguen luces verdes! —susurró Dana.

—Esperarán en las profundidades. Cuando sea necesaria su presencia, las llamaré de nuevo.

Nadábamos bajo un mar azul metálico en absoluto silencio. Ainé miraba hacia el infinito con la mirada perdida. Mientras tanto, los demás, detrás de nosotras, se preparaban para atacar la zona exterior de la instalación. La explosión y el ataque de los megalodontes les otorgaba cierta ventaja.

Delante de la instalación esperaban centenares de morsas que los centinelas utilizarían para llegar hasta las costas europeas y americanas.

Para entrar en la base, Dana llevaba unas conchas de identidad, pases robados por un centinela renegado. Nos acercamos al control y lo enseñamos. Sabíamos que debíamos parecer muy seguras de nosotras mismas. Nos observaron y nos dejaron pasar. En ese momento sonó una alarma de seguridad, pero como nadie nos miraba, continuamos nadando.

Entramos en un vestíbulo grande en el que se encontraban dos robots enormes conducidos por sirenas. Supuse que serían los que habían abierto la puerta de la base del mar de Ojotsk, porque de los extremos salían sendas pinzas de metal. Se dirigían hacia el exterior junto con centenares de sirenas y tritones armados, la mayoría, rubios y vestidos de azul como nosotras. Algunos llevaban las motos acuáticas robadas a las rusalkas.

A ambos lados del vestíbulo y hasta el techo se abrían puertas y pasillos.

Dana, con mucho esfuerzo, llevaba días memorizando los planos del lugar. Torcimos a la izquierda y continuamos por un pasillo largo cubierto de planchas blancas de metal. Nos cruzamos con varios tritones y sirenas que nadaban con rapidez en dirección contraria.

—¡Ataque en la zona externa! —nos dijo una.

Ainé hizo un gesto con la mano, como si le hubiera entendido. Nos detuvimos unos segundos y después continuamos nadando.

—¿Hay cámaras aquí? —pregunté.

—No lo sabemos —contestó Ainé.

—¿No os lo ha dicho el centinela renegado? Es raro. Las cámaras las ve cualquiera —dije y miré a mi alrededor.

Desde allí llegamos a un cruce de cuatro pasillos vacíos y en silencio, donde reinaba una extraña quietud. Torcimos a la derecha, hasta una puerta blanca. Llevábamos otros pases del centinela. Introdujimos las conchas en un aparato lector y en ese momento comenzó a sonar otro pitido. Sin que nos diera tiempo a escondernos, además de que no había lugar, en unos segundos nos encontramos rodeados de tritones y sirenas que nos apuntaban con sus armas.

Se abrió la puerta blanca y apareció Belgemir con un fusil de arpones en la mano.

—Bienvenida, Stella. Te estaba esperando, a ti y al Tridente de Océano —dijo, se acercó por la espalda y me lo quitó de un tirón—. ¿Cómo es posible que seáis tan estúpidas e inútiles para dejaros capturar de esta manera? ¿Creéis que un centinela de los hielos va a renegar de su raza para pasarse al enemigo, una escoria como vosotras? Os ha dado los pases de invitación para que trajeras el tridente hasta mí.

—Las inútiles han matado a Leviatán —dijo Dana.

Belgemir sonrió enseñando sus dientes picudos.

—¿No te extrañó, Stella, que Leviatán no tuviera protección en el abismo Challenger? Te dejé todo preparado y la guardia se retiró cuando supe que seguías el camino invisible de las ballenas grises. ¿No te pareció demasiado fácil?

Le miré con ira.

—Dudaba bastante de que fueras capaz de matarlo, a pesar de ser la elegida. No me esperaba la espada de Susanowo, ni los pulpos de anillos azules.

—¡No! —contesté.

—Y lo que no esperaba es que sobrevivieras, la verdad. Tu tumba debía de ser la de Leviatán. Ahora morirás aquí.

Belgemir levantó el Tridente de Océano y gritó:

—¡Ahora yo soy Leviatán! ¡El poder es mío!

Después ordenó:

—Encerradlas hasta que expulsemos el agua de los glaciares. ¡Y acabad con los que están fuera!

—¡Nooooo! —gritó Ainé y, llena de rabia, intentó abalanzarse sobre él.

Dos tritones la sujetaron y un tercero la golpeó en el estómago.

Unas sirenas nos condujeron hasta unas celdas con las paredes de rejilla metálica situadas a ambos lados de la entrada principal de la instalación. Desde allí podíamos ver lo que ocurría a nuestro alrededor. Sirenas y tritones salían rápido hacia afuera. En algún lugar se escuchaba un sonido mecánico repetitivo, como de bombas de agua.

—¡Ainé! ¿Cómo estás? —le pregunté.

—Mal, pero de aquí vamos a salir vivas —contestó—. ¡Mirad hacia arriba!

Sobre nosotros, en celdas similares, se encontraban las rusalkas y vodyanoi de la base de Nut. Reconocí a una de sus hijas. Y un poco más allá se encontraban sirenas y tritones supervivientes del ataque en el Jardín de las Hespérides.

—¿Por qué no llamas a los megalodontes? —susurró Dana.

—No nos pueden liberar aquí y los matarán enseguida.

—¿Y si los centinelas te matan a ti antes?

—No. La victoria es nuestra —contesté con seguridad, pero me sentía mal, utilizada por Belgemir para acabar con Leviatán y conseguir el tridente de Océano. Sería la elegida, pero también la engañada.

—Nos han quitado las armas, pero aún tengo la radio —dijo Ainé.

—¡¿Cómo?! —preguntó Dana.

—Una microrradio. Me la dio mi padre antes de salir de isla de Socorro —explicó Ainé.

—Te tapamos, llamas y les dices dónde estamos —dijo Dana.

—¡Espera! Si vienen a rescatarnos, moriremos todos ahora —dije—. Vamos a pensar.

—¿Qué habrá pasado con mi abuela? —dijo Dana con dolor en la voz—. No me la quito de la cabeza.

Nadé hasta ella.

—Cuidarán de ella en las islas Lofoten —contesté—. Seguro que se repone de las heridas de metralla.

—Primero Ceix, luego Oannes y ahora mi abuela —continuó a punto de llorar.

Ainé también parecía preocupada, se apoyó en el suelo de la jaula y metió la cabeza entre las manos.

De pronto, se acercó un centinela de pelo rubio y largo que acababa de entrar desde el exterior. Nos miró con curiosidad.

—¿Eres Stella? —preguntó en un susurro.

—Sí.

—Hace años Leviatán mató a mi compañera. Tú le has matado a él.

Con una llave abrió la cerradura, no la puerta.

—En una hora comienza todo. Esperad. La bomba de agua se puede detener si rompéis el rotor principal.

—¡Abre a los de arriba! —pidió Ainé.

—Ahora no. Lo notarían —dijo el tritón y se marchó.

La actividad crecía por momentos. Fuera parecía que había comenzado la batalla. Hasta nosotros llegaban gritos, ruidos de disparos. Los nuestros luchaban contra un enemigo que les triplicaba en números y armas. Al vestíbulo, donde solo habían quedado unos tritones y sirenas armadas frente a la puerta principal, comenzaron a entrar heridos.

—¡Ahora! Antes de que regresen más —dijo Ainé.

Abrimos la puerta y salimos.

—¿Recuerdas otro camino para entrar en la zona de la bomba? —pregunté a Dana.

—No. Bueno, la entrada donde nos han cogido. Y luego la de operarios, aunque no sé si sabré llegar.

—Pues inténtalo.

Seguimos a Dana por túneles y corredores hasta que reconoció que se había perdido. Entonces vimos que se acercaba un tritón.

—¡Esperad! —dijo Ainé.

Nos escondimos antes de girar en un pasillo y Ainé salió a su encuentro sonriendo, como si se fuera a encontrar con Míster Maracaibo.

—Perdona, soy nueva, vengo de Tula. ¿Nos conocemos? Una cara como la tuya no se olvida así de fácil. Por lo menos, a mí no se me olvidaría. Me han pedido que busque a un operario de nombre Grendel, dicen que está donde la bomba y que es urgente. ¡Uy! ¿Dudas? Otra vez esa media sonrisa. ¿De verdad que no nos hemos conocido en otra parte? ¿Acaso en San Borondón, en alguna fiesta?

—¡Sígueme! —dijo el tritón.

Ainé comenzó a nadar a su lado y a hablar con él mientras Dana y yo les seguíamos a una distancia prudencial para que no nos descubriera.

El tritón la llevó hasta una puerta pequeña y metálica, donde se despidió de ella.

—En cuanto acabe todo este rollo de alarmas raras y glaciaciones, te busco para tomarnos unos bacalaos —se despidió

Ainé—. ¿Conoces el Sena? Es agua dulce, pero las vistas son preciosas.

En ese momento, la puerta se abrió de golpe y salió una sirena tan rápido que no se dio cuenta de que Ainé sujetaba la puerta.

Entramos en la zona inferior de la maquinaria. Varios operarios ajustaban piezas a gran velocidad. De pronto, uno de ellos nos vio.

—¿Queréis algo? —preguntó con desgana, como si molestásemos.

—Soy la hija de Belgemir y Manda —dijo Dana usando su viejo truco—. Me ha invitado a ver cómo funciona la bomba y cómo expulsa toda el agua.

—No sabía que Belgemir tuviera hijas —dijo el tritón—. Además, se encuentra arriba. Aquí estamos muy ocupados.

—No sabe casi nadie que Belgemir es mi padre. Por protección. Nos hemos equivocado mis amigas y yo, ¿verdad? —insistió Dana.

—Pues sí. Pero podéis acceder arriba por ese corredor —contestó el tritón—. ¡Rápido y ya! Estamos a punto de empezar.

Nos acercamos al lugar que nos indicaba, un túnel con la forma del interior de una concha, que subía hacia el piso superior. Nos encontramos con una estancia de grandes dimensiones con la bomba de agua en el centro. Era cilíndrica y de un metal brillante, como acero. Nos escondimos detrás de ella. Los principales centinelas de los hielos rodeaban a Belgemir a espaldas de la bomba que nos protegía, y frente a ellos se encontraba un ventanal de cristal desde el que se veía la hilera de tanques de agua fría, iluminados y anclados a una pared rocosa que acababa en un acantilado en el exterior. Un poco más allá flotaban varios icebergs de gran tamaño que habían preparado para soltarlos a la vez.

Belgemir llevaba en la mano el Tridente de Océano.

Me levanté de nuestro escondrijo hasta un lugar en el que me pudieran ver desde el exterior a través de la cristalera. Todos los tritones nos daban la espalda. Reconocí al de pelo largo que nos había abierto la puerta. Comencé a mover las manos llamando a los megalodontes. Mi reflejo debió de verse en el cristal, porque uno de ellos se dio la vuelta.

—¡Eh! —gritó.

Todos se giraron y en ese momento un megalodonte estrelló el morro contra el cristal. Vi detrás de él a los otros dos. Belgemir levantó el tridente.

—¡Solo la muerte acabará contigo! —dijo y dirigió el tridente hacia nosotras.

Enseguida notamos cómo perdíamos las fuerzas, pero aún tuve tiempo de mover de nuevo la mano y conseguir que los tres megalodontes golpearan de nuevo el ventanal, lo que provocó una sacudida en toda la sala. Perdimos las fuerzas y flotamos inermes sobre el suelo.

—¡Yo tengo el poder! ¡Y yo gobernaré el mundo! —gritó Belgemir con el tridente en alto—. ¡Todos los humanos serán esclavos del dueño de las tierras y el mar! ¡Que comience la glaciación!

La bomba comenzó a funcionar y a soltar el agua fría en la corriente del océano. Entonces, una última embestida de los tiburones hizo estallar el cristal, que saltó por los aires.

Belgemir, lleno de ira y empuñando el tridente, se giró, aunque no le dio tiempo a dirigir el arma hacia los megalodontes. Ainé lanzó un cuchillo, que le clavó en el pecho. Belgemir se detuvo y uno de los megalodontes se acercó a él, abrió sus fauces y el gobernador desapareció en ellas. Los otros dos se dirigieron al resto de centinelas. Protegimos poniendo detrás de nosotras al tritón que nos había abierto la puerta para evitar que se lo comieran.

Después señalé la bomba de agua y un megalodonte arremetió contra ella. La bomba estalló y el bombeo de agua se detuvo.

Dos tiburones salieron de la sala por la cristalera rota, pero el tercero, el que se había comido a Belgemir, se acercó a mí, demasiado. Podía ver sus ojos negros y brillantes de muñeca. Cuando su morro estaba a pocos centímetros de nosotras, y ya nos dábamos por comidas, abrió la boca y dejó caer el tridente. Se giró y desapareció en las aguas heladas.

—¡Rápido! —dije a Ainé—. ¡Llama por radio a los demás!

Mientras Ainé se comunicaba con el resto a través del aparato de radio del tamaño de una almeja, entraron por la cristalera todas las criaturas abisales, que comenzaron a comerse los restos de los centinelas.

—Hay que ir a los depósitos. Se está saliendo el agua —dijo Ainé.

El centinela que nos había ayudado se presentó:

—Me llamo Evenor. Os ayudaré a detenerla.

—Antes debemos soltar a las rusalkas —dije.

Por los largos corredores nos dirigimos de nuevo hacia la entrada y subimos hacia las celdas donde se encontraban. El tritón sacó una llave y las abrió. Allí estaba la familia de Nut y casi todos sus compañeros de la base de Ojotsk. También abrimos a los tritones y sirenas del Jardín de las Hespérides.

Todos juntos redujimos a los vigilantes de la puerta exterior y salimos al mar frío. Bordeamos la instalación y continuamos paralelos a la costa, siempre nadando tras Evenor, el verdadero centinela renegado. A nuestra derecha, en el mar abierto distinguí las luces de las criaturas abisales y a los megalodontes. Nos seguían a distancia, pero atacaban y se comían a todo ser que se cruzase con ellos.

—Increíble lo de esos tiburones. ¿No se extinguieron hace mucho? —preguntó el centinela.

—Sí, hace dos millones de años —contestó Dana—. Siguen a Stella.

—Allí están los ejércitos preparados para atacar la tierra —dijo y señaló con la mano hacia el lugar donde se encontraban los megalodontes.

—¿Por qué nos ayudas? —pregunté.

Ya no me fiaba de ningún centinela, aunque nos hubiera abierto la puerta.

—Como os he dicho, en la Segunda Revuelta Leviatán mató a mi compañera, una sirena de Tula. Sin motivo y sin explicación. Además, mi padre era humano, un farero escandinavo. No apoyo la invasión. Tengo hermanos en la tierra y morirán.

Llegamos a la zona de expulsión del agua, que salía a gran velocidad por decenas de cañerías gigantescas ancladas a las rocas de la costa. El agua era fría y muy salada. Allí se encontraban nuestras sirenas y tritones intentando detener la salida. Movían palancas y golpeaban tuberías, pero la temperatura del agua era tan baja que ya mostraban síntomas de congelación y les costaba moverse.

El centinela gritó:

—La llave principal para cerrar la salida de agua se encuentra dentro de ese grifo. Señaló el primer chorro frente a nosotros y el que mayor caudal expulsaba.

—¿Este quién es? —preguntó Nut con un plano de las tuberías en la mano.

—Nos ha ayudado a escapar. Y a ellos —contesté y señalé hacia las rusalkas y vodyanoi que nos seguían y que la rodearon.

Nut se acercó a ellos emocionada y los saludó. El centinela esperó a que terminasen y luego continuó con la explicación.

—Está construido así para que no se pueda parar cuando comienza la expulsión. La fuerza y la temperatura del agua impide que se entre.

—Vosotros no podéis detenerlo, pero nosotros sí —dijo Nut y estiró su mano, a la que se agarró su marido, y de él, el resto de rusalkas y vodyanoi formando una cadena.

Nadaron hacia el chorro e intentaron entrar por un lateral sin éxito, ya que el agua, los expulsaba una y otra vez.

—Necesitamos que algo tapone la salida para evitar tanta presión y que puedan entrar y cerrar el grifo —dijo Dana—. Ellos aguantan mejor el frío, pero el agua lleva demasiada fuerza.

Miré hacia el mar abierto. Allí debía de haberse iniciado otra batalla distinta a la esperada por los centinelas. Con una señal llamé a uno de los megalodontes, que apareció segundos después. Inmenso, se detuvo delante de mí. Le señalé el agujero de salida, el megalodonte aproximó su cabeza al orificio y lo tapó casi en su totalidad. La cadena de rusalkas entró a cerrar el grifo y poco después dejó de salir agua. Enseguida noté que la temperatura a nuestro alrededor subía un poco.

Nos quedamos mirando las tuberías hasta que saltaron las rusalkas y vodyanoi encabezadas por Nut.

Nut nadó hacia mí y levantó en alto mi brazo con el Tridente de Océano.

Un grito de triunfo se levantó entre todos.

La guerra había terminado.

Podíamos regresar a casa.

Con Pau.

Por fin.

Comenzamos a felicitarnos. De pronto noté que alguien me tocaba el hombro. Era Cástor. Seguro que quería decirme que había hecho algo mal, pero no, sonreía.

—Me equivoqué contigo —dijo.

—¿Qué?

—No fuiste la culpable de la muerte de Calipso y nos has salvado a todos. Desde que te conocí, te he tratado con desprecio y quiero pedirte disculpas.

—Disculpas aceptadas.

Después, Cástor se acercó a Ainé, que aún empuñaba un arpón, y, como si fuera una niña pequeña, la abrazó con cuidado pero con firmeza, como protegiéndola.

—Ya ha pasado todo —decía mientras le acariciaba el pelo—. Estoy contigo, estamos juntos.

Yo busqué a mi abuelo, pero no lo veía. Sujeté a Menya.

—¿Y Gereón? —pregunté.

—Lo han herido. Se lo han llevado.

—¿A dónde?

—A las islas Lofoten.

—¿Es grave? —pregunté—. ¿Cuántos de los nuestros han caído?

—No, no es grave, un arponazo en las escamas. Gracias a ti y a los megalodontes, mucho menos de lo esperado. Mi hermana también está herida. Le atacó una morsa.

Me crucé con Dana, que daba golpes a todos con la cola.

—Prométeme que te dejarás el pelo de tu color cuando regresemos. O Chete no te conocerá.

—¡Uy, qué tonterías dices! Chete me reconocería aunque hubiera vendido mi pelo a una bruja, como la tonta esa de la Sirenita —contestó Dana.

El megalodonte había sacado la cabeza de la tubería y se detuvo delante de mí. Despacio, me acerqué a él y con serenidad extendí la mano. Tenía la boca entreabierta y podía ver los dientes afilados. Rocé el morro con los dedos sin que el tiburón gigante se moviese. Acaricié despacio su piel rasposa y después, con un gesto, lo mandé a mar abierto para que acabase con el ejército preparado para invadir Europa y América.

Noruega

Atlántico Norte

45

Despedimos a Melusina con dolor. La ondina germana del Rin no había resistido a las heridas de metralla de la bomba lanzada por los centinelas de los hielos.

En la meseta Voring, al norte de Noruega, Nut tomó la palabra y nos habló de ella, de sus recuerdos, de su lucha sin descanso contra Leviatán y de su familia. En el exterior, las nubes grises cubrían el mar y nosotros permanecíamos en una penumbra solo iluminada por las luces de mis criaturas abisales.

Yo oía la voz de Nut en la distancia, pero mis pensamientos se revolvían como remolinos en mi cabeza. La última batalla se entremezclaba con el miedo de perder a Pau, mi abuelo herido, al que no había visto aún, y el dolor de la familia de Melusina. Ainé y Dana se encontraban a mi lado llorando por su abuela, una heroína de verdad, de las que durante su vida luchan contra el mal en todas sus formas.

Nunca nos deja el mal, aparece y reaparece una y otra vez, de distintas maneras y en diferentes personas. Solo al final, como Melusina, esperamos la paz. Lorelei entonó un canto fúnebre antiguo, de los tiempos de nuestros primeros padres, y los demás cantamos con ella.

Seguimos en silencio a los delfines unas ballenadas mientras se sumergían hacia las profundidades con los restos de Melusina, enfajados en algas. Es costumbre en el mundo marino dar un nombre nuevo a las personas que fallecen, conforme a la misión que han cumplido en la vida. «Fortaleza» era como la renombramos. Cuando bajo el agua desapareció la luz del exterior, nos detuvimos y dejamos que los delfines continuaran solos hacia la Oscuridad Total, donde Melusina reposaría para siempre.

Pasé un brazo por el hombro de Dana y otro por el de Ainé.

46

Siempre creí que la fama asesina del Maelstrom, aquel remolino que tanto temían los marineros de la antigüedad, era exagerada. Pero cuando llegué a la isla de Mosken, en Noruega, comprobé que su fuerza era real y aumentaba o disminuía según las mareas.

Todos los marineros saben que, si entran en él, serán absorbidos hacia el interior del remolino mientras las aguas giran sin descanso. Solo hay una posibilidad de salvarse: que descienda la marea y los vientos se calmen.

Entonces el remolino se amansa, sus aguas fluyen hacia el exterior de la corriente, y el barco, si no se ha destrozado, sube a la superficie.

Cuando me acerqué al hospital submarino, sabía que un remolino de muerte y destrucción me había atraído hacia las profundidades, pero que la marea había descendido para siempre, y me invadía un sentimiento de dolor unido a algo parecido a esperanza y ligereza, como si en lugar de nadar flotara en el agua.

Allí se hallaba Gereón convaleciente. Lo encontré en una de las terrazas del edificio, tumbado en una hamaca y leyendo. Al entrar, todos me habían saludado con la cabeza, con una inclinación de respeto. Llevaba en la mano el Tridente de Océano, ya que nadie quería hacerse cargo de él ni tocarlo.

Mi abuelo me abrazó hasta que casi perdí el sentido. Se encontraba bastante recuperado de sus heridas, aunque parecía abatido por la muerte de Melusina.

—Se fue como vivió, luchando hasta el último instante y haciendo frente a sus enemigos —dijo.

—Estará bien con nuestros primeros padres —contesté.

Después cogió mi cara con las manos.

—Stella, nunca pensé que serías capaz de hacer lo que has hecho. Jamás lo hubiera imaginado cuando te encontré en Tula tan indefensa. Pero aquí estás. Fuerte, preparada para reinar, para ser la nueva gobernadora de los mares.

Me llevé la mano al pecho.

—No, no quiero reinar aún, soy muy joven. Solo deseo volver a mi playa y proteger a los veraneantes, con Pau, con mi madre y con mis amigos. Contigo.

—Eres otra. El mundo marino te necesita ahora más que nunca. Piénsalo. Y sé que aceptarás, como cuando reconociste que eras una sirena.

—Me costó bastante —dije.

—Ya lo sé. Me contó Melusina que tuvo que salir y convencerte. ¿Has hablado con tu madre? —preguntó Gereón.

—Sí, varias veces. Uno de estos días regresa a casa.

—Perder a tus padres y a ti fue lo más doloroso que me ha ocurrido en la vida, y recuperarte ha sido lo mejor. Si te vieran, se sentirían muy orgullosos.

—Me han visto. Mientras estaba colgada del árbol de la sabiduría en Yonaguni se me aparecieron. Y también Calipso y Ceix —contesté y le hice un resumen de lo ocurrido.

—¿Qué vas a hacer cuando te recuperes? —pregunté a mi abuelo cuando acabé de contarle mi visión—. ¡Ven conmigo a conocer mi pueblo y mis playas! Puedes vivir en la casa de Calipso, o en Cueva de Lobos.

—Me está gustando tu oferta para pasar el verano. Pero creo que mi sitio está en Tula. Nut quiere que dome y cuide a algunos hipocampos para el Palacio de Gobernación. Por cierto, en la parte exterior del hospital te espera alguien. Llegó hace unos días desde El Nido, Filipinas. Yo que tú no le dejaría marchar.

Sonreí.

No iba a dejarle marchar.

Salí del agua junto al embarcadero y mientras me secaba, dejé que el sol, que se asomaba entre las nubes, me acariciara la piel. En aquella isla rocosa no hacía demasiado frío y se notaba la llegada de la primavera. Una brisa suave movía las hojas de un álamo cercano. A mi lado se posó un frailecillo de color blanco y negro y comenzó a picotear el suelo. Estiré la mano y se subió a ella. Miró hacia el mar unos segundos y después echó a volar. Sentía cierta duda ante la idea de encontrarme con Pau después de lo ocurrido en Filipinas, de mi traición. Todo se arreglaría cuando le viera. En el fondo, ansiaba encontrarme con él.

Me vestí y subí corriendo hasta la parte del hospital destinada a humanos. Era un edificio de madera pintado de rojo con tejado de pizarra. No necesité preguntar, la ninfa de recepción me reconoció y me señaló una habitación al final del pasillo.

Abrí la puerta de golpe, sin llamar.

—Lo siento —dije.

Pau me miró desde la cama y sonrió. El sol entraba por la ventana e iluminaba su colcha blanca. Estaba sentado encima con la espalda apoyada en varios cojines y dibujaba algo en un cuaderno. Tenía buen aspecto y, como siempre, el pelo le caía sobre la frente.

—¡Vienes con energía! ¿Y ese tridente? ¿Un juguete? —preguntó.

—Lo compré en una tienda de chinos. Es de plástico —contesté y lo dejé encima de una silla para poder acercarme a él.

—No lo parece. ¿Con él eres invencible ante tus enemigos? —preguntó con una sonrisa.

—Por supuesto, es el Tridente de Océano. Prepárate —dije y me senté con cuidado a su lado en la cama.

—¿Qué?, ¿qué tal todo? —preguntó Pau. Parecía algo más delgado que cuando le dejé en Filipinas. Puse la mano en la colcha blanca bajo el rayo de sol que entraba por la ventana. Pau vio las heridas provocadas por la espada de Susanowo.

—¡¿Y esto?! —preguntó y pasó sus dedos por las cicatrices. Después se llevó mi mano a los labios y las besó.

—Los daños colaterales de la guerra, supongo. Pero no me ha dañado los tendones ni los músculos. Todo ha terminado —contesté mientras le miraba a los ojos—. ¿Y tú? Me han dicho que ya andas bastante bien.

—Nado mejor aún. Estoy haciendo la rehabilitación en el hospital de abajo con Alfeo.

Sonreí y le coloqué el pelo moreno del flequillo.

—Es una buena noticia que estés bien. Así podrás estar en las Fiestas Poseidónicas y en la elección del próximo Gobierno de los mares en Tula —dije.

—¿Recuerdas que soy un humano?

—¿Recuerdas que te quiero? Además, tendré cierta influencia sobre la próxima gobernadora.

—¿Eres la única que no sabe que vas a ser tú? —susurró.

—Eso dicen. Y aún no me siento preparada. También se rumorea que va a comenzar una nueva época de colaboración con los humanos. Necesitaremos a algunos en Tula. Tú ya conoces la ciudad, ¿no? —pregunté.

—El palacio sí, sobre todo la prisión. También tengo cierta experiencia con medusas venenosas.

—Tienes pendiente invitarme a un helado de turrón —dije.

—A lo que quieras —contestó Pau.

—¿Puedo darte un abrazo o lo desaconsejan los médicos?

—Siempre son recomendables para la salud —respondió y abrió los brazos.

Me acerqué y escondí mi cara en su pecho. En el lugar más seguro que ahora podía encontrar. Sin duda.

Me sujetó la cara y comenzó a besarme.

La gran ciudad de Tula
océano Atlántico

47

Nos dirigimos a la arista submarina de los Delfines, entrada a la mítica ciudad de Tula, heredera del reino atlante. Descendimos por una garganta rodeada de montañas. Nada tenía que ver con nuestra primera visita acompañadas de Cástor. Entonces protegía esa entrada un sistema de cristales que convertían la luz del sol en energía, ahora además nadaba allí un megalodonte. Aún me impresionaban aquellos ojos negros y brillantes, pero ya no sentía miedo. Me acerqué y acaricié su piel rugosa y gris. No se movió.

La ciudad se encontraba en una planicie a los pies de una montaña que ascendía desde las profundidades hasta la superficie formando la isla de Pico, en el archipiélago de las Azores.

Tula apareció ante nosotras en plena ebullición. Centenares de tritones y sirenas se afanaban en su reconstrucción para devolver a la ciudad atlante el antiguo esplendor. Los centinelas habían destruido la mayoría de los edificios gubernamentales, como el Palacio y la Casa de Poseidón en el anillo central. Y el resto de la ciudad también había sufrido daños considerables.

Lo único que había permanecido oculto e inviolado fueron los libros de la gran biblioteca del reino atlante. Al inicio de la guerra, todos los bibliotecarios que permanecieron en la ciudad, encabezados por el bibliotecario mayor, entraron a escondidas por la noche en las salas y se llevaron todos los libros antiguos y valiosos para protegerlos. Nadaron hacia el oeste y los escondieron en la fosa de Puerto Rico, la más profunda del océano Atlántico. Belgemir, que quería acabar con cualquier vestigio de civilización atlante, cuando entró allí, solo encontró las estanterías vacías. Así que asesinó al bibliotecario mayor.

Pocos días antes de nuestra llegada a Tula, habían recuperado los libros y documentos y habían reabierto la biblioteca para alegría de los habitantes de la ciudad.

Pasamos junto a unas jaulas metálicas en las que se encontraban cangrejos y serpientes gigantes que los centinelas habían soltado por la ciudad para provocar el pánico entre sus habitantes. Ahora, en los barrotes colgaban bolsas con asafétida, una resina repelente, para evitar que escapasen.

Todos se preparaban para la celebración de las Fiestas Poseidónicas, suspendidas meses antes tras la liberación de Leviatán. Se celebraban cada cinco años, y, además de un mercado en el que se vendían todo tipo de productos y animales provenientes de los rincones más lejanos, tenía lugar la elección del Gobierno de los Mares. Al mismo tiempo se celebraba el gran campeonato de las Manzanas de Oro. Durante tres días, miles de sirenas y tritones competían por robar una de las cinco manzanas de oro del Jardín de las Hespérides, nombre que recibía la zona deportiva de Tula, en recuerdo a aquel otro jardín mitológico situado en la Antigua Grecia. Muchos de ellos, secuestrados por Leviatán en la anterior competición, se atrevían a presentarse de nuevo en un intento por olvidar lo ocurrido.

A este campeonato se sumaban otras disciplinas deportivas en los Juegos Poseidónicos, pero este año se habían suspendido, excepto las de tiro de arpón. En ella competían Zohra y sus compañeras, que ya habían regresado victoriosas de África acompañadas de varios tritones y sirenas de los pueblos costeros.

Nadábamos Dana y yo entre los habitantes de Tula de todas las razas y culturas marinas. Algunos se detenían a nuestro paso y saludaban.

—Parecemos la reina de Albión —dijo Dana.

—Saluda con la mano como ella —añadí imitando a la monarca inglesa.

—Se inclinan ante ti.

—Y yo me inclino ante todos los que han luchado contra Leviatán —contesté orgullosa de ellos.

Al acercarnos a la fachada del Palacio de Gobernación, pudimos leer en el frontal reconstruido con mármol rojo la frase:

El mar es la Fuente de la Vida. Quien ignore esta regla morirá.

Entramos por la puerta superior del palacio, cuya fachada ya había sido cubierta de nuevo por la combinación típica de mármol atlante de color rojo, blanco y negro. Los tritones que guardaban la entrada se inclinaron también para saludar.

Nut salió a nuestro encuentro y enseguida nos condujo hasta las habitaciones que utilizaríamos en nuestra estancia en Tula. Dejé a Dana dentro y seguí a Nut hasta su despacho, el que fuera antes de uno de los Tres Sabios. Las paredes estaban recubiertas de planchas de nácar, con bellas escenas de animales marinos, y el suelo era de oricalco, el metal atlante.

—¿Lo has pensado bien? —pregunté a Nut.

—Si es lo que quieres, acepto ser la gobernadora de los mares durante los tres primeros años de tu mandato —contestó Nut—. Lo he hablado con mi familia y están de acuerdo.

—Dejarás tu base militar en la que has vivido siempre —dije.

—Quizá nos venga bien cambiar de aires durante una temporada, mientras se remodela la base y se revenden todos esos cachivaches soviéticos oxidados. Recuerda que mi cargo será provisional —dijo, y me clavó sus ojos verdes—. Solo unos años, mientras te preparas.

—Gracias. Escucharé antes la opinión del Gobierno de los Mares esta tarde y si están de acuerdo. Espero que su respuesta y la del Consejo de Ancianos sea afirmativa.

—Yo creo que sí —contestó—. Os he dejado comida en la habitación y Ainé os la ha llenado de ropa para que elijáis. Mañana es tu día.

—Y el tuyo —añadí y me dirigí a la puerta.

—¡Espera! —dijo Nut—. Tu abuelo me ha dado esto para que lo lleves el día de la proclamación de las Fiestas Poseidónicas.

Dejó en mi mano el bastón de mando que había encontrado meses antes en la isla de Bimini, cuando soplé de la caracola de ayuda.

—Lo había olvidado por completo. Gracias —contesté.

Era de piedra negra, como ónix, y uno de los extremos tenía una empuñadura que parecía de oro. Al cogerlo, noté cómo se calentaba bajo mi mano.

Cuando entré en la habitación, Dana estaba probándose un corpiño con unas vieras muy pequeñas que colgaban de unas algas trenzadas.

—Estás divina con eso. ¿Vas a hacer el Camino de Santiago? —pregunté sin disimular mi alegría.

—¡No estaría mal! ¿Habrá sirenas que hagan el camino por el mar Cantábrico?

—Seguro que sí —contesté—. El camino es para todos.

—Podríamos ir el año que viene. Chete seguro que se apunta.

—Me da que sí —contesté—. Pero quizá podemos hacerlo por tierra para no atosigarlo demasiado.

—¿Crees que le agobio? Nada más lejos de mi intención. Tu ropa para mañana está ahí —dijo Dana y señaló un corpiño cuajado de perlas azuladas.

Después metió las manos en un cofre repleto de accesorios.

—¡Mira, unas pulseras de monedas auténticas de oro!

Cogí el corpiño y pasé la mano por encima de las pequeñas perlas suaves.

—Gracias por todo, Dana. Por estar siempre a mi lado, también en los momentos difíciles. Eres la mejor amiga que he tenido.

Dana sacó las manos del cofre y se acercó.

—Tú también, Stella. Y la más valiente. Has matado a Leviatán. La guerra ha terminado gracias a ti.

—Gracias a todos.

Me fijé en la marca de la llaga de su cara, la que le había salido cuando se inoculó la medicina.

—«*Huyamos juntas a los mares tropicales... Con las ballenas y los corales*». ¿Recuerdas? —dije.

—¡Uy, claro! Le pediré a mis amigas de Orán los grandes éxitos de este verano —dijo Dana—. Seguro que La Medusa Pegajosa ha sacado una nueva canción festivalera y nos lo vamos a perder.

—Me gustaban más Los Fantasmas Abisales.

—¿Estarán bien mis amigas? —dijo Dana y cambió de tema—. Anda, ven a probarte unos pendientes que he visto por allí, también de perlas azuladas. Provienen de un barco del imperio español. Por cierto, hablando de barco del imperio, tengo algo que te pertenece —dijo, y se acercó a un pequeño cofre, lo abrió y sacó la Capa de Niebla. Ya no tenía un brillo anaranjado, sino blanquecino.

—¡¿No había desaparecido?! —pregunté, y la sujeté entre mis manos.

—Cuando fuimos a comprobar que Lala Mansur había muerto, la encontramos entre el lodo. ¡No sabes lo que me costó lavarla! Pero la dejé como nueva.

—Ya no desprende ese brillo naranja. ¿Qué has hecho? —pregunté.

—¿El brillo que indica maldición? Muy sencillo. La capa estaba maldita porque un hombre, don Diego de Estrella, la robó, mediante engaños, del lago Titicaca. Pues he pedido a Willka, el jefe de las tribus de sirenas y tritones del lago Titicaca, que le quite la maldición. Y lo ha hecho. A cambio de algo.

—¿Qué?

—Quieren que les devolvamos la Capa de Niebla para custodiarla en su lugar de origen.

—Me parece bien. ¿Qué dice Nut?

—Sin problemas si se controla que el lugar donde se guarde sea seguro. Por cierto, ¡tengo otra cosa para ti! ¿Me dejas que te lo ponga?

De sus manos colgaba el collar con la llave de la cárcel de Leviatán. Ese collar lo había llevado colgado desde que nací. El único recuerdo de mis padres.

—Pensé que jamás lo recuperaría. ¡¿Dónde lo has encontrado?!

—Entre las cosas de Belgemir —contestó Dana y me lo puso.

—Voy a parecer una flamenca con tanto complemento —dije.

—¡Déjate de tonterías, gobernadora! Por cierto, Fenya, Menya y los demás organizan esta noche una cena en las costas de Pico. Vamos, ¿no?

—Por supuesto —contesté.

—Me pondré el corpiño del Camino de Santiago —dijo Dana—. ¡Ah, y nada de megalodontes!

48

Grandes cristales iluminaban la ciudad de Tula al amanecer. Uno de ellos recogía la luz dorada del alba y la proyectaba sobre la gran plaza junto al Palacio de Gobernación.

Frente a mí, en el ágora o plaza principal, se encontraban delegaciones de todos los mares, atlantes, nixis, ondinas, ninfas, nereidas, tritones, rusalkas y genios de las aguas. Señoras de las Lluvias y Señores de los Ríos y las Tormentas tenían sus ojos posados en el estrado, así como representantes del Mundo Marginal y la Oscuridad Total. También se habían reunido y dividido por colores los valientes tritones y sirenas jóvenes que se presentarían al torneo de las Manzanas de Oro.

Me había puesto el corpiño de Ainé y de mi cuello colgaba el collar de mis padres que me había dado Dana. La corriente marina hacía ondear detrás de mí la Capa de Niebla con el resplandor blanquecino. En un lugar visible del estrado se encontraban el Tridente de Océano y el bastón de mando. Las criaturas abisales me rodeaban con sus luces blancas y verdosas. Y sobre nosotros nadaban los tres megalodontes.

Carraspeé. Había ensayado aquel discurso decenas de veces con Nut, pero aún sentía cierto temor. En realidad, ¿quién era yo? Una sirena más de una bahía lejana.

—¡Ciudadanos de los mares! Agradezco que os hayáis reunidos todos aquí de nuevo, como cada cinco años, para estas Fiestas Poseidónicas y para la elección del Gobierno de los Mares. Ayer, por unanimidad, fui elegida gobernadora durante los siguientes cinco años. Es un honor que no merezco, aunque acepto la voluntad de los electores. Os anuncio que, por mi corta edad y para mejorar mi formación, cedo este puesto a Nut de Ojotsk, que me sustituirá durante los tres primeros años.

Hice una pausa para que aplaudieran.

—Durante ese tiempo viajaré por todos los mares para conoceros y prepararme en mi cometido. Los objetos de poder conseguidos durante la guerra contra Leviatán serán custodiados en el Palacio de Gobernación, excepto la Capa de Niebla, que se devolverá a sus propietarios legítimos, los moradores del lago Titicaca, su lugar de origen.

Señalé a Willka, que saludó con la cabeza. Me di cuenta de que detrás de él nadaba mi abuelo.

—Hemos pasado por tiempos duros y de incertidumbre. Muchos habéis perdido a familiares y conocidos. Demostremos que su muerte no ha sido inútil. Todos, cada uno, tenemos el poder en nuestra mano para crear una época de paz y democracia, y, ¿por qué no?, de convertirla en una maravillosa aventura. Utilicemos ese poder y luchemos unidos por un futuro digno, nuevo y noble que garantice la libertad.

Los asistentes aplaudieron.

—Comienza un tiempo de colaboración con los humanos en el que intentaremos mejorar nuestros dos mundos, que en realidad es uno solo. Su riqueza es la nuestra, la limpieza de nuestros mares, la suya. Así que se formará una asamblea de humanos que colaborará con el Consejo de Ancianos y con los Tres Sabios. Perdón, las Tres Sabias.

El grupo de humanos se encontraba detrás de mí, entre ellos Pau, que ahora nadaba mejor que andaba, comenzó a aplaudir. La multitud les secundó y yo lo hice con ellos.

Levanté el Tridente de Océano hacia lo alto y dije:

—Y ahora, tengo el honor de inaugurar los Juegos Poseidónicos. ¡Que gane el mejor!

Los peces abisales comenzaron a nadar en círculo a mi alrededor y luego descendieron.

Los participantes del torneo de las manzanas se marcharon rápido hacia la competición en el jardín. Los demás se dirigieron al banquete preparado en la plaza frente al palacio. Encontré a Zohra comiendo una pata de cangrejo. Me llamó la atención que llevaba un corpiño de Ainé, confeccionado con conchas de orejas de mar. Como siempre, de su espalda colgaba su pistola de arpones.

—¿Ya has competido? —le pregunté y se lo señalé.

—Esta tarde. Lunda y yo vamos a arrasar —contestó y señaló a una de las sirenas que la acompañaba.

—¿Estarías dispuesta a arrasar también como delegada de gobernación en el Mediterráneo? —le pregunté.

Dejó de morder el cangrejo.

—¿Estás de broma?

—No. Te elegimos ayer durante la reunión del Consejo. Regresarías a Orán, tu ciudad. Si el palacio te trae malos recuerdos, puedes vivir en otro lugar con tu familia. ¿Qué me dices?

—«¿Y qué le voy a hacer si yooo nací en el Mediterráneo?» —contestó con la canción—. Por supuesto. Tenemos unos proyectos estupendos. Además, he conocido un humano de Roquetas de Mar...

—Me alegro. Concreta todo con Nut.

Regresé al barullo de gente. Ainé había hecho una buena venta de su colección de primavera con las conchas de orejas de mar. Muchas sirenas también llevaban otras prendas confeccionadas por ella. Ainé, junto a Cástor, parecía haber recuperado cierta alegría dentro de su dolor.

Busqué a Dana y le presenté al jefe de la tribu kalinga, los que no pudieron ayudarnos en Filipinas.

—Dana quiere evitar que la mina de oro Palawan Gold Corporation se siga ampliando hacia la tierra de los indígenas palawanos —le expliqué—. Ella y su hermana han comenzado una campaña con varias oenegés terrestres que trabajan en la zona para conseguir que el Gobierno revoque la licencia para la ampliación de la explotación —expliqué.

—Necesitaríamos vuestra ayuda para presionar más y mejor al Gobierno —añadió Dana.

—Cuenta con ello —respondió el tritón.

—También nos interesaría promover iniciativas contra el «aleteo» o la pesca del tiburón para cortarles las aletas. Terrible...

Me alejé y los dejé solos. Mientras recibía las felicitaciones, solo tenía a una persona en la cabeza. Descubrí a Pau, que nadaba sujeto a la espalda de Alfeo, el encargado de su rehabilitación. Se soltó de él y se agarró a mi brazo.

—¿Subimos? —pregunté—. Necesito respirar. Esta fiesta es demasiado seria para mí.

Pau asintió. Le agarré y me impulsé una ballenada por encima de los invitados.

—¿Un viaje de paseo o de aventura? —pregunté.

—Contigo siempre aventura.

Con un gesto de la mano llamé a uno de los megalodontes, que se aproximó. Pau lo miró con miedo.

—¿No querías aventura? —pregunté.

—Sí, pero no me esperaba esto.

Le sujeté y después me agarré a la aleta lateral del tiburón, que nos dejó cerca de la costa de la isla de Pico.

Salimos al exterior con una explosión de burbujas.

—¡Increíble! —exclamó Pau—. ¿No te daban miedo los tiburones?

—Ya no. Con tanta rehabilitación, te estás poniendo bien cachas —dije mientras le sujetaba de la cintura.

—En un par de meses acabo. Ahora nado mucho mejor que antes. ¿Qué tal la gobernadora de los mares? —dijo Pau—. ¿Tendré que pedir audiencia para verte?

—Tú tienes siempre audiencia, Pau. Quiero proponerte algo.

—Dime —contestó.

—No me sentiré molesta si me contestas que no, si no te sientes capaz, si has perdido todas las fuerzas, si tienes otros planes.

—Te escucho con atención —dijo Pau.

—¿Qué te parece la idea de formarte conmigo para ser los dos juntos los próximos gobernadores de los mares?

—pregunté—. Una sirena y un humano. Con nosotros comenzará una nueva época. Si quieres...

—¿Que si quiero? ¿Cómo dudas? Claro que sí —contestó Pau y me agarró también por la cintura—. Eso significa mucho... Tú y yo.

—Será duro para un humano —aseguré—. Pero te ayudaré.

—Será duro para una sirena —respondió—. Pero te ayudaré.

—¿Y sabes que cada día te veo más guapo? El mar te favorece.

—Pues no te digo a ti —contestó Pau y acercó su cara a la mía—. ¡Espera! ¿No me atacará el megalodonte si te beso? —preguntó rozando mis labios.

—Prueba y verás.

Mar Mediterráneo

49

—¿Tú crees que esto saldrá bien? —preguntó Dana y se enrolló un mechón de pelo, de nuevo rojizo, en el dedo.

—Por supuesto. Te estará esperando.

—¡Ay, no sé! No conozco demasiado a los hombres.

—Yo, algo más que tú y te aseguro que Chete se alegrará de verte —dije.

Nadábamos las dos solas, agarradas a Crin Magnífica hacia Tarifa, después de cruzar el estrecho de Gibraltar, sortear las fuertes corrientes y nadar junto a delfines. De nuevo nos encontrábamos en el Mediterráneo, nuestro hogar, la cuna de las civilizaciones más antiguas y ricas de la historia.

La familia de Dana llevaba ya días viviendo de nuevo en casa, en Cueva de Lobos. Mi abuelo les acompañaba. Ainé se había quedado en Tula. Ahora, junto con Menya y Fenya, ya recuperada de sus heridas, se habían convertido en los Tres Sabios, o las Tres Sabias. Para los próximos Días de Alcione se celebraría la boda con Cástor, que también se encontraba en Tula, ayudándola. Aún no le había dado tiempo a diseñar unos vestidos de damas de honor para Dana y para mí.

Yo había dejado en la gran ciudad de Tula a los megalodontes para proteger a sus habitantes, y había mandado a las criaturas abisales a su hábitat en las profundidades marinas. Volvíamos a la vida cotidiana, después de muchos meses fuera de casa y me sentía intranquila por lo que me iba a encontrar.

—Vivimos una nueva época. Humanos en el gobierno de los mares —añadió Dana—. Pero yo a Chete no le voy a pedir tanto, solo que se venga a pasar el fin de semana con nosotros, para que conozca nuestra casa y a mi familia. Y luego Poseidón dirá...

—Sí, poco a poco. Aunque después de lo de San Borondón, creo que ya se ha hecho una idea.

—¿Y si se traumatizó allí, atado a la columna con el asqueroso de Bad, y no quiere saber nada de nosotras? —preguntó Dana.

—¡Qué pesada! ¡Relájate! Quizá hasta quiera estudiar Ciencias del Mar.

—¡Ay! Sería genial. Mar en vivo y en directo —contestó Dana y se tocó el pelo—. ¿Voy bien peinada? Me he puesto una diadema seminola que me regaló Yoholo.

La diadema llevaba pegada una pequeña figura en madera de la Tortuga Sagrada.

—Te queda muy bien.

A lo lejos comenzó a verse la torre vigía de Guadalmesí y la playa en la que habíamos conocido a Chete.

—¿Y si no se acuerda de mí? —preguntó.

—¿Estás tonta? Si os separasteis hace pocos meses...

—Siete.

En aquella fecha del año ya hacía calor y en la playa se encontraban un par de turistas tomando el sol; en unas rocas, un pescador con una caña, una red y un cubo de plástico azul.

Nos acercamos despacio hacia la derecha del pescador para salir en un recoveco y subir al pueblo. Sacamos la cabeza en busca de un lugar en el que no nos raspáramos demasiado.

—¡Dana! —Se oyó un grito.

El pescador se había puesto de pie. Era Chete.

Sin darle tiempo a Dana para contestar, Chete se lanzó al agua y comenzó a nadar hacia nosotras. Me detuve y dejé que Dana fuera a buscarle. Dana le sujetó, estuvieron hablando un rato, se besaron y los dos juntos se acercaron a mí.

—Me voy con vosotras a conocer vuestra playa —dijo Chete.

—¿Estás seguro? —pregunté.

—Supongo que no me atareis a un palo para sacrificarme mientras unos tritones se matan a arponazos a mi alrededor.

—Esta vez no —contestó Dana.

—¿Y tu abuelo? —pregunté.

—Como si me fuera con unos amigos unos días. Estará bien. Sabe que os espero. Por cierto, ¿no habrá Erasmus marinos? —preguntó Chete.

—Están a punto de darse las becas para Ciencias del Mar, por si te animas —contestó Dana sonriendo—. Después del verano, yo me voy a Siberia, a investigar en el mar de Ojotsk. ¿Y tu novia? Esa chica de la moto...

—Pero si te estoy esperando desde hace varios meses, ¿cómo voy a tener novia? Bajo todos los días a pescar y busco tu pelo rojo en el mar. Mi abuelo está harto de comer dorada.

—Hemos venido en un hipocampo —dijo Dana—. ¿Te importa?

—¿Hipocampo?

—Un animal legendario, mitad caballo y mitad pez —explíqué.

—Me encantan los hipocampos —contestó Chete con una sonrisa, y añadió con ironía—: Aquí, en el pueblo, tenemos varios que sacamos para la feria.

Hundió la cabeza en el agua para verlo.

—¡Guau! —exclamó Chete.

—Te agarras y ya —dijo Dana.

—Contigo al fin del mundo. ¡Arre! —dijo Chete y se sujetó a los arneses de Crin Magnífica.

—¡Esperad! —dije—. Antes de seguir adelante, nos queda algo pendiente.

Dana me miraba sin comprender a qué me refería. De una de las redes de equipaje saqué tres objetos alargados.

—¡Tablas de surf! —exclamó Dana.

—Las playas de Tarifa está aquí al lado. ¿Quieres probar? Es el modelo más aerodinámico que he encontrado. Me las han mandado de Hawái.

—¡El sueño de mi vida! —contestó Dana.

Espoleó a Crin Magnífica y poco después nos encontrábamos en la playa de Los Lances Sur. Dana sacó de su mochila el pastel de chucho que nos dio Mako del Faro en Maracaibo.

—No tenía ni idea de que lo necesitáramos tan pronto, pero en Tula analicé los ingredientes para poder hacerlo yo —explicó Dana—. ¿Sabes que el chucho es una raya?

Me dio un trozo y luego se comió otro.

—¡Me vuelvo loca! —dijo.

—¡Alucina! —contesté.

Ya tenía piernas humanas cuando se acercó nadando sobre la tabla hacia los surfistas. Y poco antes de que el chucho dejara de hacer efecto, ella, Chete y yo ya habíamos conseguido ponernos de pie un par de veces encima de la tabla y gritábamos de alegría:

—¡Somos libres!

Lo bueno era que, si nos revolcaba una ola, no nos ahogábamos.

Desde la playa nos miraban otros surfistas sin entender el porqué de nuestra locura.

—¡Esto hay que repetirlo más veces! —dijo Dana cuando nos alejábamos, ya de nuevo convertidas en sirenas y sujetas a Crin Magnífica.

—¡Ha sido flipante! —contesté—. ¿No te parece, Chete?

—Contad conmigo para la próxima.

Caía el crepúsculo cuando dejé Cueva de Lobos y a Crin Magnífica, y comencé a nadar hacia mi casa. En la isla se notaba la ausencia de Melusina.

Al día siguiente había quedado con mi abuelo para enseñarle la costa, y con Lorelei para ver mi nuevo plan de estudios. Ni en guerra se había olvidado de él y más ahora, que me debía preparar para ser gobernadora.

Bad mentía cuando dijo que habían hundido un barco cargado de petróleo en las proximidades de nuestro pueblo. Lo de los tres tiburones blancos cerca de la costa sí había sido verdad. Las calas sin turistas durante ese verano e invierno se habían regenerado, y tortugas y peces nadaban por sus aguas cristalinas y recuperaban su hábitat.

Poco antes, al pasar Percheles, me di cuenta de que un animal me seguía. Ya detectaba a cualquier sirena o animal que me persiguiese, solo con un ligero aleteo. Era Boba, mi tortuga. Con cuidado, la cogí y no pareció asustarse ni escondió la cabeza en el caparazón, solo me miró con sus ojos negros. Parecía haber crecido durante mi ausencia. Como todos. Ya no me cabía en el bolsillo de mi corpiño como antes. Le acaricié la cabeza y el caparazón, y dejé que me siguiera a donde quisiera.

Llena de energía saqué la cabeza cuando llegué a la playa de piedras de Bolnuevo. Una vez, me contó Ainé que en las aguas de ese pueblo se aparecía el alma errante de una sirena. Había fallecido años antes en la riada que se llevó el camping con todos sus ocupantes. Mientras socorría a las víctimas, una caravana que flotaba en el agua le golpeó la cabeza. La verdad es que nunca me la había encontrado, pero sí conocía los restos de la caravana hundida.

Pasé Playagrande, la playa de la Ermita, donde murió Calipso, y la playa de la Isla de Paco Rost, la que guardaba un barco fenicio bajo sus aguas.

Nadé por detrás de la isla en cuyos acantilados anidaban las gaviotas. Decenas de ellas me sobrevolaban con los picos amarillos y sus plumas blancas y negras. Pocas semanas antes, Lorelei y sus amigos arqueólogos de la Universidad de Laukante habían encontrado un embarcadero fenicio en la cara norte de la isla.

Me detuve delante de la cueva de Calipso. Calipso. Allí, en la entrada, estaría la morena protectora, que ya no protegía nada, ni sus antigüedades ni los dibujos ni las ánforas de garum, aquella pasta viscosa de pescado.

La vida de Calipso no había sido en vano. Su muerte tampoco. La nostalgia amenazaba con apretarme el corazón, así que continué mi camino.

Dejaba atrás las piedras oscuras de El Gachero y me acercaba a la cala del Faro cuando oí que alguien me llamaba. Me detuve y miré a mi alrededor. De pronto distinguí a una sirena que se acercaba de frente. Solo cuando estuvo a menos de una ballenada, reconocí a Electra. Electra se había quedado sola en nuestras playas para ayudar a los veraneantes. Se detuvo sin saber qué hacer.

—Eres la gobernadora, ¿cómo te saludo? —preguntó sonriendo.

—Como siempre. Con un abrazo —contesté y abrí los brazos para que Electra me recibiera—. Por ahora, la gobernadora es Nut.

—Os he echado tanto de menos... —dijo junto a mi oído.

—Gracias por quedarte en el mar y proteger a los humanos.

—¿Sabes que acercaron a la costa tiburones blancos? —preguntó, se separó y me miró a los ojos. Recordé que a Electra tampoco le gustaban los tiburones—. Mariano, el director del Instituto Oceanográfico, se puso como loco de contento.

—Ya, lo de los tiburones nos lo dijo Bad.

—Me llevé a los tres a mar abierto, cerca de la Otra Costa. Bien lejos para que no regresaran. Perdona, ¿has dicho Bad?

—Sí, murió también, como Leviatán. Mañana vengo y te lo cuento todo —dije—. ¿Al amanecer en la cueva de Calipso?

—Allí estaré. ¡Estoy tan contenta de que hayáis regresado! Y hay otro que se va a alegrar aún más cuando te vea.

—¿Nemo? —pregunté refiriéndome a su gato color caramelo.

—No solo él —contestó sonriendo.

50

Entré en la bahía y nadé hasta la playa del Puerto, la más cercana a mi casa. Allí no podía salir, ya que aún había gente paseando, así que me dirigí a la parte posterior del espigón. Y, con cuidado y precisión para no tocar los erizos ni las estrellas de mar, salté sobre una roca para secarme.

Al atravesar el puerto deportivo y sus restaurantes, me vino el olor a chocolate con buñuelos. La vuelta a la vida.

Pasé, segura de mí misma, junto al John Silver, el barco restaurante del hermano de Vanesa. Allí, en el mascarón de proa, estaba esculpida Calipso. No le habían borrado el vestido rojo que una noche le pintamos Julia y yo. En los sillones de la cubierta estaban sentadas Vanesa y sus amigas tomando algo. Las saludé con la cabeza. La gobernadora de los mares regresaba. Me miraron fijamente y Vanesa, desconcertada, levantó una mano. Sonreí.

Me detuve frente a la playa, iluminada por los rayos dorados del atardecer, vi a un grupo de chicas y chicos jugando al fútbol. ¡Qué alegría! Me acerqué a la campana de la playa y di un toque. Dejaron de jugar y me miraron. Eran Julia, Luis de Leiva y Méndez, que ayudó a Pau a levantarse de una silla, y corrieron hacia mí.

—¡Stella! ¡Qué pasada de viaje! —dijo Julia mientras me abrazaba—. ¡Nos lo ha contado Pau!

Miré a Pau y levanté una ceja, ¿qué les habría contado?

—¿Ya te quedas? —preguntó Méndez.

—Sí, un tiempo, aunque tendré que viajar por unos proyectos de colaboración marina. Pero espero probar tu nueva especialidad de flan.

—Ahora me he pasado a las natillas —contestó Méndez.

—¡Me encantan!

—¡Pareces tan cambiada! ¡Como más mayor! —dijo Julia y pasó su brazo sobre mi hombro—. ¿Sabes? Este año hemos tenido pocos turistas, el verano pasado aparecieron unos tiburones. Como de película. Se veía la aleta desde la orilla. ¡Ya te lo contaré! ¿Quieres jugar al fútbol un rato?

—Gracias, pero me está esperando mi madre. Hace un montón que no la veo.

—Mañana voy a tu casa, me tiro en la colchoneta de tu buhardilla y te lo cuento todo —dijo Julia—. De verdad, pareces otra. ¿Será el pelo?

—Seguro —contesté—. Un nuevo corte, estilo gobernadora.

—Te acompaño —dijo Pau, y Méndez le pasó una muleta—. Te debo un helado de turrón.

—No lo he olvidado.

Miré a Pau de arriba abajo, hacía mucho que no le veía fuera del agua. Estaba igual de guapo que siempre. ¿Había crecido?

Paramos en la heladería del paseo y Pau pidió sendas tarrinas de turrón. Cristina, la dueña de la heladería y mi antigua jefa, me reconoció enseguida.

—El helado hoy corre a cuenta de la casa. ¡Bienvenida! —dijo, y las llenó hasta arriba.

Ayudé a Pau a sentarse en un banco frente al mar. Había bajado la marea y un grupo de niños recogía conchas en la orilla.

—Te echaban mucho de menos. Cuando les dije que venías, comenzaron a organizar una fiesta de bienvenida. ¡Prepárate! —dijo Pau y señaló a nuestros amigos que jugaban de nuevo al fútbol.

—Guay, ¡me encanta! ¿Y tú qué tal estás? —pregunté y me metí una cucharada grande de turrón en la boca—. ¡Qué rico!¡-Tiene tropezones! ¿Y la rehabilitación? ¿Has podido montar de nuevo en piragua?

—Alfeo viene todos los días a buscarme y me ayuda con los ejercicios. Dice que en quince días podré andar sin muleta, pero nado de miedo. Y lo de montar en piragua se alargará algo más. ¿Y tú, reina de los mares?

—Solo quería regresar para verte. Bueno, y para comer helado, claro —dije y mordí otro pegote de turrón.

—Me lo imaginaba —contestó Pau—. Estos helados son únicos en el Mediterráneo.

—Tú también, ¿sabes?

Le agarré la mano y entrelacé mis dedos con los suyos. Regresábamos a la vida «normal», pero ya no éramos los mismos que miraban al mar unos meses antes. Pau me apretó la mano.

—¿Juntos en la siguiente aventura? —pregunté.

—Siempre —contestó Pau.

GUÍA DE PERSONAJES

Ainé

Hermana de Dana y Ceix. Se dedica al mundo de la moda diseñando ropa para sirenas. También es una experta en lucha cuerpo a cuerpo. Y además, en poesía, aunque no lo parezca.

Bad

Antiguo regidor de la ciudad de Uharu-Orán y actual delegado de gobernación en el Mediterráneo. Uno de los seguidores más fieles de Leviatán. Le pierde el afán de poder, como a casi todos los políticos. Quiere invadir África y dominar a los humanos. En su palacio tenía un harén de sirenas en el que vivía Zohra y que Stella liberó.

Belgemir

Regidor de la ciudad de Tula y centinela de los hielos. Mantiene una política racista contra los humanos y quiere invadir Europa y América. Casado con Manda.

Calipso

La sirena encargada de vigilar y proteger a Stella desde su llegada al pueblo y la que le descubrió su verdadera naturaleza de sirena. Durante un viaje a Tula fue atacada por los seguidores de Leviatán y murió.

Cástor
Tritón de la ciudad de Uharu-Orán. Profesor de universidad, periodista y miembro de la resistencia. Estuvo enamorado de Calipso.

Ceix
Hermano de Dana y Ainé. Era uno de esos guaperas insoportables. Durante unos meses, y tras un ataque de una serpiente asesina, le encargaron velar por la seguridad de Stella. Se unió al proyecto de Bad para dominar el Mediterráneo y traicionó a Stella. Murió en la ciudad de Tula tras salvar la vida a Pau.

Chete
Joven humano que vive en un pueblo cerca del estrecho de Gibraltar. Ayudó a Stella y sus amigas a escapar de unos tritones. Siente algo por Dana.

Concha
Madre adoptiva de Stella. Es la encargada de tocar las campanas del pueblo para avisar a las sirenas de los veraneantes en peligro. Es pintora. Para escapar de Leviatán se ha refugiado en un lugar seguro.

Dana
La mejor amiga de Stella en el mar. Su pelo rojo y su carácter extrovertido son famosos en todo el Mediterráneo. Le gustan los experimentos científicos, la química, las fiestas populares en tierra y también un tritón llamado Oannes.

Electra-Cornelia

Durante una temporada dejó el mar por un tritón llamado Pólux. Pólux la abandonó y ella perdió la cabeza. Se paseaba por el pueblo de Stella con un carro lleno de bolsas y un gato. Ha regresado al mar, ayuda a los veraneantes y predice el tiempo atmosférico y los lugares en los que se encuentran los mejores cardúmenes de peces.

Fayn

Ninfa oceánida que vive en las islas Afortunadas, también llamadas Canarias, y que custodia un oráculo desde tiempos inmemoriales.

Gerión

Abuelo de Stella. Antiguo empleado del Palacio de Gobernación de Tula. Encabeza la resistencia contra Leviatán en esa ciudad. Junto con Nut y Melusina, capturó a Leviatán en la Segunda Rebelión catorce años antes.

Julia

La mejor amiga de Stella en la tierra. Sale con Luis de Leiva.

Lala Mansur o reina de los Siete Mares

El nombre mítico de Lala Mansur está entre el de las sirenas que intentaron seducir a Ulises en su regreso a Ítaca. Es originaria del norte de África y encabeza un ejército de sirenas que luchan por la libertad de Leviatán.

Leviatán

Criatura maligna y asesina que fue encerrada en los abismos marinos durante la Segunda Rebelión. Gracias a la ayuda de sus seguidores, ha conseguido escapar y comenzar un reinado de muerte y destrucción en el mar y en la tierra.

Lorelei y Alfeo

Son los padres de Dana, Ceix y Ainé. Lorelei, medio ondina y medio sirena, es originaria de Baltrum, una isla del mar del Norte. Trabaja como arqueóloga submarina y profesora de las sirenas y tritones de su región.

Alfeo procede de Alejandría y tiene un laboratorio en la isla de Cueva de Lobos, donde investiga medicinas y otros inventos.

Tienen otros dos hijos pequeños, Glauca y Ponto.

Mako del Faro

Trabaja en el laboratorio científico del lago de Maracaibo. Es conocido en el mundo marino por sus investigaciones científicas y sus fiestas al ritmo del Relámpago del Catatumbo. De joven fue Míster Maracaibo.

Melusina

Ondina del Rin. Abuela de la familia de Cueva de Lobos. Pertenece al Consejo de Ancianos y se encarga de la seguridad de todos los seres marinos de la región. En la Segunda Rebelión luchó junto con Nut y Gereón contra Leviatán y consiguieron encerrarle.

Méndez

El hermano de Julia. Gran aficionado a la repostería, está especializado en recetas de flanes.

Menya y Fenya

Antiguas empleadas del Palacio de Gobernación de Tula. Desde el principio han ayudado a Gerión en su lucha contra Leviatán.

Nut

Rusalka de las gélidas aguas de Siberia. Vive y trabaja con su familia en una antigua base científica y militar soviética. Junto con Melusina y Gereón, capturó a Leviatán.

Oannes

De origen etíope vivía en Heraclion y salía con Dana. Su madre Artagatis de Heraclion es una de las científicas más importantes del Mediterráneo. Cuando Bad tomó el poder, huyó del Mediterráneo y se unió a la resistencia. En Tula se enfrentó a Forcis, un tritón que trabajaba para Lala Mansur, y ambos murieron.

Pau

Piragüista y dibujante de cómics. Tiene una relación especial con Stella y sabe que ella es una sirena. Estuvo a punto de morir por la picadura de unas avispas de mar.

Riuyin

Mítico dragón japonés custodio del templo de Susanowo en las aguas de Yonaguni.

Stella

Al cumplir los dieciséis años descubrió que, cuando sus pies tocaban agua salada, se convertía en una sirena, hecho que le complicó la vida y le obligó a dejar la natación. Huérfana desde los dos años, vive con su madre adoptiva en un pueblo del Mediterráneo. Sus padres fueron asesinados por Leviatán, y descubrió que su abuelo Gereón vive en Tula.

Zohra

Originaria de la ciudad de Uharu-Orán. Se casó con Bad y poco después descubrió que Bad tenía un harén con otras muchas esposas. Stella las liberó y Zohra ayudó a Stella a escapar del palacio de Bad. Se ha convertido en una guerrera sedienta de justicia.

AGRADECIMIENTOS

Si alguien tenía alguna duda sobre la localización del pueblo de Stella, se trata del Puerto de Mazarrón, en Murcia, España.

Las poesías de Ainé las ha escrito Beatriz Cruz Gallástegui Baamonde, una amiga celta aprendiz de poeta. A veces se sienta en el Finis Terrae, frente al mar, y mira cómo titilan las estrellas o lee a Dante.

Mando un abrazo a mis lectoras cero Mise Rodrigo y Laura Bergen, críticas afinadas.

Gracias a todas las personas que de una forma u otra han inspirado retazos de este libro.

Y a todos mis lectores, terrestres y marinos.

Nos vemos en los mares.

Aclaración: cualquier parecido entre una pandemia real y la de Lala Mansur es pura coincidencia. De verdad.

Silvia Martínez-Markus nació en Madrid, pero le hubiera gustado crecer en un pueblo del Mediterráneo, como Stella, la protagonista de esta novela. De esos donde huele a azahar.

Es profesora de alemán y lectora profesional de literatura. Está especializada en héroes y mitología. Ha publicado ocho libros juveniles, entre ellos El mar no siempre es azul y Centinelas de los Hielos, las dos primeras novelas de esta trilogía.

Le gusta el arte y cuando tiene tiempo libre se pasea por Toledo en busca de ruinas visigodas.

En su web *www.silviamartinezmarkus.es* encontrarás recomendaciones de libros juveniles buenos, de los que hacen soñar.

www.ingramcontent.com/pod-product-compliance
Lightning Source LLC
LaVergne TN
LVHW050922080826
845145LV00001B/176

* 9 7 8 8 4 0 9 7 7 0 2 3 6 *